L'ESTATE CHE HO DENTRO

VIVIANA MACCARINI

L'ESTATE CHE HO DENTRO

Rizzoli

Pubblicato in Italia per

Rizzoli

da Mondadori Libri S.p.A

Prima edizione: maggio 2021

ISBN 978-88-17-15619-6

Impaginazione e redazione: Netphilo Publishing S.r.l.

All'estate che è dentro ognuno di noi.

Lascia che tutto ti accada: bellezza e terrore.
Si deve sempre andare: nessun sentire è mai troppo lontano.

R.M. Rilke

Fine

Credo che resterò attaccata al mio corpo ancora per un po', giusto per sicurezza. Me ne starò distesa qui finché succederà qualcosa: mi addormenterò o rivedrò tutti i miei quattordici anni proiettati sulle palpebre come in una serie TV.

E mi godrò lo spettacolo.

Ma sarò io a deciderlo, non voi e nemmeno l'auto che mi ha investita.

La mia morte riguarda solo me. È una cosa mia, proprio come i miei capelli ricci e lo spazzolino elettrico che mamma mi ha comprato in farmacia la scorsa settimana, perché il dentista sosteneva che "non fossi in grado di lavarmi i denti correttamente".

Morire è una questione personale, insomma. Ma ora che siete nella mia testa rischia di diventare imbarazzante. Che casino.

Sapete, ho sempre fatto fatica a addormentarmi. Di notte mi assalgono i pensieri più assurdi e spesso me ne sto lì, perfettamente immobile sotto al lenzuolo, a tentare di prendere sonno, ma il risultato è solo che mi sale il nervoso.

Quando ero piccola, papà risolveva il problema leggendomi delle storie. Non era granché bravo a inventarne di sue, preferiva scattare foto, rubare quelle degli altri. Così apriva questo grande volume illustrato, la copertina bianca senza alcun disegno. Era una raccolta di racconti con protagonisti animali. Ce n'era uno in particolare, esattamente a metà del libro, che era il mio preferito. Papà non voleva mai leggermelo perché sapeva che sarei rimasta sveglia fino alla fine per ascoltarlo tutto.

Si intitolava *Mia apre gli occhi*, e parlava di questo pesce, un pesce femmina, Mia, che si addormentava nel mare e la corrente lo portava lontano. Quando si svegliava, si ritrovava sempre in un posto diverso. Mi piaceva che il sonno per Mia fosse come una specie di viaggio, e che al suo risveglio accadessero un sacco di cose, avventure, incontri, magie.

Nel periodo in cui mamma e papà litigavano sempre, io ci pensavo spesso ad andarmene lontano. Chiudevo gli occhi, come il pesce Mia, immaginavo di riaprirli e trovarmi da un'altra parte, lontana dalle urla e dalle porte sbattute. Non mi importava dove, ma che ci fosse luce. Qualcosa per cui valesse la pena svegliarsi. Immaginavo un mondo di colori senza voci e rumori, un po' come gli abissi luccicanti.

Lontano però non ci sono mai andata, ci è andato papà in camper. Io e mamma siamo rimaste sole, così ci siamo comprate un gatto. E lui, ho saputo, ci ha rimpiazzate con un cane con un orecchio tagliato.

Ma adesso, distesa sull'asfalto, ho l'occasione per fuggire sul serio da mamma, papà e dalla prof. di Italiano che sostiene che i miei temi siano delle bussole difettose: mi mandano sempre fuori rotta. Potrei raggiungere il cielo prima che l'ambulanza arrivi a raccogliermi come un cucchiaino da dolce.

Dormire per sempre non deve essere difficile. Basta chiudere gli occhi, staccarsi dal corpo, un po' come lasciare la mano di qualcuno.

Sono pronta.

O forse no?

Nah, ve l'ho detto, non sono brava a prendere sonno.

Parte prima

Dobbiamo essere pronti a liberarci
della vita che abbiamo programmato
per poter vivere la vita che ci aspetta.

Joseph Campbell

1

Segnale acustico di fine chiamata

«Ni, sei ancora viva?»

«Ehi, Filo...»

Rispondo alla chiamata pizzicandomi il braccio per distrarmi dal dolore. Il regolamento vieta di ricevere telefonate oltre le nove di sera, ma la voce del mio migliore amico, adesso, è meglio di una flebo di antidolorifici.

«Perché non fai l'accesso a WhatsApp da due giorni? Cos'è, una specie di protesta, tipo quella volta in cui hai minacciato di fare lo sciopero della fame se non ti lasciavano andare al concerto di Ed Sheeran?»

Nel lettino davanti al mio, una ragazza con la gamba ingessata guarda un video su YouTube senza auricolari. Le risate registrate in sottofondo aleggiano per un po' nella stanza, poi muoiono.

«Filo, sono in ospedale, ho fatto un incidente in scooter.»

«Ti si è rotto l'iPhone, eh?»

Filo evita l'argomento ospedale di proposito, ha una specie di fobia mista a ossessione per le malattie rare e le allergie. Negli ultimi tre anni ha creduto di essersi preso (in questo preciso ordine): il tetano, il morbillo e una strana intossicazione da crostacei. In quel periodo, per intenderci, ogni volta che uscivamo dal ristorante si aggrappava alla manica della mia giacca, convinto che la lingua gli si stesse gonfiando come una spugna perché aveva ingerito del cibo contaminato. La verità è che i suoi genitori sono entrambi veterinari, parlano di malattie e farmaci tutto il giorno, e gli effetti collaterali su Filo sono piuttosto evidenti. A essere contaminato, se mai, è il suo cervello.

«Filo, devi aiutarmi.» Ricaccio indietro un grumo di saliva, mi striscia in gola come una piccola lumaca timida.

«È stato Leo Ghetti, vero? Guidava lui? Giuro che io a quello...»

Sotto l'effetto ovattato degli anestetici mi sento la testa leggera come una gabbia per canarini vuota. Immagino il mio migliore amico, capelli ricci e maglietta di due taglie più grande, dimenare le braccia sottili nel vuoto, cercando inutilmente di colpire Leo Ghetti.

«Filo, ascoltami, non è stato Leo Ghetti. È successo dopo... ero in scooter da sola, stavo tornando a casa e una macchina mi ha quasi investita.» I punti della sutura tirano a ogni respiro, l'anestesia ammorbidisce il dolore rendendolo fastidioso come solletico. Penso ai tagli sotto pelle, mi ricordo di quando mi sono tagliata il pollice con la pagina di un quaderno di scuola e Lara mi ha detto di sputare sopra al dito come un lama, perché la saliva disinfetta. L'aveva letto su "Vice".

«Oh, non stai morendo, vero, Ni? Cioè, dovresti dirlo, se è una cosa seria.»

Alzo un braccio, muovo una gamba sotto il lenzuolo, giro il collo piano, il dolore zampetta su per la guancia ma è sopportabile. «No, Filo, non credo. Sono solo... ammaccata.»

Filo sospira. «Va bene, Ni, va bene. Ascolta, la vuoi sentire una cosa che ti tirerà un po' su?»

«Tipo che smetterai di essere logorroico?»

«E dai... no, è che manchi a tutti. Lara e Marlena hanno provato a chiamarti, dicono che non rispondi. Pensano che salti scuola perché sei in vacanza da qualche parte a fare la diva.»

Il ragazzo con il braccio rotto, due letti più in là, singhiozza nel sonno, gli altri pazienti sbuffano a catena, e lui come d'incanto si tranquillizza. Sfilo le coperte e trascino le gambe giù dal letto, sono rigide come pezzi di legno. «Senti, Filo, ho un favore da chiederti. Devi fare una cosa per me. Prima, però, promettimi che la farai.»

«Ma così è un ricatto.»

Raggiungo zoppicando la porta della stanza d'ospedale e me la richiudo alle spalle, poi mi accascio con la schiena contro la parete del corridoio ruvida di intonaco. Sono svuotata, un palloncino sgonfio. «Devi cercare mio padre. Voglio parlarne con lui per sapere se è d'accordo, prima... prima di dirlo a mamma.» Una leggera scossa mi raggrinzisce la pelle della guancia e il filo della sutura tira, umido e freddo, un vermiciattolo che striscia sotto la cute.

«Dirle cosa?»

«Ascolta, devi andare a Volpedo. Te ne ho parlato l'estate scorsa, ricordi, vero?»

Pausa.

«Certo che mi ricordo, stavamo parlando dei posti più pallosi in cui siamo stati. Hai detto che piuttosto che tornare lì ti saresti fatta bruciare i capelli con un accendino, o ti saresti offerta di pulire la cacca di tutti gli orsi del circo...»

«Lo so, ma non importa. Ci devi andare, Filo. Devi cercare un camper in un grande giardino recintato, vicino a una casa gialla, capito?»

«Sì, ma...»

«Ti mando l'indirizzo. Niente "ma", solo "sì".»

Il fiato di Filo è cemento. Per un attimo credo che abbia riattaccato. «Non ti capisco.»

Stringo le ginocchia l'una contro l'altra. «Filo... lui si chiama Gabriel... gli dici che ti manda Nina... gli dai il mio numero di telefono e gli dici di chiamarmi...»

«Ma scusa, è tuo padre, non puoi chiamarlo tu?»

Un ultimo sforzo. «Non ho il suo numero, cambia compagnia telefonica in base all'offerta del mese, e non lo vedo da...»

L'ultima volta che ho visto papà era Natale, dopo il pranzo con la mamma e la nonna pazza. Mi aveva dato appuntamento in un bar per una cioccolata calda. Ovviamente il venticinque dicembre i bar erano tutti chiusi. Così abbiamo ripiegato sull'unico posto aperto: McDonald's. Eravamo gli unici clienti, la panna profumava di vaniglia e c'era odore di hamburger nell'aria. Papà mi ha preso la mano e mi ha aperto delicatamente il palmo, osservando la linea della vita. Poi ci ha nascosto qualcosa e me l'ha richiusa a pugno. «Sono semi del mio orto» ha detto e, conoscendo papà, poteva benissimo trattarsi di qualche pianta curativa dai poteri magici. «Pomodori, zucchine, basilico... Un regalo per te. Vedendoli crescere ti ricorderai di quanto tempo è passato dal nostro ultimo incontro.»

Ho socchiuso la mano e i semi si sono appiccicati al palmo, sembravano lentiggini dorate sulla pelle. Ho sorriso. Papà si era dimenticato che io e mamma vivevamo in un appartamento di città, le piantine non potevano crescere perché non avevamo nemmeno un balcone dove piantarle. Quei semi, però, sono rimasti con me in un cassetto, insieme alle fotografie che mi spedisce ogni anno per il mio compleanno.

Tanti auguri, Nina! In Kazakistan si sta davvero bene. Lo sai che qui si beve latte di cammello fermentato? E che alla sera le stelle sono più grosse del mio camper?

Sto mettendo su chili!

Un abbraccio,

Papà

(foto annessa di un paesaggio verde, scattata da lui)

La voce di Filo mi riscuote dai ricordi. «Nina, ma sei seria? Mi hai sempre detto che tuo padre sta completamente fuori e adesso mi chiedi di andare là, in quel posto sperduto in provincia, a cercarlo?»

«Ascoltami bene: chi è la tua migliore amica?» Un'infermiera mi fa segno di spegnere immediatamente il cellulare.

«Da otto anni a questa parte è Elle Fanning, la mia tartaruga.»

«Filo, ti prego, dimmi di sì.»

«"Di sì."»

L'infermiera si avvicina a passo deciso, scura in volto come un tunnel cieco.

«Filo, dai, non ce la faccio più!»

«E va bene! Ma almeno prima mi dici perché vuoi parlare con tuo papà?»

Segnale acustico di fine chiamata.

2

Era mio padre

Papà è nato in Cile a Valparaìso, ha viaggiato attraverso tutto il Sud America in motocicletta, papà ha fatto delle foto incredibili alle tigri bianche in Asia e alle formiche rosse in Africa, papà da ragazzo se ne è andato di casa ancora prima che gli crescesse la barba, papà è uno spirito libero.

Cosa significhi, non ne ho idea.

La prima volta che ne ho sentito parlare, di spirito libero, è stato da Francesca, mia mamma. Era seduta con le sue amiche nel giardino della vecchia casa gialla, il gatto faceva le fusa contro le sue calze di nylon e il pelo gli si era fatto tutto elettrico come se avesse messo una zampa nella presa della corrente. Mamma aveva bevuto un sorso di limonata, sputato con eleganza i semi biologici in un tovagliolo, poi aveva affermato raggiante: «Mio marito Gabriel è uno spirito libero, d'altronde» e tutte le sue amiche avevano annuito complici, sbattendo le ciglia fitte come boschi.

Un po' di tempo dopo, ci eravamo appena trasferite

nel nuovo appartamento (una tana bianca in città), ricordo di averla scoperta appoggiata sul davanzale della finestra, delicata come una rondine e molto triste. Era quasi Natale, la neve aveva ricoperto le strade come schiuma da barba. Mamma guardava in alto il cielo confuso, parlava al telefono con la nonna pazza, la sua voce era un soffio. Ricordo di averla vista inspirare una boccata di aria gelata, e appena prima di rimischiarla alle nuvole aveva affermato, stanca: «Gabriel è uno spirito libero, d'altronde» e le vocali si erano addensate in vapore invernale, e gli occhi le si erano fatti lucidi e trasparenti come glassa di zucchero.

All'inizio dell'anno, la prof. di Italiano ci aveva assegnato un tema: "Considerazioni sullo spirito libero". La traccia faceva riferimento ad alcune fotocopie che contenevano stralci di *Zanna bianca* di Jack London. Io ero uscita completamente fuori tema, come al solito, ma questa volta ciò che avevo scritto aveva spinto il preside a convocare Francesca a scuola. Tutti si chiedevano chi fosse questo Gabriel di cui avevo parlato in modo così allarmante.

Mamma mi aveva puntato addosso i suoi occhi azzurri, pugnalandomi con un sorriso. «Avanti, Nina, diglielo» mi aveva invitata, davanti agli altri insegnanti e al preside.

E così avevo messo al corrente l'intero comitato scolastico che Gabriel, il libertino irresponsabile su cui avevo scritto un intero foglio protocollo, era mio padre.

3

Come per ringraziarle

Alla mia faccia, in ospedale ci pensavo spesso. Quando ero da sola, quando non c'era mia mamma a distrarmi con le sue carezze, o l'infermiera gentile che aveva una figlia della mia stessa età di cui ormai sapevo tutto, ma di cui sinceramente non me ne fregava niente.

Allora prendevo l'iPhone e stavo ore su Instagram. Mettevo like a tutti, non per una ragione precisa, ma perché mi faceva sentire meno sola. Il mio "cuore" compariva sotto i post insieme ad altre centinaia. Se ne stavano lì, insieme, come un vero gruppo.

Dopo Instagram passavo a TikTok. Studiavo i video di ragazze che muovevano le labbra morbide in playback, danzavano coreografie improvvisate ma perfette e sembravano tutte così felici. Tra tutte, Jasmine Elle era la mia *muser* preferita. Capelli rossi lunghissimi fino al bacino, occhi grandi leggermente a mandorla, un sorriso in grado di illuminare l'intera stanza d'ospedale. Le mie giornate migliori erano quelle in cui Jasmine faceva anche qualche diretta su Twitch. Mi collegavo al suo canale tra i primi, commentavo il più possibile in chat sperando che leggesse il mio nome. Una volta ho fatto persino una donazione: dieci euro, circa metà del patrimonio che possedevo sulla carta prepagata (il resto del regalo di compleanno della nonna pazza, che mi regala sempre soldi perché "non passano mai di moda"). I temi delle sue dirette erano sempre interessanti: dagli episodi di *body shaming* che i suoi fan le confidavano nei direct, ai viaggi in Nord Europa con la mamma per ripulire l'oceano dalla plastica. Jasmine, oltre che bellissima, era anche un'ambientalista e un'idealista. Questo era ciò che la differenziava dalle altre *influencer*, e ciò che amavo di più in lei. Si prendeva cura del mondo e delle persone, e lo faceva bene. Aveva una sua voce.

Ma i video di Jasmine Elle erano una cosa, le *stories* dei miei compagni di classe, delle loro giornate al parco, erano un'altra. E facevano un male cane. Loro erano la vita che mi stavo perdendo e che potevo osservare soltanto da lontano, da una prigione che al posto delle sbarre aveva il vetro del mio display.

Quando arrivavo alla nausea da social, arrancavo fino alla finestra e mi sporgevo schiacciando la pancia sul davanzale di ferro. Restavo ore a guardare giù, quella striscia di cemento che ormai conoscevo a memoria, le macchine che formavano lunghe code di cui non vedevo mai la fine, le donne che marciavano sicure sui tacchi, i cani che facevano la cacca in equilibrio sulle zampe anteriori.

Io sapevo tutto della strada, ma laggiù nessuno sapeva nulla di me.

Stavo lì, finché non sentivo la maniglia della porta abbassarsi. Allora tornavo zoppicando al mio letto, mi infilavo sotto le lenzuola inamidate e mi dimenticavo dei brutti pensieri di un attimo prima. Della mia faccia da mostro. Dei like sotto i post dei miei compagni. Del fastidio che avrei provato durante il cambio delle bende.

«Oggi come stai?»

Il medico delle domande aveva folti baffi rossicci, occhi stretti da lince, naso sottile e mi guardava dritto in faccia, senza vergogna.

Era uno psicologo, ma io preferivo non chiamarlo così. Perché la nonna ci era andata per tanti anni, dallo psicologo, ma lei metteva gli anelli nel tostapane e credeva che il nonno fosse ancora in guerra, quando in realtà non ci era mai andato. Io non ero pazza, ero solo sfregiata.

Il medico delle domande era venuto da me un paio di volte, avevamo parlato di cose che non c'entravano niente con la mia condizione clinica. Voleva sapere del mio migliore amico Filippo, di com'era possibile che mi piacessero sia Ed Sheeran sia Tha Supreme, della cosa più imbarazzante che mi fosse mai capitata. Argomenti insignificanti, ma che sembravano interessarlo moltissimo.

«Dormi bene?»

Era seduto sulla sedia di plastica dove mamma di solito appoggiava la borsa pitonata. Teneva le gambe accavallate, come se stesse aspettando l'autobus.

«Sogno.»

Si è passato l'indice e il medio sui baffi, lisciandone le estremità ribelli.

«Che cosa sogni?»

Avevo sognato Filippo. Era un sogno ricorrente: immaginavo Filo che andava a trovare mio padre a Volpedo, ma quando arrivava al camper scopriva che papà se ne era andato da un pezzo. A quel punto un grosso lucertolone sbucava dai tubi di scolo della cucina e lo attaccava.

«Lucertole» ho risposto vaga.

Lui si è chinato per grattarsi un piede dentro la calza, con le stesse dita con cui un attimo prima si era lisciato i baffi. «Lucertole... Nient'altro?»

«Mio padre.»

Il medico delle domande si è messo a sezionare il soffitto con lo sguardo, come se le macchie di umidità che lo costellavano fossero figure da interpretare. Indizi freschi, pronti a svelargli qualcosa.

«Con me non ti piace parlare, vero?»

Non sapevo cosa rispondere, se essere sincera o educata, così ho alzato le spalle.

«Presto uscirai di qui e non dovrai più farlo.» È tornato serio. «Ma con qualcuno, prima o poi, delle tue emozioni dovrai parlare.»

Ho annuito pensando che fosse una scemenza. Non aveva senso parlare della mia faccia con altre persone, perché ormai la stragrande maggioranza delle persone, in faccia, non aveva neanche il coraggio di guardarmi.

«Se non lo fai adesso, sarà ancora più difficile farlo dopo.»

Avrei voluto chiedergli "dopo" quando. *Dopo*, quando uscita dall'ospedale tutti avrebbero preteso che sarei tornata alla mia vita normale? O *dopo*, quando avrei confessato a mia madre che, siccome una vita normale non potevo più averla, sarei andata a vivere sulle colline piemontesi da papà, in mezzo al desolato nulla che mi meritavo?

Sempre che papà mi volesse.

«Sai, stavo pensando che se proprio non vuoi parlare con nessuno, forse potresti farlo da sola.» *Touché.* «Che ne dici di tenere un diario?»

«Scrivere non fa per me, in Italiano ho anche il debito» ho risposto prontamente.

«E chi l'ha detto che devi scrivere?» mi ha sorriso, per nulla impressionato dalla questione del debito. «Intendevo un *video* diario.» Poi è tornato a studiare le macchie umide sul soffitto e ha rivolto loro un leggero cenno del capo, come per ringraziarle.

4

Ero sempre sua figlia

Mamma è bellissima. Una di quelle bellezze ingombranti che calamitano tutte le attenzioni nella stanza, un fiore assediato da uno sciame di api golose e ostinate.

Sdraiata sul letto dell'ospedale osservavo come ogni medico che entrava nella mia stanza non potesse fare a meno di rivolgerle il "doppio sguardo". Si tratta di una mossa che le persone che le stanno intorno fanno spesso. La guardano una prima volta e poi, distratti, spostano lo sguardo su qualcos'altro, che si rivela non essere altrettanto meraviglioso. Nella maggior parte dei casi, la sottoscritta. Infine il cervello invia loro dei segnali insistenti, una voce che dice cose tipo "ehi, ma ce la fai?". Così tornano di scatto a guardare mia madre, e su di me cala l'ombra.

Non è colpa di mamma se è bellissima. La sua vera colpa è che di essere bella non ne vuole sapere.

Avrebbe potuto fare la modella, glielo diceva sempre anche papà. Le aveva scattato dei ritratti che avevano attirato l'attenzione di altri fotografi del settore, curiosi di scoprire chi fosse la sua musa. Mamma, però, aveva vietato a papà di parlarne.

Per lei le foto erano solo un gioco, un passatempo sciocco, non un lavoro. E la sua bellezza era qualcosa che assomigliava più a una maledizione che a una fortuna.

Tutti i suoi vecchi fidanzati l'avevano lasciata, perché passata l'infatuazione iniziale si rendevano conto che mamma non era poi così perfetta. Era maldestra, malinconica e spesso un po' distratta. Così se ne andavano lasciando un gran vuoto, e lei piangeva per giorni. Ma la sua faccia, gonfia e rossa per lo sfogo, era comunque straordinaria.

Mamma aveva provato a mascherarla in tanti modi, quella bellezza sfrontata, mai un filo di trucco, mai un accessorio vistoso, lo sguardo sempre basso che spesso la faceva camminare con le spalle incurvate. Eppure l'effetto che otteneva era quasi il contrario: il suo viso struccato era di una bellezza disarmante perché, libero da creme e polveri che ne soffocavano lo splendore, quasi brillava di meraviglia. La sua andatura goffa, poi, la rendeva una preda tenera e innocente.

Mamma era condannata a essere bella, e io a essere la figlia che tutti si aspettavano nascesse altrettanto splendida e invece era solo carina. Mamma era un sole accecante, io non potevo nemmeno essere la sua ombra.

Così la allontanavo. La obbligavo a rimanere in macchina ad aspettarmi all'uscita da scuola, a tenere le distanze, a nascondersi. Anche i miei compagni chiedevano la stessa cosa ai propri genitori, si vergognavano di loro e li obbligavano a parcheggiare dall'altro lato della strada, oltre il campo da calcio. Io, però, non mi vergognavo di mamma. Mi vergognavo di non essere bella come lei e di desiderarlo più di ogni altra cosa.

Invece avevo preso tanto da papà, e dalla sua stramba famiglia sudamericana che non avevo mai conosciuto. I capelli indomabili e la pelle scura dai lui, le gambe snelle e forti da mio nonno Alejandro, un uomo molto coraggioso; gli occhi piccoli e vispi dalla nonna Felicia, che era una donna muscolosa e molto intelligente. Dalla mamma avevo preso solo le labbra carnose, uno scherzo che il destino mi aveva fatto per ricordarmi che, nonostante tutto, sì, ero sempre sua figlia.

5

Riprenderai a mangiare?

Filo ce l'aveva fatta a trovare mio padre. Non ne avevo mai dubitato. Mi aveva detto che papà gli aveva offerto una limonata letale e aveva promesso che si sarebbe fatto sentire presto. Ma passata una settimana non avevo ancora ricevuto sue notizie, così dopo il lungo ricovero in ospedale sono tornata a casa. Dopo tanto tempo l'appartamento mi sembrava strano, avevo un po' quella sensazione come se fossi rientrata da una lunga vacanza, la mia stanza sospesa nel ricordo di come l'avevo lasciata, il libro di Antologia ancora aperto sul tavolo, l'odore delle tende di lino scaldate dal sole tiepido di fine maggio.

Non volevo ricordare il passato, ma non riuscivo nemmeno a guardare al futuro. Ero bloccata.

Me ne stavo chiusa in camera con le tapparelle abbassate a metà, accettavo solo di spostarmi in cucina per cambiare l'aria pesante una volta al giorno. Mangiavo i cracker sul letto, studiavo le foto che papà mi inviava ogni compleanno, chiedendomi se si sarebbe mai fatto vivo. Chiusa in camera con il mio gatto Mr DiCaprio non accettavo di vedere nessuno, le mie amiche chiedevano di Nina, ma la verità era che Nina non esisteva più, perché la mia faccia se l'era mangiata l'asfalto. Avevo preso una curva troppo larga, e per evitare lo scontro frontale con l'auto avevo sterzato di colpo, perdendo il controllo dello scooter.

Mia mamma aveva pensato che la soluzione migliore per affrontare il trauma fosse comprare un frullatore nuovo. Tra un'udienza in tribunale e l'altra, preparava centrifughe vitaminiche alle fragole per me e l'infermiera che veniva a medicarmi.

Io invece, nella solitudine, buttavo giù liste. Ho fatto liste per ricordarmi il giusto ordine delle medicine. Liste per annotare le possibili scuse da dire alle amiche per non uscire di casa. Liste in cui contavo i giorni che mancavano al prossimo intervento chirurgico. Ho fatto anche una lista delle cose che non potevo più fare. Al primo posto c'era andare a nuoto con la faccia martoriata, poi guidare lo scooter che avevo distrutto, truccarmi sotto le bende, uscire a bere qualcosa in un posto pubblico e infine avere un ragazzo che non fosse cieco.

Non avevo ferite gravi ma avevo ferite profonde, che sarebbero diventate cicatrici, e avrebbero messo radici sulla mia faccia.

Anche se non ero morta era come se lo fossi, e il mio corpo non lo voleva capire. Non avevo più il controllo sulla mia vita, non avevo più niente. Così ho iniziato a esercitare il controllo sull'unica cosa che riuscivo ancora a dominare, il cibo. Ho smesso di mangiare. Di nascosto sporgevo il braccio dalla finestra e rovesciavo il centrifugato rosa che finiva spiaccicato sulla strada, tagliavo la carne in piccoli pezzi e li davo in pasto al gatto, che ingrassava a vista d'occhio. Invece io dimagrivo, sbiadivo, dormivo ancora più a lungo.

Un pomeriggio ho sognato papà. Nel sogno Gabriel era passato a trovarmi mentre dormivo, e mi era parso così reale che al mio risveglio ho percepito l'odore dolciastro della sua sigaretta elettronica.

«C'è Lara, è venuta a trovarti.»

«Non sto bene mamma, dille che ho la febbre.»

«La vicina di casa ha fatto la lasagna, ha preparato una teglia solo per te.»

«Ringraziala, dille che adesso sono diventata vegetariana.»

«Ho fatto il frullato, te lo porto?»

«Grazie.»

Dopo avermelo lasciato sul comodino, mamma è rimasta dietro la porta socchiusa senza che me ne accorgessi. Da alcune mattine prima di andare al lavoro aveva notato per strada la poltiglia rosa e si era insospettita. E non le era sfuggito nemmeno il fatto che Mr DiCaprio avesse messo su due chili.

Mi sono trascinata fino alla finestra e ho rovesciato il liquido grumoso giù dal davanzale, senza esitare.

«Nina.»

La porta si è aperta e io ho ritirato frettolosa il braccio, il bicchiere di plastica mi è sfuggito e si è schiantato sull'asfalto con un tonfo dimostrativo. Sono rimasta immobile, rossa da qualche parte sotto le bende per la vergogna.

«La settimana scorsa è venuto qui tuo padre, stavi dormendo, così non ti ho svegliata» ha affermato fingendo indifferenza, ma si vedeva che era in cerca di risposte. «Mi ha detto che hai mandato Filo da lui.»

L'ho guardata socchiudendo la bocca senza dire una parola. Poi ho ripensato alla poltiglia rosa che cadeva dalla finestra, ho immaginato che se fossi rimasta lì la mia vita nei mesi a venire sarebbe stata esattamente così: un frullato delle mie paure che precipitava nel vuoto. E mi è venuto il panico.

«Vorrei andare a stare da papà a Volpedo, mamma. Solo per un po'» ho confessato.

Mamma ha scosso la testa ma non sembrava stupita, nemmeno arrabbiata. Se mi ero messa in contatto con papà di nascosto probabilmente c'era un motivo serio.

«Sai come la penso, vive in un camper e non è di certo una persona responsabile.» Ha scosso la testa decisa, poi si è scontrata con i miei occhi verdi e il mio sguardo deve averle fatto male, perché ha aggiunto: «Ma se ti lasciassi andare là per una settimana, solo per una prova, riprenderai a mangiare?».

WhatsApp

LARA: Nina, perché non rispondi ai miei messaggi? Vuoi dirmi che succede? Marlena non sa dove sei finita e Filo non ci dice niente. Mi manchi...

Parte seconda

Be yourself, everyone else is already taken.

Oscar Wilde

6

Anche il cane

Respiro.

Papà doveva passare a prendermi stamattina, ma probabilmente si è dimenticato. Così, di nascosto, sono andata con la metro in Stazione Centrale, da lì ho preso il treno diretto a Tortona, poi un pullman fino a Volpedo. Praticamente più di un'ora di viaggio in direzione nulla, in compagnia di una sfilza di persone impietosite che fissavano il mio viso bendato come se la loro compassione fosse una panacea per la mia faccia.

L'autobus mi ha lasciata davanti a una chiesa in mattoni rossi alle porte del paese. La prima cosa che mi ha colpita è stato il silenzio assordante. La strada principale era deserta, costeggiata da una schiera di casette basse, con i loro balconcini e le piante ornamentali. Erano le tre di pomeriggio e non c'era anima viva. Il sole spaccava le pietre, forse aveva anche sciolto le persone.

Da qualche parte in un vicolo, un gatto miagolava. Mi sono ritrovata a pensare a quanto certi suoni siano tristi.

Prima di partire avevo dovuto prendere una decisione difficile: lasciare Mr DiCaprio a casa. Da quello che mamma mi aveva detto, papà aveva già un cane, e nel camper non ci sarebbe stato spazio anche per un gatto. E poi Mr DiCaprio non era abituato a cambiare ambiente. Non che io lo fossi.

Ho seguito Google Maps lungo una strada che risaliva la collina, e si allontanava un po' dal paese. La cinghia del borsone con i vestiti cominciava a tagliare.

Camminare sotto il sole era troppo dopo una settimana di ricovero in ospedale, e ancora troppo dopo un periodo di convalescenza a casa.

La testa ha preso a girarmi come un'elica, il corpo ha smesso di ascoltarmi.

Ho vomitato. L'ho fatto di nascosto dietro a un albero, come un animale. La strada però era libera e mi sono detta che "se nessuno mi aveva vista, non era successo". Mi sono pulita la bocca facendo gargarismi con l'acqua frizzante che avevo comprato in stazione. Era caldissima, ma ne ho bevuta comunque metà. Mi sono rimessa il borsone in spalla e ho ripreso a piedi la salita, osservando i gruppetti di margherite germogliate insieme ai lati della strada. Non mi sono mai sentita così sola in vita mia.

Ignoravo il sudore sotto le bende che bruciava la pelle, il senso di vuoto che mi avvolgeva la testa e ora anche lo stomaco.

Volevo solo arrivare il prima possibile da papà.

Papà, che stamattina si era dimenticato di venire a prendermi.

Di Volpedo avevo ricordi nitidi e spezzati. Ci avevo vissuto fino ai sette anni, e nella mia testa ne conservavo ben chiari alcuni frammenti. Ricordavo i sacchetti pesanti di spesa che io e mamma riempivamo di frutta e formaggio al mercato, e portavamo a casa in bicicletta. Ricordavo l'odore del mercato, che è quello della pelle di pollo alla griglia. Ricordavo gli inverni davanti alla finestra a guardare papà che spalava la neve, con la cuffia rossa di mamma in testa. Ricordavo l'odore della neve, sapeva di acqua fresca di frigo.

Ricordavo i racconti su Pellizza, il pittore nato nell'Ottocento che aveva reso famoso il paese con i suoi quadri, e poi si era impiccato con una corda nel salotto di casa.

Di Pellizza avevo trovato anche un dipinto nel libro di Storia, qualche anno fa a scuola, ma quando la prof. aveva nominato Volpedo, io avevo fatto finta di niente.

Volpedo non mi riguardava.

Perché se il passato non esisteva, non esisteva nemmeno papà.

Ma ora sono qui.

Seguo la curva e oltrepasso una casetta in legno, sembra una specie di fruttivendolo. Proseguo, e la salita si fa più dolce. Mastico una cicca del pacchetto che ho trovato in tasca per scacciare il sapore acido che ho in bocca.

Percorro ancora un chilometro che sembra infinito, e me la ritrovo davanti, circondata da un recinto in ferro arrugginito, probabilmente costruito da papà.

La casa gialla è proprio lì, di fronte a me, ed è un po' scrostata, come una torta bruciacchiata. Sono passati quasi sette anni dall'ultima volta che ci sono stata. Abitavo qui prima che mamma e papà si separassero, prima che lui comprasse un camper e si mettesse a girare l'Europa mollando il lavoro di fotografo di moda per vivere la sua "avventura". Tornato dal suo "grande" viaggio papà aveva parcheggiato il camper in giardino, svuotato la casa, venduto i mobili e sigillato le finestre. Papà dice che una casa su quattro ruote lo fa sentire "libero", meno ancorato alle cose. Io invece credo che siano tutte balle, che si sia trasferito nel camper perché la casa gialla gli ricorda noi e da solo lì non ci voleva più stare.

Faccio scivolare lo sguardo dalle vecchie mura fino al giardino. La mia nuova vita è dentro una cavolo di scatola di latta.

Il cancelletto è aperto, mi sistemo il borsone con i vestiti sull'altra spalla e muovo un passo sul prato, decisa. Ci sono vasi di fiori selvatici, qualche cassa di birra abbandonata, un orticello incorniciato da una staccionata traballante e, accidenti, un grosso pitbull nero con un orecchio mangiato che mi mostra i canini giallastri ben appuntiti.

Sono immobile, lui mi studia da seduto, provo a fare un micro movimento ma lui fa scattare le gambe posteriori come un giocattolo meccanico e si alza. Allora io mi fermo, e lui si risiede.

La porta del camper si spalanca. «Mela! Ma che...?»

Occhi azzurro cloro dalla forma allungata, piercing al setto, folti capelli castani, piedi nudi. Non è mio padre, è un ragazzo. Credo abbia qualche anno più di me. Il pitbull, che a quanto pare è una lei, si zittisce ubbidiente.

«E tu chi sei?» Ha un tatuaggio con un'iguana sul braccio destro, ricorda il grosso lucertolone del mio sogno, quello che attaccava Filo proprio nella cucina di questo camper.

«Sono la figlia di Gabriel» ribatto, cercando di tenere la schiena dritta.

Lui stringe gli occhi riducendoli a due fessure per studiare meglio la mia faccia da mummia, non sembra stupito ma nemmeno contento di vedermi. Esita per un attimo sulle mie bende.

«Be', figlia di Gabriel, m'hai fatto prender male anche il cane.»

WhatsApp

NINA: Ciao mamma io e papà siamo arrivati ora a Volpedo. Tutto ok ci sentiamo dopo.

7

Vedremo

Io e il ragazzo strano siamo seduti una di fianco all'altro sul divano del camper, siamo così da più di un quarto d'ora e lui non ha ancora spiccicato parola. In compenso si è mangiato quasi un'intera vaschetta di fragole, una dietro l'altra. Si comporta come se questo posto fosse un po' casa sua, eppure papà non mi ha parlato di lui. Mi sporgo con il busto per guardarlo meglio. Che sia un mio fratellastro?

«Vuoi?»

Mi allunga la vaschetta offrendomi le fragole rimaste sul fondo. Le guardo, sono un po' ammaccate, rosso cupo, mi fanno tornare in mente i prelievi in ospedale, la mia guancia martoriata.

«No, grazie.»

Inarca le folte sopracciglia. «Come ti pare. Ma sono favolose.»

Torniamo in silenzio, mi faccio piccola piccola sul divano e do un'occhiata in giro. L'arredamento è piuttosto spartano: tende rosa che hanno assorbito l'odore di incenso, un libro aperto sul tavolo, un lavandino con una pila di piatti da lavare incrostati di sugo. Alle pareti sono appese delle foto in bianco e nero di alcune modelle, credo che papà le abbia scattate nel suo "periodo artistico". C'è anche mamma, bellissima, tanto per cambiare.

«Che guardi? Mica stai al museo» dice divertito, incrociando le gambe sul divano.

«Stavo solo... Quel libro è tuo?» azzardo indicando il volume aperto sul tavolo. Non che mi interessi davvero, è solo per cambiare discorso.

Lui lo afferra, sfoglia le ultime pagine. I suoi occhi furbi si posano su una riga: «... *e a tutta quella strada che corre, e a tutta quella gente che sogna nella sua immensità...*». Lo chiude. «Uno dei finali più grandiosi di tutti i tempi. Indiscutibile.»

Annuisco, anche se non ci ho capito niente. Anche se le bende hanno preso a pizzicarmi perché sono sporche. Anche se vorrei solo strapparmele di dosso.

«Leggo sempre i finali dei libri e so a memoria quasi tutti quelli dei miei film preferiti.»

Un'altra cosa che nessuno gli ha chiesto. «Ah.»

«Tu leggi?» Mi osserva per la prima volta incuriosito, è come se mi guardasse sotto le bende, attraverso i pensieri.

«Solo per scuola.»

«Allora non leggi.» Appoggia la vaschetta di fragole sul ginocchio che sporge dai bermuda, guarda di riflesso i miei jeans lunghi che coprono i lividi dell'incidente.

«No, hai ragione.» Stiro il tessuto dei pantaloni con la punta delle dita. «Che scuola frequenti?» Sul collo ha delle vene così azzurre che sembrano alghe.

«Istituto agrario, te?»

«Classico.»

Osserva la collanina d'oro che mi ha regalato la nonna pazza per la comunione, adagiata sulla pelle tra le clavicole.

«Ma certo, *classico*.» Si scrocchia le nocche e mi guarda come se avesse già capito tutto. «A me non è che piaccia la botanica, ma mi sarà utile per trovare lavoro qui attorno, se mai dovessi averne bisogno.» Indica con un cenno le colline fuori dalla finestra, ma non le guarda.

«Tu vuoi… lavorare *qui* attorno?» esclamo, esageratamente sincera.

«È il piano B.» Fa una smorfia.

Mela, il cane, entra dallo sportello del camper e si acciambella sul tappeto intorno alla sua gamba. Lui la accarezza con il dorso del piede libero, e lei si gira a pancia in su.

«Non mi hai ancora detto il tuo nome» gli faccio notare, tirando fuori dal borsone l'acqua ancora calda di sole.

«Non me l'hai mica chiesto, Nina» risponde lui, pescando l'ultima fragola dalla vaschetta. E il mio nome tra le sue labbra fa un effetto strano. «Comunque Gabriel mi aveva avvisato che oggi saresti arrivata» dice, scompigliandosi i capelli, i ciuffi rimangono dritti per un po', poi si sgonfiano.

«Papà si è dimenticato di venirmi a prendere.»

«Nah, grandioso per il primo giorno di convivenza padre e figlia.» Ammicca un sorriso da schiaffi. Lo sa di essere cattivo.

«Che ore sono, scusa?»

Tira fuori il cellulare dalla tasca. È un modello vecchissimo.

«Cinque e venti, spaccate.»

Cala di nuovo quello strano silenzio. I pezzi del puzzle non si incastrano.

«Quindi tu saresti un amico di mio padre?»

«Nah.»

«Un suo... collega?»

«Non proprio.»

«Quindi non sei un fotografo?»

«Mai detto questo» si inumidisce le labbra con la lingua, in un modo che sul momento trovo fastidioso. «Solo che sono un fotografo speciale.»

«Cioè?»

Lui si guarda attorno come per accertarsi che non possa sentirci nessuno, è una gag da sbruffone che mi pare patetica. Mi si avvicina: «Collaboro con la polizia, faccio le foto ai cadaveri. È il mio piano A».

Merda.

Poi scoppia in una risata sincera, e la vaschetta vuota cade sul tappeto, spaventando Mela che salta sulle zampe.

«Scatto foto alla natura, Nina. Voglio imparare dal

più grande, Gabriel è tipo un mentore per me» conclude, abbassandosi a raccogliere l'involucro di plastica, la maglietta gli scopre la schiena.

«Cioè?»

Si tira su. «Non sai cos'è un mentore?»

Scuoto la testa. Lui si gratta il mento, non ha barba.

«Be', un mentore è un ideale fatto persona, qualcuno che ti spiega come va il mondo, un...»

«Un padre?»

«No, quello no.»

«Che differenza c'è?»

«Il mentore te lo scegli, il padre ce l'hai e basta» specifica, tamburellando le dita sulla sponda del divano. *Toc toc toc.*

«Quindi tu, tra tutti, come mentore hai scelto proprio mio padre?»

Toc toc toc, i polpastrelli battono a ritmo.

«La cosa sembra stupirti. Perché?»

«Be'... Io non credo avrei scelto Gabriel.» Deglutisco. «Né come mentore, né come padre.»

La sua mano esita sulla sponda del divano. «Capito.»

«Tu però non sembri affatto stupito.»

«No, infatti.»

Silenzio.

«Come mai?»

«Non lo vuoi sapere davvero.»

«Sono solo curiosa.»

Sorride, ma non è felice. «Okay, come vuoi. Oggi

dovevo venire io a prenderti in moto a Milano. Gabriel me lo aveva chiesto, ma non l'ho fatto.»

La mandibola mi si blocca.

«Non l'ho fatto perché in tutti questi anni non ti ho mai vista venire qui da noi una volta, Nina. Da quel che mi risulta te ne stavi a Milano a fare la principessa.» Parla al plurale, parla anche per mio padre. «Non presentandomi, quindi, pensavo di farti un favore.»

Non è una battuta come quella di prima sui cadaveri. Sembra serio.

«Ti sbagli» rispondo. Ma a dire il vero non ne sono del tutto convinta.

«Vedremo.»

8

Non adesso, Filo

«Vedo che hai conosciuto Tommaso.»

Papà ha il volto abbronzato e occhi scuri come il fondo del caffè, sopracciglia folte, un naso dritto e importante, una bandana da pirata che doma i capelli ricci come i miei. La prima cosa che mi dice quando mi vede, paralizzata sul divano del camper, non riguarda la mia faccia bendata. Non è nemmeno un commento sul mio arrivo quaggiù. Riguarda il ragazzo.

Io mi limito ad annuire, mentre la *temibile* Mela gli fa le feste al posto mio.

Gabriel non nota il mio imbarazzo, o semplicemente lo ignora di proposito.

Si mette ad apparecchiare la tavola come se niente fosse; Tommaso gli fa notare che non ha intenzione di rimanere per cena, congedandosi con un'occhiata indecifrabile. La porta del camper sbatte silenziosa, e lui se ne va senza far entrare nemmeno un soffio d'aria.

Papà mette sul fuoco una zuppa di verdure, le bolle scoppiettano come nella palude di un film horror.

Quando la cena è pronta si siede a tavola e comincia a sciogliere i grumi della minestra mescolando con un cucchiaio arancione. Il mio ha il manico verde, le nostre posate sono spaiate proprio come la nostra famiglia.

Non gli dico che Tommaso non è venuto a prendermi. Ho paura che, se lo metto nei casini, lui possa vendicarsi in qualche modo. E poi, passare subito per la spia di turno non mi sembra una buona idea, soprattutto all'inizio di una convivenza, dentro un camper, nel bel mezzo del nulla, con una madre a chilometri di distanza.

Alla domanda di papà su "com'è andata la giornata" rispondo annuendo alla zuppa che non ho intenzione di mangiare, e che restituisce il mio riflesso in una grossa chiazza d'olio al centro.

«Io oggi sono andato a scattare per un matrimonio turco. Quei tizi mi hanno rimpinzato di dolci al miele, *baklava*. Meraviglioso, eh.» Papà immerge il cucchiaio nella zuppa mentre in padella friggono delle zucchine, gli schizzi d'unto scoppiettano come petardi, è una guerra.

«Anch'io a pranzo ho mangiato molto» mento, e allontano il piatto con la punta delle dita per fargli capire.

«Ehi, te lo ricordavi che sono vegetariano, eh? Tommaso mi ha detto che adesso va di moda a Milano.» La barba un po' incolta, la camicia di lino rosa che sembra fatta con le tende del camper. Cavolo, Gabriel sembra uscito da Woodstock '69 versione Val Borbera. Nessuno direbbe che una volta era un rispettabile fotografo che lavorava nella moda. Un po' perché da quando ha divorziato con mamma si è dato alla fotografia naturalistica con un rendiconto economico pari a zero. E un po' perché in questo posto nessuno capisce davvero la sua arte, e papà agli occhi di molti sembra solo un tizio vestito male con una macchina fotografica al collo.

Insomma, Volpedo è l'ultimo posto al mondo dove un fotografo di moda andrebbe a vivere. O meglio, l'unico posto al mondo dove *chiunque* andrebbe a vivere se non per nascondersi dall'umanità.

Per questo l'ho scelto, dopotutto anche io mi sto nascondendo.

Ricordo a papà che io invece non mangio il pesce. Nessun tipo di creatura marina, a dire il vero. Non ce la faccio e basta. Pensare di tirare fuori dall'acqua degli esseri viventi e poi lasciarli morire soffocati, la morte più orribile di tutte, mi mette l'ansia. Certo, non ha molto senso, perché mi dispiace tantissimo anche per le mucche e i maiali però li mangio lo stesso. Ma essere contradditori è di famiglia.

Papà stranamente non sembra stupito a riguardo. Non sembra stupirsi di niente. Anche questo, per quel poco che so di lui, è un suo grande classico.

«Be', qui ognuno è libero di mangiare ciò che vuole. Tommaso sarà felice di passare per te dal salumiere, se hai voglia di carne. Davvero, non farti problemi. Da queste parti la cucina tradizionale è piuttosto carnivora, anzi *molto* carnivora, sono certo ti troverai bene. Ciccioli, lardo, ravioli al brasato, cinghiale in salmì...»

Papà elenca la lista di piatti tipici piemontesi come una filastrocca, e io sento il bisogno di scomparire.

Me ne sto accovacciata sulla sedia fissando la zuppa, cercando il coraggio di dire quello che penso nelle verdure galleggianti.

Vorrei dirgli che una ragazza uscita dall'ospedale con la faccia sfasciata non si lascia nelle mani di un ragazzo psicopatico. Che se una ha appena fatto un incidente in motorino, mandare qualcuno a prenderla in moto è da stronzi. Che se ospiti in casa tua una persona che ha bisogno di cure in un ambiente sterile, almeno i piatti sporchi li lavi.

Ma per quanto io sia arrabbiata sento comunque di non meritarmi la gentilezza di mio padre. In tutti questi anni papà non si è fatto vivo quasi mai, e io ne ho sofferto moltissimo. Ma ora, per la prima volta, inizio a chiedermene il motivo, e l'unica risposta che riesco a figurarmi è che probabilmente non sono la figlia che desiderava. Davo per scontato di essere amata e voluta, ma chi sono io per pretenderlo? Solo perché tra di noi c'è un qualche legame di sangue, Gabriel dovrebbe volermi bene e basta? Tutti questi pensieri mi fanno chiudere lo stomaco come un pugno.

«Papà, sono un po' stanca, vado a dormire se non ti dispiace.»

Gabriel guarda il giardino dalla finestra, c'è una luce perlacea, una luce che su IG si meriterebbe l'hashtag *#goldenlight*. Sono solo le otto e mezzo di sera, Mela sta scavando una buca vicino alla staccionata dell'orto mentre il sole, buccia d'arancia, tramonta dietro la sua coda.

«Ti serve aiuto con le bende?»

Faccio segno di no con la testa, e mi alzo in piedi. Solo allora papà si rende conto che non ho toccato cibo.

«Comunque ti aiuto a mettere i piatti nella lavastoviglie, se vuoi» dico.

Papà scoppia a ridere, una risata che non ricordavo, di quelle contagiose. Poi con i gomiti sul tavolo, tendendosi la faccia abbronzata tra le mani, mi dice: «Prima che tu vada a dormire, vorrei spiegarti un po' come funziona la vita qui dentro, eh?». Prende il mio piatto con la zuppa e ci infila il suo cucchiaio. «Prima di tutto *niemte* lavastoviglie, i piatti si lavano a mano una volta al *giorfno*, meglio la sera, o la *maftina* del giorno dopo se proprio viene tardi» biascica con la bocca piena. «Sarai felice di sapere che abbiamo ancora la nostra vecchia lavatrice, è rimasta nella casa gialla per questioni di spazio, quindi il bucato si fa di là, una volta a settimana.»

«La casa gialla è ancora agibile?»

Papà si porta il piatto alle labbra, beve il fondo della zuppa come Coca-Cola. «Sono "agibili" la stanza della lavatrice e il salone, che uso come set fotografico. È un po' diroccato, ma l'*industrial style* va ancora forte per i book.»

Già, questo mamma me lo ha detto. Oltre che ai matrimoni e ai compleanni, per pagare le bollette papà si è messo a scattare foto ad aspiranti modelle a un prezzo stracciato.

Gabriel posa il piatto vuoto sul tavolo e si arrotola le maniche della camicia scoprendo un piccolo tatuaggio sul polso, una *N* in corsivo. L'iniziale del mio nome. «Come vedi qui è un po' difficile stirare, ho il ferro ma non lo uso mai perché ci vuole troppo tempo e d'estate fa troppo caldo. Posso insegnarti un metodo per appendere le magliette così che si asciughino dritte, ma magari lo conosci già.» Si alza in piedi per mostrarmi la t-shirt, a suo avviso "stirata", poi fa qualche passo fino al divano, ricoperto da un telo con una vecchia stampa a fiori, tipo tovaglia della nonna. «Io dormirò qui, tu dormirai di sopra. La vedi quella botola lassù? C'è una mansarda piccolina, un materasso comodo e una finestra a oblò, ma starai bene. Sai, ci ha dormito già Tommaso qualche volta, quando litiga con suo padre e non vuole tornare a casa.» Mi strizza l'occhio senza che ci sia dietro un reale motivo, e io la trovo una cosa molto da *boomer.* «La sveglia la mattina è verso le otto, impossibile dormire quando qualcun altro è già in piedi, te ne accorgerai. Ah, il bagno è qui dietro, ho messo a posto i tubi di recente, è perfetto, non c'è molto spazio però, quindi le tue cose è meglio che le lasci qui. Tutto chiaro? Hai domande per me?»

«Sì, tutto chiaro, e no, niente domande.»

«Bene. Ci sono altre questioni che ti spiegherò giorno per giorno, altrimenti rischio di confonderti. Un'ultima cosa: tua madre mi ha parlato *per ore* del tuo debito in Italiano. Mi ha fatto promettere di controllare che studi.» Inarca le sopracciglia divertito. «Debito in Italiano, Nina, eh? Sul serio?»

La storia del debito riguardava il mio dibattito con la prof., ma non mi sembrava il caso di approfondire ora la questione. Papà non sapeva niente del tema.

«Bene, stasera i piatti li lavo io, perché ci sono anche quelli di ieri» dice, alzando le spalle. «Sicura che non ti serva aiuto per le bende? Davvero, non farti problemi con me, per qualsiasi cosa tu chiedi. Magari ci sono delle cose di cui hai bisogno… Assorbenti ne hai?»

«Ho tutto.» Le guance hanno preso fuoco.

«Per i peli puoi usare i miei rasoi usa e getta, c'è differenza con gli usa e getta femminili? O sono solo rosa al posto che blu?»

«Non saprei…»

«Shampoo e sapone sono del supermercato, ma se preferisci qualche prodotto più alla moda domani facciamo la spesa.»

«Davvero, ho portato tutto.»

Papà mi studia in silenzio.

«Okay. Io ascolterò un po' di musica con le *Super* cuffie in giardino, così non ti disturbo. Se ti servo, fai un fischio.»

Papà si sfila dai pantaloni una sigaretta elettronica, apre un cassetto estraendo delle cuffie Wireless che effettivamente hanno scritto su entrambi i lati la parola *Super*, poi gira su se stesso verso la porta come un ballerino, accennando un saluto goffo.

Rimasta sola riprendo a respirare a pieni polmoni. Studio la ripida scaletta in legno che porta alla mansarda, chiedendomi se davvero dovrò arrampicarmi lassù per tutta l'estate. Sicuramente se dovesse succedermi qualcosa Tommaso ne sarebbe contento, visto che mi accusa di avergli rubato il posto, quando invece la storia è che papà ha abbandonato me per fare da "mentore" a lui. L'incazzata se mai dovrei essere io.

Apro il borsone, sfilo il mio beauty e vado in bagno per la medicazione. Chiudendo la porta scopro che non c'è la chiave. Molto bene.

Dispongo sul lavandino il disinfettante, le medicine e appoggio le bende sul water chiuso. Non è molto igienico, ma papà aveva ragione, non c'è spazio.

Mi lavo le mani e poi sfilo le vecchie bende lentamente. Brucia, perché gli strati più sottili di pelle si sono appiccicati alle garze. Gli occhi iniziano a lacrimare d'impulso ma io sono forte, ricordo le parole dell'infermiera gentile che mi ha insegnato a ripetere questo gesto senza fermarmi: "Prima si chiude con le cose brutte, prima passa il dolore. Lo dico sempre a mia figlia quando litiga con il suo ragazzo". Strappo l'ultimo strato di garza e la mia faccia torna dolorosamente libera.

Rimango così per un po' davanti allo specchio. La cicatrice più brutta si distanzia di pochi millimetri dall'occhio sinistro, e arriva fino alla guancia. La ferita è ancora gonfia e rossa come un lombrico, perché nell'incidente mi sono ustionata e i medici mi hanno dovuto prelevare dei piccoli pezzetti di pelle dalle cosce per poi applicarli sulla lesione del viso. Ora anche le mie gambe sono segnate dai tagli, simili a profondi graffi di gatto.

A lavoro concluso studio il mio volto mummificato prima di lavarmi i denti, abbastanza fiera del risultato. Potrei quasi pubblicare un tutorial su YouTube: *Come fasciarsi la faccia perfettamente.* Andrebbe alla grande ad Halloween, per i travestimenti da mummia. Farei persino concorrenza a Jasmine Elle, che l'anno scorso ha proposto un trucco diventato virale: l'ecologista zombie.

L'idea di un qualche tutorial del genere non mi dispiacerebbe, in effetti, ma so che non lo farei mai. Non ho un canale YouTube e i social li uso solo per postare una foto ogni tanto, perlopiù di DiCaprio. Di me non c'è quasi niente, solo qualche selfie con Lara e Marlena. All'inizio postavo solo foto con loro di proposito, speravo che così uno sconosciuto avrebbe potuto scambiarmi per una delle mie amiche. Poi ho deciso di mettere il profilo privato perché hanno iniziato a seguirmi un sacco di *bot*, e da quel momento gli sconosciuti che chiedono di seguirmi sono rari.

Soprappensiero, prendo il cellulare dalla tasca dei jeans, apro la fotocamera e mi scatto una foto nel riflesso dello specchio. Non so se lo faccio più per seguire il consiglio sul video diario del medico delle domande o per convincermi che quell'ammasso di bende sia la nuova Nina. Un istante dopo il display si illumina, c'è un messaggio WhatsApp di Filo:

FILO: Ho saputo cos'è successo con Leonardo. A scuola stanno iniziando a girare delle voci.

Rimetto il cellulare in tasca e soffoco le setole dello spazzolino con la pasta del dentifricio.

Non adesso, Filo.

Tema saggio breve

CONSIDERAZIONI SULLO SPIRITO LIBERO

Nina Vazquez Seta – 2° A

Spirito libero.

Ne ho sentito parlare per la prima volta da mia madre, per descrivere Gabriel. Lei sostiene che lui sia uno spirito libero. Che poi credo sia un sinonimo di vagabondo e cose di questo genere.

Sinceramente le do ragione.

Se Gabriel si fosse interessato un po' a me negli ultimi anni e avesse fatto meno lo "spirito libero" io sarei una persona migliore. Ne sono sicurissima.

Quindi forse si può essere spiriti liberi soltanto se si è da soli.

E poi, "liberi", ma liberi da cosa? Dagli impegni e dalle responsabilità? Allora forse solo i bambini sono spiriti liberi.

Gabriel è un po' un bambino, in effetti.

Non l'ho mai conosciuto bene.

E a dire il vero non ci tengo.

C'è stato un periodo in cui avrei voluto dargli un'opportunità, in cui mi sono proprio detta: "Nina, perché non provi a rimetterti in contatto con Gabriel ecc. ecc.".

È finita con lui che ha cambiato numero di cellulare perché c'era una compagnia telefonica che offriva una tariffa più economica.

Forse Gabriel è uno stronzo.

Forse essere uno spirito libero è un po' da stronzi, in effetti, o da egoisti, se preferisce che usi una parola più elegante, prof.

Be', non ho molto altro da dire sull'argomento "stronzi".

Non saprò mai nulla di Gabriel, né lui di me. Ma sa che c'è? Chissenefrega.

E va bene così.

Sì, ogni tanto ci penso, lo ammetto, quando cammino per strada e incontro un uomo con gli occhi nocciola.

Penso a Gabriel.

Poi la cosa finisce lì, perché Gabriel non vive nemmeno a Milano, ma in un paese sfigato.

Però ci penso.

Solo in quei momenti per strada, o di notte quando non riesco a dormire. Solo lì.

Ci penso.

Penso a Gabriel.

Mi chiedo se anche lui, ovunque sia, mi stia pensando.

Ma poi mi dico di no, altrimenti mi avrebbe cercata.

WhatsApp

MAMMA: Buongiorno, sto andando al lavoro. Guarda chi ti saluta, ci manchi!!!

Foto di Mr DiCaprio sul divano.
Selfie di mia madre mosso.

9

Che la tua casa tornasse a casa

La mattina mi sveglio alle otto come previsto da papà, mi porto subito una mano alla faccia per controllare che la fasciatura sia a posto, poi mi rigiro affondando nel materasso molliccio e mi tiro le coperte fin sul mento, esausta. Ho dormito da schifo perché durante la notte "qualcosa" ha sbattuto contro il finestrino svegliandomi di soprassalto. Ma papà, dal piano di sotto, mi ha "rassicurata". Si trattava solo di Corinna, una sua ex fidanzata un po' psicopatica, che ogni tanto si diverte a lanciare delle uova marce contro il camper, a notte fonda.

Chiudo gli occhi facendo finta di avere ancora una buon'ora di sonno, mi alzerò alle nove, che me ne importa. Di certo non temo di sprecare un'ora della mia convivenza con papà dormendo.

Ma un rombo di motore infrange ogni sogno.

«Che succede?!» Stringo forte il materasso, fuori dall'oblò sembra che il giardino si stia allontanando, ma è il camper che si è messo in movimento.

"Fermate le colline, fermate il cielo" penso.

«Facciamo un salto al supermercato, come promesso.» Sento la voce di papà dal posto di guida. «Tommaso sta preparando i biscotti intanto, dobbiamo anche prendere il latte per il cappuccino.»

Non ho la forza di ribattere, né di chiedere delucidazioni. Rimango basita a guardare dal mio letto la "casa" spostarsi, rincorrere l'asfalto fumante che scende ripido lungo la collina.

Qualcuno, di sotto, accende la radio.

Mi metto gattoni sul materasso e sollevo un poco la botola, spiando curiosa attraverso la fessura. Mi arriva una folata dolce di zucchero a velo insieme alle note finali di una canzone di Venditti. Scorgo Tommaso in t-shirt nera che spalma la Nutella sui biscotti appena sfornati, è seduto al tavolo, ancora una volta scalzo. Sporgendomi un po' inquadro anche papà al volante, con i ricci legati in una mezza coda. Mi sto chiedendo se si possa usare il forno a motore acceso, quando papà frena di colpo, Tommaso sbatte la faccia nel piatto, e io per poco non ruzzolo giù.

«*Mierda!*» impreca papà colpendo il clacson.

Ripenso alla nonna pazza che una volta si è dimenticata lo stufato di coniglio sui fornelli rischiando di mandare in fiamme la casa, mi domando se sia tanto diversa da papà che stava per ammazzarci tutti solo perché la radio ha mandato in onda una canzone latino americana che probabilmente detesta.

Tommaso si tira su dalla sedia con la faccia impastata di Nutella, ridendo come un cretino, poi con tutta calma estrae la sua reflex dalla custodia, e scatta una foto ai biscotti frantumati nel piatto, le colline fanno da sfondo.

«Tutto bene, Nina?» chiede papà, ricordandosi di avere una figlia incastrata in mansarda.

«Tutto okay!»

Tommaso, che si è accorto di me, mi fa un mezzo sorriso, che non ricambio.

«Perdonami, Nina, ma questa musica latino americana moderna è un insulto alla mia nazione.»

«*Yo quiero que esteeee...* La conosci? È la hit dell'estate» mi spiega Tommaso da sotto.

Papà appoggia entrambe le mani sul volante, fa un lungo respiro, aziona la retro e parcheggia il camper lungo la strada, torcendo la schiena e infilando la lingua tra i denti per concentrarsi meglio. Dal mio oblò si vedono le colline, basse e tozze come budini verdi, e nient'altro. Non c'è traccia del supermercato, solo uno spiazzo con la casetta di legno, quella specie di fruttivendolo che ho notato ieri risalendo la collina.

«Tutti giù.» Gabriel inforca degli occhiali da sole rosa un po' vamp e spalanca la portiera che di tutta risposta cigola offesa. Tommaso scavalca il posto del guidatore e lo raggiunge fuori a piedi nudi, ha ancora qualche traccia di Nutella agli angoli della bocca e sul naso. Io faccio scivolare una gamba sulla scaletta di legno reggendomi forte con le mani.

"È solo per *tre mesi*, solo per *tre mesi*" penso.

«Sono ancora in pigiama...» cerco di giustificarmi, senza fare un gradino.

«Sei bellissima» grida dalla strada papà, che si è già fatto passare il malumore. Salto giù dalla scala ed esco con quella che ormai è la mia divisa: pantaloni lunghi in poliestere, che a giugno tengono caldissimo ma coprono i segni dell'incidente, e una t-shirt a tema gattini e avocado sponsorizzata da Jasmine Elle.

Papà spalanca la porta del negozio facendo tintinnare dei campanelli a forma di elefantino che si danno delle panciate.

«*Buenos días*, *om shanti*, buongiorno!»

La cassiera, una ragazza all'apparenza di qualche anno più grande di me, con occhi color miele d'acero e dei lineamenti orientali, alza lo sguardo. Accanto a lei una donna minuta che porta un tradizionale abito indiano turchese mi saluta giungendo le mani in preghiera. Ha tantissimi anelli.

«Non ci posso credere! Questa è tua figlia, Gabriel?» chiede la ragazza, e fa il giro del bancone per venirmi incontro. Indossa dei jeans scoloriti e ha un anellino al naso.

«Ma dai?» Tommaso si infila le mani nelle tasche morbide.

La ragazza si avvicina e studia incuriosita il mio volto bendato, mentre papà esce di nuovo per salutare un uomo che sta impilando delle casse di frutta nel parcheggio. Presumo sia suo padre, gli stessi lineamenti. «Tu taci, Tommy, sembra che hai appena fatto colazione sotto al culo di un elefante» ride sguaiata, mentre la donna dallo sguardo timido dietro al bancone sorride gentilmente. «Non ti preoccupare, mia madre non capisce bene l'italiano» mi sussurra, mostrando denti bianchissimi, allineati come perline di una collana.

«Gentile come sempre Alisha, eh? Senti, ti è arrivato il libro che ho ordinato su Amazon? Sono passate due settimane ormai.»

Lei rotea gli occhi al cielo, due biglie gialle. «No. Il tuo *centesimo* libro di Stephen King non è ancora arrivato, Tommy. Però oggi abbiamo raccolto le fragole e ci sono le prime pesche. Preso bene, eh?»

«Grandioso» sussurra lui guardandosi in giro nella stanza colma di frutta profumata.

Lei mi rivolge uno sguardo mieloso. «Allora? Parli o sei muta, tu?»

«Ehm... mi chiamo Nina. E, sì, sono la figlia di Gabriel.»

Alisha si gratta una guancia con le unghie laccate: «Merda. Quindi è vero che ti sei schiantata contro un'auto che ha preso fuoco? E gli innesti li fanno davvero staccandoti la pelle dal culo e incollandotela in faccia?».

Tommaso sospira rumorosamente, appoggiando la fronte su uno scaffale traballante di zucchine.

«Che c'è? Mica ho detto che ha una faccia da culo, la mia era solo una domanda scientifica!»

Lui scuote la testa. «Sei una burina.» Lei non riesce nemmeno a ribattere perché papà spalanca la porta con uno stivale di gomma, ha tolto gli occhiali da sole, al petto stringe una tanica di latte, aggrappati ai pantaloni ha due bambini, probabilmente i fratellini di Alisha.

«Tommy, potresti smetterla di alitare sopra le zucchine? Che poi se la gente si prende la mononucleosi è colpa mia.» Tommaso non ha ancora staccato la fronte dallo scaffale di verdura. La madre di Alisha invece è sempre immobile dietro al bancone, ciondola la testa di lato, sorridente come in uno spot televisivo.

Papà appoggia la tanica sul banco come un trofeo calcistico. «Allora, ci serve una cassa di fragole... mentre il latte l'ho preso fuori da suo marito, Indira. Direi che siamo a posto.» Si volta a guardarmi. «Nina, assorbenti allora no?»

«No...» sussurro, e nemmeno questa volta ho intenzione di spiegare a papà che uso la coppetta mestruale.

Mentre Indira incarta la spesa come se fosse un regalo, Alisha zampetta dietro al bancone e batte cassa con le unghie feline.

«Aspetta! Prendiamo anche le pesche, no? Ci sono le primizie.» Tommaso solleva una cassetta per sette persone e se la mette in spalla come una scimmia.

«Le pesche e le fragole sono la specialità del posto. Nel caso non l'avessi ancora capito, finiscono in fretta» mi spiega papà.

Alisha fa gli occhi dolci appoggiando i gomiti sul bancone e le braccia a cuore. «Sono sette euro, Gabriel, grazie...»

«"Gabriel... grazie..."» le fa il verso Tommaso, unendo le mani in preghiera. Papà gli tira un coppino sul collo e lui incassa il colpo massaggiandosi la nuca con un sorriso furbo.

«Grazie, Alisha, gentilissima come sempre.»

Lei gli fa un sorriso esagerato, poi si rivolge a me ciondolando la testa di lato, ha un collo abbastanza tozzo che si nasconde dietro al mento appuntito: «Buona fortuna, eh... con Tommaso...».

«E tornate a trovarci presto, *ragazi*!» aggiunge suo padre tenendoci aperta la porta con le dita ancora sporche di latte, mentre Indira da dietro il bancone ci saluta con la mano, come nei film in cui salpa una nave. E i fratellini di Alisha strillano all'unisono.

Salgo sul camper e mi siedo sul divano accanto a Tommaso, muta. Papà fa manovra e torniamo su per la strada principale, dal finestrino osservo la casetta in legno farsi piccola piccola e sparire nel bosco, come un minuscolo mirtillo in un cespuglio. Solo allora mi ricordo che avrei dovuto comprare dell'acetone per le unghie, l'unica cosa che non ho portato con me. Ma ormai è troppo tardi, siamo già sulla strada principale, in un attimo il camper curva a sinistra e le ruote macinano la ghiaia. Mi sporgo dall'oblò per vedere meglio, il camper traballa sui sassi appuntiti, sento papà salutare qualcuno.

Maglietta stropicciata con il disegno di un dinosauro, capelli ricci e sguardo perso nel vuoto. È Filo.

Sollevo la finestra tonda dell'oblò mentre papà fa la retro. «E tu che ci fai qui?»

Filo mi guarda spalancando le braccia, è la prima volta che mi vede bendata. «Stavo aspettando che la tua casa tornasse a casa.»

10

Scappare

«Quindi tu e Nina eravate in classe insieme già alle medie, vero?» chiede papà finendo di sgranocchiare uno dei biscotti di Tommaso, curvo sul tavolo di legno.

Filo mastica rumorosamente. «Sì, anche alle elementari. Cioè, stessa scuola ma Nina era nella B» risponde deglutendo, con un po' troppo entusiasmo, tenendo le dita aperte e appiccicose di briciole in bella vista.

«*Grandioso*, siete tipo inseparabili» commenta Tommaso, afferrando il coltello del pane con fare disinvolto. Filo, che non è abituato all'"Universo Tommaso", mi guarda a disagio inarcando le sopracciglia.

«È un sacco di tempo, in effetti» interviene papà, «perciò saprete tutto l'uno dell'altra, ad esempio, qual è il piatto preferito di Nina?» Raddrizza la schiena e stacca la pancia dal tavolo, che probabilmente ringrazia. C'è un attimo di imbarazzo, perché papà è *mio* papà e dovrebbe sapere cosa piace a *sua* figlia senza bisogno di chiederlo al suo miglior amico.

«Be', le piace un po' di tutto a parte il pesce, direi...» Filo mi sbircia in cerca di conferme, incrocia le gambe magroline sotto al tavolo.

«E il sottoscritto» aggiunge Tommaso.

Questa volta papà lo squadra torvo, poi sorride a Filo educatamente indicando i biscotti. «Ne volete altri?»

Io faccio segno di no, mentre Filo si appresta a scattare una foto al piatto prima che papà lo ritiri nel lavello, il cimitero dei piatti sporchi.

«Sei appassionato di fotografia?» continua ingenuamente Gabriel, che non sa niente dei rituali di Instagram e delle stories.

«In realtà no, solo sui social, ma questa è per i miei che si preoccupano.»

Papà annuisce, io mi chiedo se lui conosca il significato di "preoccuparsi".

«Eccallà, un altro *Instagrammer.*» Tommaso raccoglie la schiuma del cappuccino con il cucchiaio, facendoci un buco al centro, sembra l'occhio di un ciclone.

Filo non ha ancora posato sul tavolo il cellulare, lo tiene a mezz'aria come una pistola scarica. «In realtà, non è che pubblichi così tanto, eh» ribatte. Tommaso posa il cucchiaio nel piattino del servizio buono, poi si sporge in avanti con i gomiti. «La vastità del cazzo che me ne frega, sai.»

«Ma non ce l'hai una famiglia tua a cui rovinare la colazione?» esclamo, alzandomi in piedi.

Lui afferra il coltello del pane sporco di Nutella e lo

lecca come una lucertola, poi me lo punta. «Colazione, Nina? Ma se non hai mangiato un cazzo.»

Tutti, compreso papà che si è infilato i guanti di gomma, guardano il mio piatto e cala il silenzio.

Anche Filo si alza in piedi di scatto, attirando l'attenzione su di sé. «Sentite, i biscotti erano buoni, ne mangerei altri se non fossi intollerante allo zucchero.»

«Cosa? Sei intollerante allo zucchero?» Papà, dal lavandino, crede di aver appena avvelenato un minore.

«No, papà, lascia perdere.»

Tommaso sparecchia la tavola depositando i piatti nel lavello stracolmo di fronte a Gabriel, poi afferra un libro a caso dalla credenza, apre le ultime pagine, e si butta a leggere sul divano, incrociando i piedi nudi sulla sponda. «Sì, lasciamo perdere, va'.»

«Senti, papà, noi ce ne andiamo fuori» annuncio, facendo segno a Filo di seguirmi. Papà annuisce senza commentare, tira fuori le crocchette e prepara la colazione per Mela, riempiendo la ciotola di plastica gialla fin oltre l'orlo.

«Ma chi è 'sto Tommaso?» mi chiede Filo in giardino, grattandosi un braccio come se il solo nominarlo gli avesse scatenato l'ennesima allergia immaginaria.

«Non l'ho ancora capito. Vive qui vicino, ma in pratica è come se vivesse da noi.»

Ci sediamo sulle sdraio accanto all'orto, e dondoliamo insieme appoggiandoci allo schienale di tela. Do un'occhiata veloce alle piantine che stanno crescendo oltre la staccionata, per riconoscerle papà ha legato su ognuna un fiocchetto di raso colorato con un bigliettino che ne indica il nome: menta, rosmarino, salvia...

«Hai più sentito Leo Ghetti?» mi chiede Filo, a bruciapelo.

Il nome di Leonardo è come un calcio in faccia e un naso rotto.

«No, e non ne voglio parlare, se non ti dispiace» mi difendo, dondolandomi con più foga sulla sdraio che cigola.

«E invece ne parliamo.»

Pausa teatrale di Filo.

«Ti ho detto che non mi va, davvero» continuo, proteggendomi con il braccio da un raggio di sole impertinente.

Nuova pausa teatrale di Filo.

«Dall'ultima volta che vi siete visti è successo il casino con la tua faccia, sei stata in ospedale più di un mese e hai tagliato i ponti con Lara e Marlena. Certo che ne dobbiamo parlare, Ni.»

«Se non ti dispiace sto cercando di voltare pagina.»

Lui si guarda attorno. I ciuffi di fiori infestanti che crescono a chiazze nel prato come herpes, la casa gialla scrostata come un pezzo di pane, la "cuccia" di Mela, che è un vecchio materasso buttato sotto un albero. «Voltare pagina? In *questo* posto, con *quel* Tommaso e tuo padre?»

«È provvisorio. E poi ho il diritto di non vedere più nessuno, se non voglio.»

Filo mi squadra, dondolando più forte di me, sembra una gara. «Nina nessuno ti giudicherà, hai avuto un incidente, non è mica colpa tua.»

Sospiro rumorosamente e mi do uno slancio per saltare in piedi. «Tu non capisci niente.»

Filo, a questo punto, si ferma e prende a guardarmi dal basso con una stanchezza infinita, come se il peso di tutto il mio mondo gli fosse crollato addosso. «Che cos'è che non capirei, scusa?»

«Come posso tornare a essere la loro amica se non posso più fare nemmeno una delle cose che facevamo prima insieme?»

Silenzio.

«Ecco, non dire niente, allora, bravo.»

«Potresti tornare da tua mamma, però...»

«Mia mamma non capisce, Filo, mia mamma non è neanche mai stata brutta.»

Filo sospira, una mosca gli si posa su un riccio e si pulisce le zampe, lui la scaccia in modo gentile. «Ni, sai anche tu che questo posto rischia di non rimanere provvisorio. Le cose non cambieranno, se non fai qualcosa.»

«E cosa dovrei fare? Pregare che la mia faccia torni normale da sola? Spoiler: la mia faccia forse non tornerà *mai* come prima.»

Filo guarda altrove, oltre la staccionata. «Forse no, ma anche questo non risolve le cose.»

«Questo cosa?»

«Scappare.»

WhatsApp

MAMMA: Ciao, ti chiamo?

11

Non giudicate ciò che non potete capire

La sera non riesco a dormire.

Sdraiata sul materasso ad acqua della mansarda apro il mio profilo Instagram e mi metto a studiare le foto di questa ragazza sorridente, carina senza pretese, seduta su un'amaca nel giardino di Marlena, mentre Lara per rovinare lo scatto fa la linguaccia alle sue spalle.

La bio recita così: *14y in love with pool and long romantic walk to the fridge.*

Poi vado sul profilo di Lara, mi riguardo le sue storie in evidenza, quelle delle gare di nuoto dell'ultimo anno. Ci sono io sul blocco di partenza, concentratissima, con le ginocchia flesse pronta a tuffarmi, e Lara che sussurra allo schermo: «Forza, *pesce combattente*, ce la puoi fare». È il mio nomignolo per le gare, *Pesce-Combattente.* Ognuna di noi ne ha uno. Lara è *Pesce-Luna*, che è uno dei più grandi al mondo, e Marlena è *Pesce-Rosso-Straordinario*, "rosso" per via dei capelli, "straordinario" l'abbiamo aggiunto noi.

Mi chiedo quanto possa bruciare ora il cloro sulla mia

pelle martoriata, e se avrò mai il coraggio di ricominciare ad allenarmi con la mia squadra, con il mio coach, convinto che perdersi anche solo un allenamento significhi essere fuori forma. Mi manca l'acqua, ancora più dell'aria che filtra male attraverso le bende.

Uscita dal profilo di Lara inizio a scorrere i post della home, tanti pezzettini di vita di gente che perlopiù non conosco. Per settimane ho evitato il profilo di Leonardo Ghetti, ho silenziato le sue storie e i suoi post. L'idea di rivedere i suoi occhi di due colori diversi, uno verde mare l'altro più verde basilico, mi tormenta. Non voglio saperne più nulla di lui, né del modello nuovo di sneaker che si è comprato, né dell'ultimo TikTok che ha fatto. Desidero che Leonardo diventi un ricordo sbiadito. Mi immagino a vent'anni, seduta nell'aula dell'Università che ho scelto di frequentare, lontana da quel tizio che credevo mi avrebbe rovinato la vita per sempre ma di cui, con tutta franchezza, non ricordo nemmeno il nome.

Eppure Filo ha ragione, si può scappare dalle persone che ci hanno ferito, ma tanto non serve a niente. Per dimenticare davvero qualcuno bisogna affrontarlo.

Così, la seconda notte da papà, decido di andare sul profilo di Leo Ghetti e superare la mia paura. Dopo aver digitato le prime due iniziali del suo nome, l'app me lo suggerisce già. Negli ultimi giorni Leonardo ha pubblicato solo due foto; una di lui riflesso nello specchio del seminterrato di una palestra, con la canottiera bagnata di sudore e gli addominali risucchiati in dentro. Nell'altra è insieme a una ragazza, non la riconosco subito perché nasconde parte del viso dietro fluenti capelli rossi, poggia la testa sulla spalla di Leonardo come una farfalla. È Marlena, la mia migliore amica. Nello scatto, lui mangia un gelato strabordante seduto su una panchina e con la mano libera stringe forte la mia amica, tanto che la maglietta di lei le scopre la schiena e dal bordo dei jeans si intravedono le mutande. Marlena però non sorride.

È solo una foto ma mi viene da vomitare.

Leonardo e Marlena, insieme. È come aver preso cinque anni di amicizia e averli buttati in una di quelle pattumiere fuori dai fast food, dove la carta degli hamburger si mischia ai mozziconi dei fumatori. È il modo peggiore per farmi fuori.

Seziono tutti i like sotto al post di Leo, conosco a memoria quasi tutti i profili da cui provengono, perché a mettergli apprezzamenti sono più o meno sempre le stesse ragazze, e io me le sono studiate tutte. Ho passato interi pomeriggi dopo scuola a fare il confronto fra me e queste tipe sconosciute, dalle labbra fresche di qualche maschera al cocco e papaya. Sono anche riuscita a spiare quelle con il profilo privato, obbligando Filo ad aggiungerle con il suo account per non destare sospetti da stalker.

Anche se in fin dei conti lo ero. Credevo di poter

controllare Leonardo tramite i social, di aver accesso alla sua vita digitale, quindi di condividere con lui una sorta di intimità. La verità è che io Leonardo non lo conoscevo per niente, e quel poco di lui che avevo intuito si è rivelato assolutamente falso.

Quando esco da Instagram la mia vita smette di essere in pausa, riparte rapida, scorrendomi nelle vene come lava, chiudo gli occhi e mi sento bruciare. Mi sono innamorata di un ragazzo che mi ha smontato come un puzzle. E io non ho fatto niente per rimettere insieme i pezzi. Anzi, ho buttato via la scatola.

Apro WhatsApp alla ricerca di una spiegazione più lucida. Recupero i vocali di Lara che non ho mai ascoltato, ma niente. Lara vuole solo sapere come sto, è abbastanza preoccupata perché mia madre le ha detto che sono in montagna da una zia e il cellulare prende pochissimo (mamma ha evitato di parlarle dell'incidente come mi aveva promesso) ma a lei sembra una cazzata, e non ne capisce il motivo.

Torno sul mio profilo IG con l'impulso di cancellare tutte le mie foto, quell'ingenua ragazza sorridente non c'entra più nulla con me, io non sono più la stessa persona che amava il nuoto e la pizza.

La verità è che non so chi sono diventata.

In ospedale ero "la ragazza ferita", o "la tipa ustionata", o "quella dell'incidente".

Ma io non mi riconosco in nessuna di queste definizioni.

Sono più di qualcosa che si è rotto.

Non sono solo qualcosa da aggiustare.

Ma non sono più nemmeno Nina.

Così, senza pensarci troppo, agisco d'istinto: esco dal mio account, vado nelle impostazioni e creo un profilo nuovo, mettendo come nome la prima cosa che mi viene in mente: il titolo del libro che mi leggeva papà da bambina, *Mia apre gli occhi.*

Carico lo scatto che mi sono fatta allo specchio, la foto di me irriconoscibile con il volto bendato, gli occhi enormi dal terrore. Sotto scrivo, senza nemmeno rileggere:

Mia ha aperto gli occhi, e ha visto un mondo spietato. Non giudicate ciò che non potete capire perché, fidatevi, voi non capite.
#picoftheday#photography#girl#face#myface#instagood#trauma#newlife#turningpage#mood#14y

#Miapregliocchi

Il giorno dello schianto

“Oggi uscirò con Leonardo Ghetti.”

Me lo ripeto mentalmente seduta sul water, con lo specchio in mano, la frase che rimbomba in me da ieri pomeriggio, quando Leo Ghetti mi ha scritto in direct chiedendomi se mi andasse di vederci al parco.

Prima di rispondergli ho fatto subito lo screen e l’ho mandato nel nostro gruppo WhatsApp, *Girls’power*. La prima a rispondere è stata Lara, con una sfilza di fuochi d’artificio. Poi Filo, che si è sentito in dovere di ricordarci le voci di corridoio su Leo Ghetti e i suoi amici. Si diceva in giro che anche loro avessero un gruppo WhatsApp, *I Ninjas*, in cui facevano a gara a chi si faceva più tipe durante l’anno. Infine è intervenuta Marlena, con uno smile timido.

«Credi che abbiamo esagerato con il lucidalabbra?» chiedo a Lara che è inginocchiata davanti a me, e mi passa il pollice sotto un occhio sfumando la sottile linea nera di matita che evidenzia il castano dell’iride.

«Sei divina, Nina» sussurra dedicandosi all'altro occhio.

«Sicura che non sia troppo?» insisto, mentre Marlena si spruzza sul collo una generosa dose del mio profumo al gelsomino.

«Marlena, è troppo?» chiede Lara, che è passata a stendermi sulle ciglia un po' di mascara.

Marlena mi lancia un'occhiata veloce: «No, Nina, Jasmine Elle ha specificato che il trucco è *delicato, casual e vegan*, l'abbiamo scelto per questo».

Soffoco uno starnuto e Lara mi minaccia che se non resto immobile come una statua potrebbe strapparmi le ciglia una a una.

«E se vuole di più di un bacio?» chiedo, e i muscoli del mio viso si tendono come corde di violino.

«Ehi! Rilassa la palpebra!» Lara mi tiene aperto l'occhio con le dita, mentre Marlena sospira: «Nina non farti troppe pare, andrà bene». Poi si spruzza sul petto il profumo all'ibisco indiano di Francesca.

«E poi che c'è di male...» mi punzecchia Lara.

Tossisco per la nuvola alcolica e dolciastra che mi pizzica il naso, e Lara prega Marlena di aprire un poco la finestra.

«Sicura che non ti dà fastidio se esco con Ghetti, Lena?» le chiedo per la centesima volta, approfittando dell'intimità del momento.

Marlena mi guarda, seria: «Ma no, figurati, era solo una *crush* così, Leo piace un po' a tutte...». Scuote la testa e i capelli rossi le bagnano le spalle come una cascata. Quanto è bella.

Lara mi lancia un'occhiata indagatrice, mi studia il viso concentrata, poi gattona fino al lavandino alla ricerca del blush nella trousse. «Nina non ci puoi ripensare, sto creando un'opera d'arte.»

Do un'occhiata al computer portatile in bilico sul bordo della vasca da bagno, in pausa c'è il video di Jasmine Elle con il viso perfettamente truccato e le mani sotto al mento. Lara intinge il pennello nella polvere rosa e mi sfiora una guancia, poi passa all'altra, delicata. «Sei pazzesca. Definitiva. Una dea.»

Anche Marlena mi studia inclinando il collo. «Come vorrei avere gli occhi castani di quella forma… e quelle labbra sembrano disegnate.»

«Ma se sei seconda in tutte le classifiche di bellezza della scuola, Marlena!»

«Chi ti ha rubato il primo posto?» domanda Lara, truce. Poi sistema tutti i trucchi nella trousse e li chiude lì dentro al buio, tirando la cerniera.

«Quella nuova di quinta, irraggiungibile» commento.

«Selfie?» Lara impugna l'iPhone e mi mette un braccio intorno al collo.

«No! Se poi lo pubblichi, Leo vede che mi avete aiutata voi a truccarmi, e sembra davvero che sono disperata!»

Marlena si spruzza sul polso un profumo al muschio selvatico che ha dimenticato qui Giovanni, il fidanzato di mia madre.

«Vuoi farci vomitare?» l'accusa Lara in una smorfia. Lei alza le spalle e si lava il polso sotto l'acqua calda, poi riprende la conversazione: «Possiamo mandare la foto solo a Filo, e la facciamo con il mio».

Lara annuisce e si mette in posa, Marlena imposta la fotocamera frontale, cerca la luce migliore e alza l'iPhone verso il soffitto. Scatta almeno venti foto, quasi tutte uguali. «Chissà quanto rosica» commenta Lara.

«Guarda che a Filo piace lei» ribatto, indicando Marlena. «Me l'ha detto.» Le mie amiche si lanciano una rapida occhiata d'intesa, io sbuffo.

«Quindi oggi salti l'allenamento?» mi domanda Marlena, la pelle bianca e lo sguardo così dolce.

«Oggi sì, ma stasera ci sono! Poi possiamo andare a mangiare una pizza da Pizzium...» Oggi è giovedì, giorno che per noi ha un significato preciso. Abbiamo fatto una copia delle chiavi della piscina e ogni giovedì sera entriamo di nascosto a goderci la vasca tutta per noi. Non se ne sono mai accorti.

«Aggiudicato! Dove hai detto che vi trovate?»

«Parco Ravizza.»

«Scelta curiosa...» Lara fa una smorfia.

«Che intendi?»

«È dall'altra parte della città. Ma lo sa che tu stai quasi al capolinea della rossa?»

«Probabilmente lui sta sulla gialla» si intromette Marlena.

Lara controlla Google Maps. «Vabbè, Nina, se vai

con la 91 da qui ci metti più o meno mezz'ora. Quindi tra dieci minuti io e Marlena togliamo il disturbo...»

Mi guardo allo specchio e mi piaccio, molto. Con una mano afferro i ricci morbidi, indecisa se legarli in una coda di cavallo, ma poi li lascio ricadere sulle spalle. Meglio sciolti.

«Vado in scooter, La. Ci metto meno, e mi è scaduto anche l'abbonamento. Finché non vado da nonna che sgancia qualche soldo devo arrangiarmi» sussurro, sicura che mamma nell'altra stanza non mi senta.

«Ma tua nonna non è pazza?» si intromette Marlena, insospettita.

«Pazza, non tirchia.»

«Ma scusami, tua mamma? Non te li dà lei i soldi per la metro?» chiede gentilmente Marlena.

«Li hai visti anche tu i miei shorts nuovi, no?» dico, facendo un giro su me stessa per mostrarle il mio ultimo acquisto. Le mie amiche rimangono basite.

Lara mi guarda seria. «Nina, non puoi andare in scooter. Sai quanto traffico c'è a quest'ora?»

Alzo le spalle. «L'ho già fatta altre volte per venire in piscina, lo sai che sono sempre in ritardo, conosco tutte le scorciatoie.»

«Appunto, le conosciamo bene le tue scorciatoie... guidi da pazza.»

«Comprati il biglietto singolo, piuttosto, no? Se ti servono soldi te li presto io...» Marlena recupera la borsa dal pavimento e ci fruga dentro, alla ricerca del portafogli.

«Sentite, in motorino sono più comoda, non mi va di prendere la 91, finirei per puzzare dopo dieci minuti. Se c'è traffico arriverò in ritardo. Niente scorciatoie, promesso.»

Marlena scuote la testa decisa e mi allunga le monete. «Non se ne parla.»

Lara mi guarda e capisce che la mia decisione è irremovibile, sono una testarda senza speranze.

«Dài, Lena, non fare il Filo della situazione. Nina ha ragione.»

Marlena mi guarda negli occhi. «Insisto» sussurra, ma io scuoto la testa. Allora lei abbassa lo sguardo. «Vabbè, io non sono d'accordo, ma l'appuntamento con Leonardo è il tuo. Decidi tu.»

WhatsApp

MAMMA: Buongiorno, come va oggi?

Selfie di mamma appena sveglia, bellissima.

12

Ho intenzione di rimanerci

La mattina dopo mi sveglio presto, nella doccia provo a farmi i peli con il rasoio ma non ci riesco, le crosticine sulle gambe si aprono subito. Sciacquo con l'acqua le goccioline di sangue sulla base di ceramica, mi avvolgo nel mio accappatoio verde che odora ancora di casa a Milano, mi asciugo i capelli con il phon portatile e poi apro la porta a soffietto del bagno, sprigionando un'ondata di vapore.

«*Buenos días*, meraviglia.»

Papà, in piedi chino sul tavolo, mangia un panino al formaggio mentre con la mano libera scorre alcune foto sul suo portatile. Sul fornello la caffettiera è ancora silenziosa.

Faccio colazione in disparte ripassando il libro di Antologia, le ciabatte di spugna incrociate sotto al tavolo. Mi pare che non esista modo più deprimente per iniziare la giornata.

Mela sta dormendo acciambellata sul tappeto, deve aver esagerato con le polpette di verdure che le ha cucinato papà ieri sera. Gabriel, intanto, ha addentato l'ultimo morso del panino, sono solo le undici di mattina ma probabilmente attacca a scattare un book subito prima di pranzo. Non gli ho ancora confessato che ho scritto a Francesca di venirmi a prendere. È finita. La farsa del camper non è durata nemmeno una settimana, ma anche se non esulto all'idea di tornare a rinchiudermi nella mia stanza e di vedere di nuovo Giovanni, l'ultimo fidanzato di mamma, sono stufa di fare i conti con Tommaso e l'atteggiamento troppo tollerante di mio padre.

Eppure non è per questo che sono silenziosa.

Sul mio nuovo profilo Instagram ho più di cento like e venti nuovi commenti. Considerando che prima non raggiungevo i cinquanta cuoricini, direi che la mia foto da mummia ha fatto più in una notte di quanto abbiano fatto le mie goffe foto di tramonti da che ho aperto il profilo.

Lo so, è una cosa abbastanza stupida: di certo non sono diventata la nuova Jasmine Elle, e i like arrivano per compassione, nessuno sa chi sia la ragazza bendata, pensano solo che stia soffrendo parecchio.

«Lo sai perché si chiama Mela, eh?» chiede papà, mentre sono soprappensiero. Guardo il fondo del caffè e penso che io il fondo l'ho già toccato. «In effetti non è un nome da pitbull» commento. Il cane è disteso sul tappeto con le zampe lunghe, il torace si alza e si abbassa, le polpette vegetariane l'hanno davvero steso.

Gabriel aggrotta la fronte, come se non avesse capito,

poi torna a lavorare la macchina. «L'abbiamo trovata sotto a un melo, legata con il guinzaglio al tronco.»

«Ah, quindi è per questo che...»

«Immagino fosse lì da molto, era completamente disidratata e traumatizzata... deve aver abbaiato così tanto quel giorno che dopo non l'ha fatto mai più.»

«Davvero?»

Papà spegne la reflex e se la mette al collo, osservo il suo riflesso deformato specchiarsi nel cucchiaio sul tavolo, scuote la testa. «Io e Tommaso eravamo andati lì per scattare qualche foto. E siamo tornati a casa con un cane.» Gabriel si liscia la barba, i peli ispidi e testardi non gli danno retta. «I pitbull sono una delle razze che si abbandona di più. Le persone si rendono conto che hanno un bel caratterino, e se ne sbarazzano. Oppure, come nel caso di Mela, li adoperano per le battaglie illegali tra cani, e quando perdono un incontro se ne liberano. Schifosi. Schifosissimi bastardi.»

Ecco perché Mela ha un orecchio tagliato. Papà struscia una ciabatta sul pavimento, tiene lo sguardo basso sulle briciole che non ha ancora spazzato, le formiche si stanno dando da fare al suo posto.

«Ma anche le femmine fanno i combattimenti?»

«Certo» risponde, guardandomi strano.

«E quindi l'hai chiamata Mela per l'albero di mele sotto cui l'hai trovata?»

«Ma no» risponde, «l'ho chiamata Mela perché è un frutto *miracoloso*... prova a pensarci, eh.»

Con lo sguardo noto il calendario appeso al muro, un viale innevato in copertina, segna ancora il mese di febbraio. «Mmm, la mela di Adamo ed Eva?» butto lì, bevendo un sorso di caffè dolcissimo, perché papà l'ha già zuccherato direttamente dalla caffettiera.

Papà sfila la sigaretta elettronica dalla tasca dei pantaloni. «Bravissima. La mela di Newton» ribatte espirando vapore bianco come zucchero filato.

«Una mela al giorno, toglie il medico di torno…»

«Guglielmo Tell, cecchino di mele!»

«La Apple.»

«E in Cile è anche un elisir d'amore!» Sorride. «Mela per me è un miracolo, il miglior cane da guardia mai avuto.»

«Anche se non abbaia…» sussurro, stringendo la tazza con la punta delle dita.

«Non serve, per vegliare su qualcuno non serve proprio» risponde papà teneramente, come se parlasse di un vecchio amore. Mela, intanto, ha aperto un occhio.

I biscotti di Tommaso sono ancora avvolti nel foglio di carta assorbente con le fragole disegnate, anche stamattina non ne ho rosicchiato nemmeno uno. Tra qualche giorno diventeranno molli e immangiabili come una spugna.

Sposto la sedia, metto il piatto della colazione nel lavello anche se è pulito. Mi sforzo di sorridere a papà, che non immagina sia la mia ultima colazione qui.

«Esco a fare una passeggiata, allora» annuncio. Lui non mi dice di no, non mi chiede nemmeno perché dopo tre giorni all'improvviso mi sia venuta voglia di fare un giro nei campi. Si leva la maglietta, la appallottola, e la lancia nella cesta della biancheria sporca di fianco al divano. Esulta sottovoce per aver fatto centro, rimanendo con la canotta della salute. «Ma certo, è una bella giornata.»

Esco dal camper e passo accanto alla casa gialla, lo scheletro del mio passato, che proprio in quel momento perde un calcinaccio. Mi spiace un po' non esserci mai entrata, ma forse meglio così, troppi ricordi. E poi sta andando a pezzi.

Apro il cancello e lo richiudo con un *click* prima che Mela si svegli e decida di fregarmi scappando tra i vigneti. Mi ritrovo davanti colline a perdita d'occhio e la solita strada asfaltata che porta in paese. Non è che abbia molta scelta, in salita non mi va di camminare. In discesa invece si va leggeri. Percorro la strada fino al mini-market, decido di entrare a salutare Alisha e comprare un gelato confezionato.

Attraverso la strada guardando bene a destra e sinistra nonostante non passi anima viva: non ho tutta questa voglia di farmi investire un'altra volta, anche se una cicatrice sull'altro lato della faccia potrebbe riequilibrare la situazione. Raggiungo la porta del negozio e faccio tintinnare gli elefantini panciuti che risuonano angelici. Questa volta Alisha è da sola al bancone, ma c'è un altro cliente nel negozio, arriva a stento ai dieci anni.

Alisha alza lo sguardo dal cellulare, ha i capelli stretti in due lunghe trecce nere e una maglietta giallo canarino con la scollatura tonda che sembra un sorriso.

«Guarda un po' chi si rivede! Per caso c'è anche tuo padre?» Allunga il collo.

«Sono sola. Sono passata a salutare...»

Mi sorride un po' delusa. Gli scaffali sono strapieni di frutta, ancora più di ieri mattina, mi chiedo come faccia a finire così in fretta. «Anch'io sono da sola, oggi mamma e papà sono dai contadini e i miei fratelli dalla vicina di casa.» Si sistema la spallina del reggiseno, poi sorride un po' cupa. «La quinta piace solo ai ragazzi, ti pare?» Squadra le mie tette, poi torna a scrollare il cellulare, annoiata. «Che volevi?»

«... sono passata a salutare perché oggi è il mio ultimo giorno qui» specifico, senza ottenere grande effetto: Alisha annuisce di nuovo senza scomporsi, le sopracciglia ritoccate a matita sono immobili, gli occhi fissi sul cellulare.

«Lo so» afferma distratta, dopo un po'.

«Come lo sai? Non l'ho detto a nessuno.»

Lei appoggia l'iPhone sul banco e fa cassa al bambino.

«Micol, sai che questo non te lo posso vendere. È un coltello da caccia, ci vuole la licenza.»

Lui fa una smorfia saccente, ha i capelli così biondi che sembrano bianchi e il naso che cola. «Ma io ci vado a caccia con papi» afferma impettito nella sua maglietta di Batman.

Alisha scuote la testa decisa. «Su, su, va' a vedere nello scaffale dei casalinghi se c'è altra roba che ti interessa.»

Il bambino si pulisce il naso sul braccio, poi si volta, serio in volto. Sparisce nell'unica corsia del negozio.

Alisha torna da me: «Lo sapevo e basta. Sapevo che non saresti rimasta a lungo. Ricordi la volta scorsa? Ti ho augurato buona fortuna».

«Cioè?»

«Cioè, non ci voleva molto a capirlo. Tommaso è fuori come una mina, tuo padre gli vuole troppo bene per contraddirlo e lui gli gira sempre intorno. Con il tuo arrivo il risultato non poteva essere che un casino totale.» Si sistema nuovamente la spallina del reggiseno, allentandola un po'. La luce filtra prepotente dalla finestra alle sue spalle, illuminandola come una santa. Alisha abbassa lo sguardo. «Se potessi me le farei rifare più piccole» borbotta, più a se stessa che a me.

Ignoro quest'ultima affermazione e insisto invece sull'argomento che mi interessa: «Perché mio padre è così legato a Tommaso?».

«Questo dovresti chiederlo a lui.» Storce il naso dritto. «Comunque, se è solo per Tommaso che te ne vai, francamente è un po' da codardi» asserisce, puntando gli occhi sulle mie bende.

«Come, scusa?» rispondo, tanto stupita quanto offesa.

«Se sei venuta fin qui è perché dove stavi prima faceva schifo, altrimenti ci saresti rimasta» continua lei calma, afferrando una biro dal bancone e riprendendo a disegnare degli scarabocchi abbozzati su un vecchio scontrino, sembrano mostri dalla testa deformata. Mi chiedo se si sia ispirata alla mia faccia.

Il bambino intanto è tornato con una scatola verde e una cassetta di pesche noci. Le deposita sul bancone, deciso.

«Micol, e che cazzo, pesche noci e *veleno per topi*? Serio?»

Soffoco un sorriso. Micol mi rivolge uno sguardo adulto. «Te c'hai poco da ridere.»

«Senti, che ne dici della cassetta di pesche noci e di questo *pericolosissimo* nastro adesivo super resistente?» gli propone Alisha, sollevando il rotolo in bella vista.

Micol socchiude la bocca semi sdentata. «Che me ne faccio, del nastro adesivo?»

Alisha alza gli occhi al soffitto in legno. «Non lo so, Micol, hai dieci anni, ti riattacchi i denti da latte?»

Lui tira fuori dalla tasca un tovagliolo di carta appallottolato che contiene delle monetine. «Prendo solo le pesche noci, allora.»

Alisha guarda gli spiccioli che rotolano sul bancone, li ferma con il palmo della mano, come se schiacciasse una mosca. «Questi non bastano nemmeno per una tanica di latte. Ma va bene così.»

Lui sorride soddisfatto e afferra la cassetta con le braccia smilze ricoperte da peli biondi. Per un attimo temo che gli si stacchino i polsi.

«Adesso sciò, via! E smettila di rubare monete alle macchine del parcheggio.»

Poi, mentre Micol si allontana barcollando per il peso, Alisha mi rivolge uno sguardo esasperato, gonfiando il petto. «E tu? Volevi qualcosa? Oggi non faccio più credito a nessuno.»

Faccio di no con la testa, la voglia di gelato mi è passata. «No, grazie. Buona giornata.» Volto le spalle e me ne vado, sconcertata dalla libertà che si prende la gente di giudicarmi senza conoscermi, e di reputarmi debole quando ho tutto il diritto di esserlo.

Torno a casa risalendo la collina, non passo dal paese, sono decisa a fare la valigia il più in fretta possibile. Mentre arranco in salita, superando l'albero accanto al quale ho vomitato giorni fa, avverto il ronzio delle ruote di una bicicletta avvicinarsi fastidioso alle mie spalle, come una mosca.

«Ehi, tu. Vuoi un passaggio per *Milangeles*?»

Tommaso accosta, e io irrigidisco ogni muscolo del corpo per difendermi. Avverto l'impulso di ferirlo, e mi stupisco delle mie stesse parole: «No. Sto tornando al camper, a casa, e ho intenzione di rimanerci».

13

Quel momento

Spalanco la porta del camper furente, la richiudo cacciando fuori Mela che mi guarda con espressione quasi umana, tanto che per un attimo penso stia per aprire le fauci e dire: "E io che c'entro, scusa?".

Papà si è addormentato sul divano, la macchina fotografica appoggiata alla pancia che si alza e si abbassa seguendo il suo respiro. Il portatile acceso sul tavolo mostra la foto di una "modella" in posa, indossa un largo vestito bianco simile a un sacco a pelo, non è per niente a suo agio.

«Papà, dobbiamo parlare.»

Mi chino su di lui e gli scuoto una spalla, lui non si sveglia.

«Gabriel!»

Papà spalanca gli occhi tirandosi su con la schiena come un soldato, anche se non mi risulta abbia mai fatto il militare. La macchina fotografica attaccata al collo gli penzola sul torace sudato, si guarda attorno confuso.

Trascino una sedia davanti al divano, mi tremano le mani, devo calmarmi ma non voglio perdere la grinta senza la quale non riuscirei ad affrontare questa conversazione. «Papà, guardami.»

Lui incurva le sopracciglia folte, disorientato, e prima che possa ribattere vado subito al punto: «Io sono tua figlia».

Lui annuisce, ha un occhio sporco di sonno, mi guarda come se cercasse di scoprire cos'è cambiato, se c'è qualcosa di nuovo tra le garze che mi avvolgono il viso. O se sono sempre io, la figlia mummia.

«Tu mi vuoi qui?»

Papà apre la bocca ancora prima di sapere cosa dire, poi la richiude e infine risponde solo: «Certo che ti voglio qui, Nina, eh». Cercando con lo sguardo di sbirciare l'ora sull'orologio.

Mi sporgo sulla sedia e poggio i gomiti sulle ginocchia. «Ho scritto a mamma di venirmi a prendere, le ho chiesto di riportarmi a casa con lei. Oggi.»

Papà inspira sorpreso, tira in dentro la pancia e la maglietta di quando era giovane riprende la sua forma. «Eh? Perché?»

«Perché ho l'impressione che se ti chiedessi di scegliere tra me e Tommaso, tu sceglieresti lui.»

Sospira, poi d'un tratto si allunga in avanti e prova ad accennare una carezza, ma io mi scosto come se mi avesse dato la scossa. Sono serissima, non sono mai stata così convinta di qualcosa dal giorno in cui sono finita qui.

«Voglio sapere chi è Tommaso, perché è sempre qui, e se saresti disposto a mandarlo via.»

Papà si alza, spegne il sorriso e anche la seconda caffettiera della giornata, che ha dimenticato sui fornelli.

«Okay» poi apre un cassetto della credenza, cerca alla rinfusa qualcosa in quel disordine che solo lui sa interpretare. Torna da me con un malloppo confuso di fotografie, le dispone sul tavolo come un rebus.

«La riconosci questa?»

Indica una bambina dai folti capelli ricci, il sorriso furbo e due occhi curiosi.

«Sono io.»

«Queste sono le ultime foto che ti ho scattato, prima che ci perdessimo un po' di vista...»

"Prima che tu mi abbandonassi" vorrei dirgli. Invece afferro una delle foto sparpagliate nel mucchio, e la osservo. Sono io in piscina, avrò avuto cinque anni, la cuffia di plastica, che tiene a bada le orecchie, incornicia il mio viso euforico che spunta dall'acqua.

«E questo che significa?»

«Non cerco un altro figlio a cui scattare foto Nina, cerco qualcuno a cui insegnare il lavoro.»

Ora sono io che guardo papà confusa, appoggio delicatamente la foto nel gruppo e ne prendo un'altra. Sono io in costume da mummia ad Halloween, il volto fasciato e una smorfia paurosa. Questa proprio non me la ricordavo.

«Quello che sto cercando di spiegarti è che Tommaso vuole diventare un fotografo, è molto bravo e impara in fretta, ma è anche molto solo. Questo è l'unico motivo per cui lo vedi bazzicare spesso da queste parti.»

Non capisco il collegamento tra "molto bravo" e "molto solo". Lascio cadere la foto di me mostro-mummia nel mucchio, la copro con un'altra di me al parco d'estate, i capelli ricci mossi dalla brezza di quel lontano giugno.

«Lo sai che non è venuto a prendermi a Milano?»

Papà aggrotta la fronte. «E come sei arrivata fin qui, scusa?»

«Metro, treno e autobus.»

Papà sospira di nuovo. «Ascolta, dagli un po' di tempo per accettare la cosa, vedrai che quando lo conoscerai meglio...»

«Quindi adesso dovrei essere io a farmelo piacere?» lo accuso.

«Ma no, non ho detto questo, eh» si difende.

«Non gli importa di niente, ha trattato Filo come se fosse mezzo cretino, ma te ne sei accorto?» esclamo.

Papà pesca una foto dal mucchio, la studia da vicino come se gli mancasse qualche diottria. «Quando qualcuno si comporta come se *non gli importasse*, non crederci sempre.»

Guardo Gabriel dritto negli occhi che sono dello stesso colore dei miei. «Papà, io non resterò qui se non mettiamo delle regole.»

Lui lascia ricadere la foto nel mucchio e alza le mani in segno di resa: «Spara».

Mi alzo in piedi e inizio a marciare avanti e indietro nel camper. Fuori il vento ha preso a corre tra i rami, le nuvole si fanno gonfie e cupe.

«Non verrà qui tutti i giorni, anche se la scuola è finita e non ha nulla da fare.»

Papà annuisce serio, non fa nemmeno una carezza a Mela che, spaventata dal temporale imminente, scruta la porta.

«Se farà lo stronzo lo rimanderai a casa sua, o sulla strada, non me ne frega se non ha un posto dove andare.»

«Ce l'ha.»

Annuisco decisa, senza fermarmi.

«E poi devi ammettere che è insopportabile. Mi farà stare meglio sentirtelo dire.»

«Ma te lo ripeto, Nina, se lo conoscessi un po' di più...»

«Forse non voglio conoscerlo un po' di più. Forse è una mia scelta. Ci hai pensato?» Deglutisco. «Anche tu avresti potuto restare, e conoscermi meglio.»

«Nina...»

«... Invece hai preferito un cane e un aspirante fotografo a cui fare da *mentore*.»

«Nina. Se vuoi che Tommaso non venga più qui, gli dirò oggi stesso di non tornare, eh, ma...»

Non rispondo a papà perché fuori, sotto la pioggia che ha preso a cadere, intravedo Tommaso fermo che mi fissa. Dalla finestra semi aperta ha ascoltato la nostra conversazione. Non faccio in tempo a rendermene conto che lui si volta e corre via.

«... ma, come dire, ogni persona è un po' come una fotografia. La immortali in un momento preciso della vita, non sai cosa c'è stato prima o cosa verrà dopo.»

14

Di faccia

Corro fuori dal camper fregandomene della pioggia, inseguo Tommaso, che non si ferma, raggiunge la vecchia casa gialla e spinge la porta, entra. Non voglio urlare il suo nome, non voglio nemmeno seguirlo lì dentro, eppure faccio entrambe le cose perché vederlo là fuori mi ha fatta sentire malissimo.

L'ingresso è umido di ricordi che faccio fatica ad afferrare, il muro è ferito da crepe che non riconosco, il salone è svuotato degli oggetti che lo rendevano casa, ora è un set fotografico.

Lui si volta, ma guarda oltre la mia testa.

«Ascoltami, Tommaso, mi dispiace. Le cose che ho detto a mio padre le penso davvero, ma non avresti dovuto sentirle.»

«Posso farti vedere una cosa?» risponde lui, lo sguardo sempre altrove. Annuisco. Tommaso si avvicina e mi prende la mano, sono stupita dal suo gesto così deciso. Mi scorta nel corridoio stretto, dove un tempo erano appese le foto di papà, mi indica dove appoggiare i piedi tra i cavi delle luci. Passiamo la stanza della lavanderia, arriviamo alla portafinestra che dà sul vecchio giardino, ora ridotto a una poltiglia di soffioni e fango con una grossa pozza d'acqua al centro.

Tommaso mi lascia la mano, e io torno a respirare. «Yellow!» urla, poi si mette due dita in bocca e fa un fischio gonfiando le guance.

Avverto un rumore come se qualcuno stesse facendo strusciare un pesante sacco sul pavimento, ma in realtà proviene dall'acqua. Faccio un passo indietro, lui di nuovo cerca la mia mano. «Tranquilla» dice deciso, e i suoi occhi sostengono il mio sguardo. Lo vedo.

Tommaso mi mette una mano sulla bocca per impedirmi di urlare. «Tranquilla, fidati» ripete.

Avverto il tocco gelido dei suoi anelli sulle mie labbra, finché il mio respiro diventa più regolare, allora mi lascia andare.

Davanti a noi, tra la melma e la sporcizia, c'è un enorme lucertolone verde chiazzato di marrone scuro. Illuminata dalla piatta luce del giorno la bestia mi sembra un mostro. Ma poi Tommaso inizia a parlare.

«È un'iguana, un maschio. L'ho trovato qui qualche anno fa, ma non l'ho detto a nessuno» confessa, e io mi schiarisco la voce: «E perché l'hai mostrato proprio a me?».

Tommaso si accuccia e tira una piastrella rotta che fa un *ploff* nell'acqua sporca. L'iguana torna a nascondersi nella pozza. «Perché non ci so fare con le persone, hai ragione tu.»

«Non capisco.»

Mela fa capolino dietro la mia gamba, deve averci seguiti, immerge le zampe nell'acqua scura e il pelo bagnato le si appiccica al corpo, sembra pesare cinque chili in meno. D'impulso mi abbasso per afferrarle il collare, Tommaso mi blocca il polso, noto di nuovo l'iguana tatuata sul suo braccio sinistro.

«Tranquilla non gli farà niente. L'ho già portata qui, ci vengo spesso.»

C'è una lunga pausa. Mela si mette ad annusare il fango attorno alla pozza, e Yellow, nell'acqua, rimane immobile. Ogni tanto tira fuori la lingua e poi la fa scattare indietro, come una molla.

«Io non ti odio Nina, ok? Sono così con tutti.»

«Perché mi stai dicendo queste cose?»

«Non voglio perdere anche Gabriel. Per favore, non metterlo contro di me.»

«*Anche* Gabriel?»

A quel punto l'iguana zampetta in avanti con fare speranzoso e Tommaso tira fuori dalla tasca un tozzo di pane secco. Ha la mandibola serrata e il volto serio.

«Lascia perdere.» Spezza il pane, poi ne lancia un pezzetto che plana sul dorso dell'acqua schizzando gocce scure per aria. Yellow allunga la lingua fino al tozzo di pane galleggiante e lo ingoia, prima che questo si inzuppi di grigio. Mi accorgo di non sapere davvero nulla di Tommaso e mi rendo conto che la nonna pazza aveva ragione quando mi diceva: "Le persone sono un po' come delle matrioske, se ne conosce solo la parte più esposta e ci si dimentica di cosa si nasconde sotto il guscio".

«E questa lucertola...»

«Iguana, prego. Si chiama Yellow, e vengo qua tutte le sere per dargli da mangiare. Deve averlo abbandonato qualche scemo che si era comprato un animale esotico. La gente con gli animali fa così, hai visto con Mela.» Si mette le mani in tasca, le infila così in profondità che sembrano sparire.

«Ma continuo a non capire perché l'hai detto solo a me.»

«Boh, non lo so, è una cosa mia. E poi Gabriel usa solo lo studio, non viene mai qua fuori in veranda, quindi non lo sa.»

«E quelli della protezione animali?»

«In che senso, scusa?»

«Non li hai chiamati, vero? Io l'avrei fatto.»

Tommaso con la coda dell'occhio guarda la porta da dove siamo venuti, forse si sta chiedendo se ha fatto bene a portarmi qui.

«La prima cosa che devi sapere di me è che io *non* sono te e *non* penso come te. Cerca di ricordartelo, e vedrai che tutto avrà più senso.» Fa una pausa, poi aggiunge, ammorbidendo la voce: «Te l'ho detto, questo è il *mio* modo di chiederti scusa».

Continuo imperterrita: «Cioè, mi staresti chiedendo scusa con una lucertola?».

«Guarda che non è solo un'iguana.» Incrocia le braccia al petto, come per proteggersi. «Lui è...» Studia i miei occhi, capisce il mio smarrimento. «Lasciamo perdere, dài.»

«No, dimmi, per favore.»

Non mi risponde subito, penso che non lo faccia più.

«È una lunga storia» sussurra, e con lo sguardo sfiora la punta delle scarpe. Prima che io possa rispondere, Mela scatta verso Yellow per giocare, mi sposto su un piede per farla passare e perdo l'equilibrio, cadendo nella pozza di faccia.

15

È venuta a riportarmi a casa

Tommaso mi mette un braccio sotto una spalla e mi trascina fuori. Le bende si sono inzuppate e l'acqua sporca brucia a contatto con la pelle ancora non del tutto cicatrizzata, faccio fatica a respirare perché anche l'aria che esce dal naso è fuoco sulle ferite.

Le nubi si sono dissipate e sul prato infangato è tornato il sole, papà è seduto sugli scalini del camper e c'è anche Filo che è nuovamente passato a trovarmi; quando ci vedono arrivare il mio migliore amico diventa un fantasma.

«Nina è caduta nella pozza sul retro, l'ho portata io, è stata colpa mia.» Tommaso è in affanno, non l'ho mai visto così, la fronte imperlata di sudore e gli occhi scavati dalla paura. Gli importa di me.

Corro su per la scala, mi catapulto in bagno e mi tolgo le bende di dosso, cerco il disinfettante buttato alla rinfusa nel mio beauty, rovescio tutta la borsetta nel lavandino, trovo la boccetta, verso il liquido verde su un batuffolo di cotone, mi tampono il viso. Non ce la faccio, il disinfettante brucia troppo, lo getto nel lavello con rabbia e mi accovaccio a terra contro la porta.

«Nina, stai bene, eh?» È papà, la sua voce è gentile come sempre, ma questa volta trema un po'.

Cerco la mia, di voce, da qualche parte. «Non riesco a disinfettarmi, brucia troppo tutto.»

«Lascia che ti aiuti...»

«No!» Inspiro, tirando un calcio contro al bidet per sfogare una fitta di dolore. «Non sai come si fa, e non voglio che mi vedi così, senza le bende» ripeto piano.

Il lato della faccia bruciato e mangiato dall'asfalto, la pelle rossa e sottile come la pellicola protettiva di una torta.

«La mamma di Alisha non fa anche l'infermiera?» sussurra Tommaso fuori dalla porta.

«Non è proprio un'infermiera, è più una specie di... tu vai a chiamarla, all'amico di Nina ci penso io.»

«Che cos'è successo a Filo?»

Al di là della porta cala il silenzio. Poi: «È svenuto».

Papà mi ha spiegato che Indira non è una vera infermiera, mi ha detto che in India esiste questa medicina alternativa, l'*ayurveda*, in cui si usano rimedi naturali e cose di quel tipo, e la madre di Alisha la pratica anche qui come "cura alternativa" alla medicina tradizionale.

Quando Indira arriva in moto con Tommaso, papà la lascia entrare nel camper da sola; bussa con delicatezza e apro la porta. Indira la socchiude piano, non si lascia impressionare dalla mia faccia, apre la borsa e appoggia dei flaconcini sul bordo del lavello. Passa un batuffolo imbevuto in una crema che sa di arancia sul mio viso con decisione, i braccialetti tintinnano a ogni movimento del suo polso sottile, tampona piano, mi riavvolge la fasciatura, riesce a percepire da un mio sussulto quando è troppo stretta e la allenta.

A lavoro concluso mi piazza in mano una boccetta di liquido scuro senza etichetta, mima il gesto di rovesciare il contenuto sul palmo e spalmarlo in viso. Io annuisco, anche se non ci siamo dette una parola.

Mi tiro su da terra aggrappandomi alla sua mano morbida di crema, la faccia brucia ancora, ma sto decisamente meglio. Indira si sciacqua le mani poi apre la porta del bagno, mi appiattisco per passare, dalla finestra scorgo Filo steso su una sdraio che si sventola con una foto di papà per farsi aria. Tommaso finge di dormire con la testa in mezzo alle ginocchia; Alisha è l'unica che ascolta papà, Gabriel parla del suo orto come un oratore: «Se volete iniziare a coltivare le carote, ricordatevi di tenerle distanti dalle patate, non è scritto in nessun libro di giardinaggio, ma ho scoperto che non vanno per niente d'accordo...».

Filo sbadiglia, Tommaso solleva la testa e incrocia il mio sguardo, mi fa un leggero sorriso, poi torna a fingere di dormire.

Indira batte la mano sulla finestra e papà si accorge di noi. Intravedo il suo volto attraverso il vetro.

«Allora?» chiede da fuori. Lei congiunge le mani in preghiera per tranquillizzarlo. Lui ci raggiunge dentro.

«Ci siamo spaventati tutti, grazie davvero per essere venuta qui.» Mi volto verso Indira che fa un mezzo inchino.

«Come stai, Nina? Vuoi una limonata?»

Scuoto la testa. «No grazie, esco a raggiungere gli altri.»

Mi volto a ringraziare ancora, poi esco prendendo dal frigorifero una Coca che papà ha comprato appositamente per me, siccome lui a parte l'acqua beve solo birra, limonata e litri di caffè.

«Tua madre è bravissima con le medicazioni» dico ad Alisha, sedendomi accanto a lei sulla sdraio. Tommaso intanto studia le mie bende, cercando rassicurazione; io gli sorrido calma, lui si rilassa un poco.

«Lo so, a volte penso sia una strega» risponde Alisha, sbirciando dentro il camper papà che vuole aggiungere un po' di vodka alla limonata di Indira, ma lei rifiuta.

«Ogni volta Gabriel si dimentica che mia mamma non beve alcolici» dice, spiaccicando una zanzara posata sul suo polpaccio.

«Perché?»

«È induista.»

«Tu sei cresciuta in India?» Filo strappa una margherita e la fa ruotare tra le dita.

«No, in Italia, ma vado a fare la vacanza di famiglia a Rishikesh dai nonni materni.»

«A Rishikesh ci sono stati anche i Beatles, per un po'» Tommaso stende le braccia al cielo, si è finalmente tranquillizzato, i muscoli si gonfiano sotto la pelle trasparente.

«Sì, infatti è pieno di turisti per 'sta roba.» Alisha ammazza un'altra zanzare sul gomito.

«Vacanze di famiglia, mai fatte» sussurro soprappensiero, e finisco la Coca.

«Se fossi venuta qua un anno fa avresti rischiato di andare in vacanza con tuo padre e Corinna» riprende Tommaso.

«La pazza delle uova?» chiedo.

«Proprio lei. Una volta ha pure fatto pipì in giardino...» Alisha scrolla le spalle come per scacciare un brivido.

«Chi è che ha fatto pipì...?» Filo si è completamente ripreso dallo svenimento.

«Niente Filo, una delle ex di Gabriel» dice Tommaso, che sta costruendo una corona con dei rametti di origano.

Nei trenta minuti in cui sono rimasta chiusa in bagno con la mamma di Alisha, Tommaso è passato dall'insultare il mio amico al chiamarlo con il suo diminutivo, in pratica una rivoluzione.

«Allora, Nina, riparti oggi?» chiede Filo a bruciapelo.

«No, credo mi fermerò ancora un po'.»

«E così hai cambiato idea, eh?» fa Alisha e mi sorride complice.

«Quindi non ho il passaggio per il ritorno? Mi tocca un'altra ora di mezzi?» Filo si stringe i calzini con le mani chiuse a pugno.

«Mia mamma ormai passa lo stesso...» lo tranquillizzo.

«Se no puoi fermarti a dormire qui» Alisha distende le gambe sotto la gonna. Filo distoglie lo sguardo.

«Tranquilla, non ho intenzione di restare» dice poi, rivolto a me. «Ero venuto solo per parlare della foto, visto che ai messaggi non rispondi mai, *Mia.*»

«La foto? Come hai fatto a vederla?»

«Per caso. L'algoritmo di Instagram fa miracoli» sussurra, ma lo sentono tutti.

«Ma di che cosa state parlando?» chiede Tommaso.

«È solo una stupida foto...» Mi gratto un braccio con foga.

«Non è "solo una stupida foto". Nina ieri ha aperto un nuovo profilo su Instagram e l'hanno seguita... in cento in un giorno, tipo» afferma compiaciuto, davanti alla faccia perplessa di Alisha.

Cerco inutilmente di sviare l'argomento, mi giustifico ribadendo ancora che è una stupida foto, che la gente ha messo like solo perché qualcuno con un po' di follower l'ha ripostata sul suo profilo e che non ho alcuna intenzione di rifarlo.

«Embè? Sono così tanti cento follower?» chiede Tommaso, che a quanto pare non ha Instagram.

«No, ma per un nuovo profilo in una sola notte è un

buon risultato, Nina potrebbe anche guadagnarci qualcosa in futuro» spiega Alisha.

«Come no, potrei fare degli *unboxing* di prodotti di bellezza da spalmare sulle bende...»

«Modella su Instagram, fotografo su Instagram... tutti artisti e poi se l'app va in down siete tutti nella merda.»

«Guarda, Tommy, che stai a generalizzare un po' troppo. I social non sono il male, dipende da come li usi» puntualizza Alisha, frugando nella borsa. Tira fuori un pacchetto di sigarette.

Tommaso alza le spalle: «Li usi per prendere like, li usi come ricarica di autostima, fine».

«Non è sempre così. Cioè, io ho scoperto anche cose interessanti, tipo la pagina di uno dei miei divulgatori scientifici preferiti.» Filo ha ripreso a saccheggiare margherite dal prato.

«Ah, be'...» Tommaso sospira e fa tremare i rametti della corona di origano attorcigliata ai capelli.

«Dico solo che secondo me Nina dovrebbe provarci» ribadisce Filo.

«Provare cosa? Con cento follower... serio?» Non ho più voglia di ascoltare queste stronzate.

«Provare a fare qualcosa, mandare avanti il profilo. Che ti costa?»

«Sono d'accordo con te. Nina, ci devi provare, tanto mica ci metti la faccia.» Alisha soffia fuori il fumo, controllando che sua madre dal camper non la scopra. Gli altri la guardano lapidaria. «Che ho detto?»

Scuoto la testa convinta, Alisha sospira. «Come avete detto che si chiama il nuovo profilo di Nina?» dice, prendendo con la mano libera il cellulare.

«Mia apre gli occhi» risponde prontamente Filo.

Un attimo dopo, Alisha sta leggendo i commenti sotto al mio post, concentrata: «Vedi, la gente qui dice che sei di ispirazione... o almeno è quel che pensa *Giulia05*».

«Ho solo pubblicato una cosa, e non era per ispirazione ma per *disperazione*, okay? E in ogni caso non ho molto altro da dire. Passerò l'estate qui, mica a raccogliere le bottiglie di plastica in Islanda.»

«Chi è l'idiota che va fino in Islanda per raccogliere delle bottiglie di plastica?»

Filo lancia un'occhiata allarmata a Tommaso che ha appena insultato Jasmine Elle senza saperlo.

«Questione chiusa. Ho già il debito di Italiano a cui pensare» concludo.

«Debito in Italiano?» Tommaso si strofina con una mano la tempia, dove i capelli sono appena rasati, cercando di nascondere una risata.

«Lasciamo perdere» gli sussurro.

«... E chi dice che devi scrivere per forza? Potresti fare dei video, tipo.» Alisha appoggia un gomito su un ginocchio, la sdraio cigola.

Il ricordo dell'ospedale mi sfiora, ritorno alla sedia di plastica, alle macchie sul soffitto dalle forme strane, al medico delle domande. «Mettiamo che hai ragione. Ma se devo fare dei video d'ispirazione e sono io la prima a non essere ispirata, che faccio?»

Tommaso sorride malizioso, e io lo anticipo: «No, nulla delle cazzate che stai pensando».

Alisha spegne la sigaretta nel prato e tira fuori dalla borsa un pacchetto di cicche: «Non sai quante robe fa la gente per comunicare, basta trovare un modo...».

«... che sia solo tuo» conclude Filo.

«Amen» mormora Tommaso, poi si alza, raccoglie la sigaretta spenta di Alisha e se la mette in tasca. «Fate come vi pare, io me ne tiro fuori.»

È tornato lo stesso di prima, scontroso, egoista e prepotente. Mi alzo anch'io, raggiungo i suoi occhi azzurro anice. «Strano, ma sono d'accordo con te.»

E prima che lui possa ribattere con il suo solito sarcasmo pungente, ci voltiamo tutti. Il cancello del giardino cigola: è arrivata mamma.

16

Mi allunga la mano, io esito, lo guardo

Quando mamma attraversa il giardino con Mr DiCaprio in gabbietta, e papà le va incontro e le bacia una guancia, io realizzo che, anche se lei lo ha lasciato, lui ha ancora una sua foto appesa nel camper.

«Ciao a tutti, sono Francesca. Scusate per il gatto ma oggi me lo sono dovuta portare in ufficio.»

«Piacere, Alisha. E questa è mia madre, Indira.»

«Tommaso...»

«Io sono Filippo...»

«Lo so, Filo, ti avevo riconosciuto. Ti serve un passaggio per il ritorno?»

Mentre Filo arrossisce violentemente, Tommaso studia attento mia madre. Osserva la versione in carne e ossa della fotografia che vede tutti i giorni, da qualche anno a questa parte, ogni volta che varca la soglia del camper.

«Che significa che ti sei portata Mr DiCaprio in ufficio?»

Gli altri guardano il mio gatto come se nella gabbietta ci fosse chiuso davvero Leonardo DiCaprio.

«Ha mal di pancia, a quanto pare da quando non ci sei più si è messo a rosicchiare il materasso della tua stanza. L'ho dovuto portare dal veterinario, non potevo ripassare da casa. Ma nulla di grave, sta bene.»

Mr DiCaprio in tribunale e mamma con il tailleur sporco di peli che si giustifica davanti ai colleghi: una scena che non avrei voluto perdermi.

«Sta bene» ripete, e dal tono si capisce che mi sta dando la colpa. «Non posso trattenermi molto perché fra un po' ho un'altra udienza. Nina la tua roba è là dentro?» Francesca guarda di sbieco all'interno delle finestre appannate del camper. Indossa un vestito bianco leggero, che le delinea i fianchi. È bella. Ma la cosa incredibile è che prima del divorzio con papà era *ancora* più bella.

Non perché fosse più giovane, ma perché tutti i fidanzati che sono venuti dopo papà, e prima di Giovanni, le hanno rubato un po' di luce.

C'è stato Umberto, il notaio, che puzzava di detersivo e acqua di colonia. Se ne stava tutto il giorno a lucidare quella sua macchina sportiva a due posti in cui non potevo entrare, perché non era per famiglie. Poi c'è stato Enrico, lo sportivo. Era fissato con lo squash e tutte le domeniche invitava me e mamma a vedere le sue partite; a fine gioco mi chiedeva sempre di andare a raccattare le palle in campo in cambio di una moneta da cinquanta cent. Così ho finto di avere i crampi da ciclo ogni domenica finché lui e mamma non si sono lasciati. Infine c'è stato Brando Kowalski, lo strano, il regista. Parlava poco e a volte parlava anche in polacco. A un certo punto non l'abbiamo più visto. Mamma credeva l'avesse lasciata per un'altra donna più bella (impossibile), invece era solo finito in prigione per aver barato al casinò.

Credo che mamma abbia perso tanto del suo splendore con ognuno dei suoi fidanzati. È passata da farfalla a falena. Ha ancora le ali, ma ha smarrito il suo colore.

«Allora, Nina?»

Ripiombo nel mondo reale e incontro gli occhi di mamma. «Veramente, ho cambiato idea.»

Lei mi fissa incredula. I suoi tacchi bassi sono sprofondati nell'erba. «Gabriel, possiamo parlarne un attimo... in privato?»

«Ma certo, però ti dico già che non ne so nulla.» Papà alza le braccia in segno di resa, come fanno i vigili con il traffico. Mamma si guarda attorno, l'orticello con le piantine aromatiche, le sdraio dove siamo appollaiati, la vecchia casa gialla in cui ha vissuto, Mela che fissa la gabbietta grattandosi l'orecchio tagliato e Mr DiCaprio che per tutta risposta inarca la schiena come un goniometro. Conosco quella sensazione, l'ho provata il primo giorno che sono arrivata qui: mi sono sentita un'estranea.

«Allora è meglio se vieni anche tu, Nina.» Mamma marcia verso la casa gialla, decisa. Papà la ferma con voce dubbiosa. «Ehm... Francesca, dove stai andando?»

Lei si volta. «In un posto tranquillo dove poter parlare con mia figlia» ribatte, come se la cosa fosse di per sé evidente.

Io e papà ci scambiamo un'occhiata spaesata. Mamma sa che Gabriel non vive più nella casa gialla, ma forse non sa che ha venduto proprio *tutti* i mobili che gli erano rimasti per comprarsi un nuovo obiettivo fotografico, né che c'è un'iguana enorme che si aggira tra stanze e giardino come il vero boss della casa.

«Mamma, forse è meglio che parliamo laggiù, vicino a quell'albero... okay?»

Mamma volta il collo da fenicottero, guarda l'albero con il tronco bianco, confusa. Non commenta. Vira e marcia in quella direzione barcollando un po' sui tacchi ma con la gabbietta ben salda in mano. «Va tutto bene!» strilla, a metà strada, come se qualcuno gliel'avesse chiesto.

«Scusate, io e mia madre andiamo» Alisha e Indira ci si avvicinano. «Ah, mia madre mi ha detto di ricordarti di mettere l'olio di Aloe tutte le sere.» Indira annuisce alla traduzione di Alisha, ma non sono sicura abbia capito.

«Ci sentiamo domani.» Mi avvicino alla mia nuova amica per darle un bacio sulla guancia, dimenticandomi che lei non può ricambiare. Do un'occhiata a Tommaso che si alza dalle sdraio, immagino stia per andarsene anche lui. Io e papà raggiungiamo mamma fino all'albero, una betulla. Uno dei pochi con il tronco bianco. Mamma guarda oltre la recinzione i campi che si estendono fino all'orizzonte. Quando vivevamo qui, doveva farsi un'ora di macchina per arrivare in tribunale tutti i giorni. All'inizio non le pesava, sembrava che il contatto con la natura e papà le piacessero molto. Poi ha mollato tutti e due, appena si è resa conto che nonostante l'infatuazione iniziale entrambi avevano grandi difetti. Per la precisione: zanzare e sregolatezza.

«Mi spiegate che succede?» si mette le mani sui fianchi per sembrare più autorevole, ma è poco credibile.

Papà non spiccica parola, tocca a me risollevare la situazione. «Se per te va bene, mamma, io resterei qui ancora un paio di settimane.»

Mamma mi squadra come se fossi un film in cinese sottotitolato in tedesco. «Solo se mi dici cosa ti ha fatto cambiare idea, Nina» afferma poi, fissando papà.

«Ho dei nuovi amici...» Con un cenno del capo indico le sdraio, dove ormai è seduto solo Filo.

«Io non capisco... avevi già degli amici. Lara continua a cercarti, lo sai?» In quel momento a Mr DiCaprio brontola di brutto lo stomaco. Ci zittiamo tutti un istante.

«Immagino sia una fase temporanea, Franzi. È estate e Nina vuole solo distrarsi un po', ma sta studiando e...» Franzi, dice papà. È l'unico a chiamarla così.

«... e sto molto meglio, mamma. Passo del tempo all'aria aperta e...» Vorrei dirle che sto seguendo i consigli del medico delle domande, che finalmente ho trovato la forza per parlare del mio incidente, addirittura sui social.

«Mangi?» Mamma incrocia le braccia a x.

Io e papà ci guardiamo brevemente negli occhi. C'è una conversazione invisibile che aleggia nell'aria in cui io gli chiedo di mentire per me.

«Sì, certo, le piace la mia cucina vegetariana.»

Mamma mi studia tra il confuso e lo spazientito per un minuto buono. «Basta così.» Con la mano libera fa un gesto da direttore d'orchestra. «Mi sembra che abbiate già preso una decisione senza consultarmi, non posso fare molto per farvi cambiare idea.»

«Francesca...»

«Ti servono soldi per Nina, Gabriel?» Papà fa di no con la testa. Lei ispira lentamente. «A casa manchi davvero tanto, Nina.»

Poi il suo cellulare squilla. Mamma legge il nome sul display, Mr DiCaprio miagola sommesso.

«Devo andare... ma tornerò presto» sussurra, sempre fissando il nome sconosciuto sullo schermo.

«Sicura di non fermarti a cena?» le chiede papà.

Mamma lo ignora, mi stringe forte con il braccio libero dal cellulare, io rimango rigida.

«Ciao, amore mio...»

Non le rispondo, trattengo persino il respiro per non sentire il suo profumo. Poi la osservo riattraversare il prato in direzione del cancello, con Mr DiCaprio che mi scruta dalla griglia della gabbietta. Filo l'attende davanti alla macchina, mi saluta da lontano.

Sfioro con il palmo della mano il tronco dell'albero. Rimango a cercare conforto in questo essere vegetale che sembra avere più sensibilità di mia madre. Papà mi mette una mano sulla spalla. Chiudo gli occhi.

«Il suo lavoro, lo sai, è importante per lei.»

«È la migliore a crearsi problemi. Non mi ha dato nemmeno il tempo di salutare Mr DiCaprio» sibilo, mentre in lontananza avverto il rombo del motore che sbuffa come un essere umano.

«Però è anche brava a risolverli, i problemi. Con te ha fatto un ottimo lavoro in questi anni.»

Giro il collo. «Quindi io sarei un problema che lei ha risolto?»

Dietro di me papà inspira e ritrae la mano dalla mia spalla. «Sai che non intendevo questo, Nina. Dicevo solo che tu sei forte, incredibilmente più forte di quello che pensi.»

«Come lo sai?»

«Perché sei rimasta qui.»

Fisso papà, la sua maglietta stropicciata nasconde la pancia ad anguria. Lui se ne accorge e risucchia lo stomaco trattenendo il respiro.

«Però adesso basta spiluccare cracker dalla dispensa di notte mentre dormo. Se la mia cucina proprio non ti piace, stasera ordiniamo una pizza. Intesi?»

«Intesi.»

Papà mi allunga la mano, io esito, lo guardo.

17

Solo mia figlia

«Assumi il libro per osmosi?»

Sollevo la guancia dall'Antologia e guardo Tommaso di sbieco, non gli rispondo nemmeno. Siccome papà è nella casa gialla, alle prese con il servizio fotografico dell'ennesima teenager che sostiene di avere gli zigomi di Gigi Hadid, "l'apprendista di papà" si è portato di nascosto l'iguana dentro al camper. E la sta facendo zampettare sul tavolo della cucina, tra le tazzine di caffè ancora sporche e la zuccheriera. L'animale ha gli occhi grandi e vuoti, traballa facendo lo slalom tra i cucchiaini da dolce come se fosse un po' ubriaco.

«Dovresti lasciarla libera, la tua *lucertola*» sottolineo, strofinandomi un occhio con il dorso della mano.

«Quando tu libererai il tuo gatto dall'appartamento» ribatte lui dal divano, mentre cerca di caricare un film in streaming sul portatile.

Certo, vagli a spiegare che il mio non è un animale esotico ma un micio domestico. Non so nemmeno più perché continuo a parlargli. O forse sì: mi annoio. Non riesco a studiare e sono un po' giù di morale per una stupidata.

Nell'ultima settimana ho caricato altre foto sul mio nuovo profilo Instagram, ho messo un selfie con il volto bendato e uno scatto di Mela che mangia dalla ciotola gialla.

Hanno smesso di seguirmi in un po'.

Insomma, che cosa vogliono da me? Perché hanno iniziato a seguirmi sui social se poi le cose che carico non piacciono? E perché non piacciono? Non capisco dove, ma evidentemente sto sbagliando.

Ripeto, non è che me ne freghi.

Solo che per una volta sembrava che esistesse qualcuno interessato a me, o a Mia. E niente, per un attimo ci avevo creduto.

«Penso che dovresti andare a vedere se Gabriel ha finito con quella tipa» butta lì Tommaso, facendo partire il film sul suo computer portatile e bloccandolo subito dopo per agevolare il caricamento.

«Perché io?»

«Io devo dare un occhio a Yellow, no?»

«E che ci guadagno?»

«Un consiglio cinematografico» Tommaso si alza in piedi. «Il finale di *Before sunset.*»

Lo vedo appoggiarsi al tavolo con aria affranta e, guardando Yellow negli occhi vacui, recitare: «Tesoro, tu prenderai quell'aereo...».

Sposto rumorosamente la sedia e mi alzo in piedi, esco dal camper sbattendo la porta.

Al diavolo Tommaso, al diavolo il mio debito, e al diavolo anche Instagram.

Attraverso il giardino ancora in ciabatte, l'aria fresca accarezza la bendatura fatta da poco. Più mi avvicino alla casa gialla, più avverto la musica farsi forte. Un pezzo dei Rolling Stones che ho sentito spesso alla radio in auto: *Angie.*

Busso.

«Pa'» nessuna risposta. «Papà!»

Spalanco la porta. Gabriel è accucciato su un ginocchio, con la macchina fotografica in mano. La modella invece è seduta su uno sgabello girevole davanti a un fondale bianco, indossa un vestito rosa che la fa sembrare qualcosa a metà tra un petalo e uno straccio. Una donna, che immagino sia sua madre, applaude emozionata a ogni *click* del flash, osservando gli scatti comparire simultaneamente sullo schermo del computer adagiato sul tavolo.

Quando la ragazza si volta per mostrare alla camera il suo profilo sinistro, mi intravede. L'urlo copre l'assolo di Keith Richards.

«Tranquilla, tranquilla... è solo mia figlia.»

18

Andare oltre il coraggio

Come al solito, stesa sul materasso ad acqua della mansarda, non riesco a dormire, quindi faccio un giro sui social. Mi guardo un po' di TikTok di Jasmine Elle, poi un video su YouTube di un tizio che si chiama *Mostro*, un comico che indossa una maschera nera e che fa un tipo di ironia tagliente, nessuno l'ha mai visto in faccia. Poi torno sul mio profilo *Miapregliocchi*, che sta sempre andando così così. Seziono i like al primo post, quello che ne ha presi di più. Leggo anche i commenti, le parole di sostegno, chi semplicemente mi chiede chi sono, o che scuola frequento. Non posso far a meno di sorridere, Tommaso ha ragione, è un'overdose d'autostima. È strano, a volte per sentirci bene abbiamo bisogno che qualcun altro faccia qualcosa per noi. Come se non fossimo capaci di farci felici da soli.

Mi sento particolarmente forte stasera, perciò decido di andare ancora sul profilo di Leonardo, cerco la foto di lui e Marlena, e mi dico che non può fare più così male, ormai so cosa aspettarmi. La trovo subito, è ancora l'ultimo post che ha pubblicato. Faccio zoom sui loro volti stando attenta a non mettere like, lui sembra felice. Più felice di quando è uscito con me, almeno. Marlena non guarda nemmeno l'obiettivo, è così bella che è venuta bene anche se non si è messa in posa.

Io sono fiera di me stessa, sono stata forte, niente crisi per il momento, il dolore è tutto sommato sopportabile, sto migliorando. Mi sto disintossicando da Leonardo Ghetti piano piano.

La sua foto profilo è cerchiato di rosso, c'è una story che sembra essere lì per me, devo solo cliccare per aprirla. Mi ero ripromessa di non farlo. Ma se invece fossi pronta? Con il post è andata bene.

È il richiamo di una sirena.

È un attimo.

È una cazzata.

Apro la story.

C'è lui, riflesso nello specchio, accappatoio, capelli umidi di doccia. «La scuola è finita da una settimana, raga, e niente, adesso ci si rilassa... un po' di fuckin' music...»

Parte un pezzo trap di Juice Wrld. *Fuck one dose, I need two pills, two pills... I'm lookin' for trouble so I know I'm gonna find it...*

Leonardo fa zoom sulla sua bocca e muove le labbra in playback. «Doccia e Juice Wrld... sempre nel cuore, rispetto, bro» dice, portandosi una mano sul petto bagnato e chiudendo gli occhi.

Il trapper di cui parla ha perso la vita un po' di tempo fa, ricordo che quel giorno Leo e il suo gruppo si sono presentati a scuola vestiti di nero con una lacrima disegnata sulla guancia in segno di lutto.

«E niente, raga, buone vacanze a chi ha finito la scuola e a chi non è più venuto invece... *ops*» arriccia le labbra in una smorfia, poi torna a inquadrarsi il viso e strizza un occhio, alza il volume della musica e muove la testa a ritmo. Il video si interrompe così.

Fine.

Lo riguardo.

Una.

Due.

Tre.

Dieci volte.

Che cosa vuol dire "a chi non è più venuto a scuola *ops*"? Ma mentre digito il nome di una ragazza della sua classe alla ricerca di qualche indizio, mi rendo conto di aver fatto una cazzata enorme. Ho usato il mio secondo profilo per guardare le storie: ora Leonardo sa dell'esistenza di *Mia*. Merda.

Apro WhatsApp e scrivo subito a Filo.

NINA: Ti sei scordato di dirmi qualcosa oggi?

La risposta arriva immediatamente.

FILO: Allora li sai scrivere i messaggi

NINA: Perché Leonardo ha fatto quella storia? Che significa "a chi non è più venuto a scuola ops"?

Filo non risponde. Gli scrivo di nuovo:

NINA: Ti vedo che sei online.

FILO: Volevo dirtelo ma...

NINA: Parla

FILO: Ti posso videochiamare?

NINA: Filo!!!

FILO: Leonardo dice che non sei più venuta a scuola perché sei andata da lui e... ti sei spaventata perché lui ci ha provato e sei scappata.

La mansarda inizia a girare. Stringo il cellulare, la punta delle dita come morte, la nausea che inizia a salire per la gola e la scalda. Chiudo gli occhi. La luce del nuovo messaggio di Filo mi costringe a riaprirli.

FILO: Giuro che volevo dirtelo, Nina, ma all'inizio erano solo voci... poi quando ho visto la story ho subito chiamato Lara che me l'ha confermato. Ma domani gli vado a parlare, te lo prometto.

Soffoco.

Ripenso al cloro, alle decine di vasche avanti e indietro, senza pensare, concentrata solo sul movimento del corpo in acqua. Era sollievo, era la cosa che preferivo in assoluto.

Avanti e indietro.

Avanti e indietro.

Adesso mi sembra di nuotare ancora, ma in un modo diverso, annaspo, sprofondo, annego. Nuoto contro il tempo, contro me stessa in un limbo.

FILO: Ni, dai, rispondi mi fai preoccupare

Devo reagire, ma a parte il nuoto non sono mai stata brava a fare altro. Brucio le crocchette di patate fuori e mi rimangono congelate dentro; compro vestiti che poi non ho il coraggio di mettere; ho troppi muscoli sulle braccia per infilare le magliette senza spalline; quando sono da sola parlo troppo, quando mi piace qualcuno non so mai cosa dire, se non cose stupide; non so mettere l'eyeliner; quando mi viene il ciclo non c'è deodorante che tenga; i miei occhi sono tondi e vuoti, la mia faccia non se la ricorda mai nessuno.

Eppure qualcosa dentro di me scalpita, qualcosa che mi dice che ora non è il momento di precipitare più in basso, devo tirarmi su, invece, devo andare in alto.

FILO: Oooooh ma stai bene?!

Apro gli occhi.

Andare in alto.

Scendo le scale silenziosa, papà russa sul divano, dorme di uno di quei sonni secchi senza sogni, come i cani. Socchiudo la porta del camper senza fare rumore, corro sul prato a piedi nudi nel buio fino alla betulla. Ne accarezzo ancora il tronco bianco, avverto una strana energia. Linfa. Vita.

Sfilo l'elastico dal polso e mi lego i capelli, non mi preoccupo del mio viso bendato. Apro la fotocamera frontale e schiaccio play.

«Ciao, ragazzi. Questo è il mio primo video. Sono... *Mia.*» Tossisco, mi schiarisco la voce. «Ho paura. Paura di non farcela più a essere forte perché... tutto sta andando a rotoli» rido nervosa. «E io non so più davvero cosa fare per risolvere questo casino. Allora...» Guardo l'albero davanti a me. «Allora farò una cosa stupida che spero mi aiuterà.» Indico il tronco. «Siccome sembra che il mondo stia sprofondando... io andrò in alto. Risalirò.»

Appoggio il cellulare in bilico sul terreno e faccio un passo indietro.

Mela compare nel fascio di luce proiettato dal telefono e mi guarda curiosa. Mi porto un dito alle labbra e le faccio segno di non abbaiare, poi mi volto verso la betulla. È alta, le sue fronde sembrano grovigli.

Non c'è nulla di più sbagliato. Ma lo faccio: affondo i palmi nella corteccia del tronco, mi spingo sulle ginocchia e salgo, sempre più su, verso quell'intreccio di rami confuso, e mi dico che è l'unica cosa che posso fare, puntare in alto. Quando la vita si aggroviglia e ti manca il coraggio, l'unico modo per superarla è andare oltre il coraggio stesso.

19

Poco convinto

Mi sveglia il caldo, un raggio insistente che batte contro l'oblò, la mansarda è un forno, mi strofino gli occhi, che ore sono? Cerco il cellulare per scoprirlo, ma non lo trovo.

Poi ricordo. Il buio, la corteccia, il video.

Apro la botola e sbircio al piano di sotto ma non c'è traccia di vita, nemmeno il solito profumo di caffè e pasta frolla dei biscotti di Tommaso.

Scendo dalla scala, ispeziono la stanza deserta con lo sguardo. Del mio telefono non c'è traccia.

Infilo le scarpe da ginnastica ed esco in giardino, le sdraio sono vuote, ma sul prato scorgo dei noccioli di pesche, segno che qualcuno è passato di qui.

Proseguo, decisa a raggiungere l'albero su cui mi sono arrampicata ieri notte, per cercare il cellulare che probabilmente avrò dimenticato lì sotto. Man mano che avanzo avverto un chiacchiericcio in sottofondo, come il brusio in sala prima di una recita scolastica.

Sono loro.

Papà, Tommaso e Alisha studiano il tronco e borbottano.

«Si può sapere che succede?» Si accorgono di me che attraverso decisa il giardino e si zittiscono subito, custodi di un segreto che mi precede.

«La guerriera ha aperto gli occhi.» Papà mi viene incontro, gli altri muti mi sorridono come ebeti, restano immobili, come frutti caduti dall'albero.

«Siete strani...»

Alisha rosicchia una pesca e Tommaso tiene lo sguardo sulla punta delle Nike consumate, la cosa inizia a darmi fastidio.

Papà mi porge il mio cellulare, il vetro è scheggiato come una ragnatela di cristallo. «L'abbiamo trovato in giardino, Mela ti ha masticato un po' lo schermo...»

«È solo il secondo vetro che distruggo in un mese.» Nessuno fa commenti, nemmeno Alisha si serve della battuta che le ho offerto su un piatto d'argento, "certo, perché riflette la tua faccia".

Scuoto la testa confusa, inserisco la password con la mia data di nascita, ovviamente il riconoscimento facciale non funziona, e sblocco lo schermo, innervosita.

L'icona di Instagram si illumina, leggo il numero di notifiche dietro le schegge, supera il grado del mio stupore. Che significa?

È assurdo, semplicemente assurdo.

Papà alza la mano per darmi il cinque, il che è piuttosto imbarazzante, ma Alisha mi salva stringendomi in un abbraccio che sembra più la morsa di uno schiaccianoci. «Ti giuro che quando l'ho visto ho creduto che saresti caduta giù dall'albero e ti saresti spaccata il collo...»

«Invece mi hanno detto che hai spaccato l'Instagram» sottolinea Tommaso, e come sempre non capisco se sia un complimento o meno.

Mi libero dalla stretta di Alisha. Ora ricordo, ieri notte dopo essermi arrampicata sull'albero ho caricato il video con l'hashtag *#Miapreglioccbi* come post. Dopo mi sono seduta sul prato con Mela, ero esausta, devo essermi addormentata contro il tronco della betulla. Quando poi mi sono svegliata era quasi mattina, sono tornata al camper con i piedi infangati, dimenticando il cellulare sul prato.

Mi ricompongo e cerco Alisha: «Ma la gente che ha iniziato a seguirmi... pensa che sia stupida?».

«Pensa che tu sia geniale: *la ragazza ustionata dopo gli interventi chirurgici riprende in mano la sua vita e la sfida*» lei spalanca le braccia teatralmente, Tommaso annuisce, le sue labbra rosse di pesche si increspano in un mezzo sorriso che non riesco a interpretare.

«Quindi hai cambiato idea sui... social?» gli chiedo.

«Sui social ovviamente no. Su di te, però, un pochino...» Ora nasconde lo sguardo tra i ciuffi d'erba del prato. «Nel senso, hai fatto una cosa strana. Pensavo fossi più noiosa» ritratta, disintegrando il mezzo complimento di prima.

«Ma che bel complimento.»

Lui alza le spalle «È un *complinsulto* in realtà.»

«Cioè?»

«Una cosa carina detta nel modo sbagliato.»

Gabriel ci interrompe. «Dovresti provare l'arrampicata su roccia, qui vicino tengono dei corsi estivi...» mi propone scrutando l'orizzonte; le colline dolci dove le famiglie vanno a fare trekking la domenica si stagliano morbide come guance. Non so perché gli altri lo abbiano coinvolto in questa storia: un qualsiasi genitore avrebbe dato di matto scoprendo che la figlia, fresca di ospedale, si è arrampicata su un albero al buio alle due di notte. «Perché non ne parliamo a pranzo?» conclude papà indicando la griglia vicino all'orto. Solo ora noto che ha tagliato accuratamente le verdure e il formaggio, pronti per essere messi sui ferri.

«Ciao a tutti, ce l'ho fatta!» Intravedo Filo far capolino dal cancello, Mela gli corre incontro silenziosa, strofinandogli il muso sui jeans, lui arretra poi si arrende e l'accarezza, sporcandosi di bava. Appena sopra la guancia la pelle di Filo è ammaccata come un frutto troppo maturo.

«Si può sapere chi ti ha tirato un pugno sull'occhio?» domando, andandogli incontro.

«Sono solo inciampato sul marciapiede...» ribatte lui, pulendosi le mani sporche sulla maglietta. Gli altri, dietro di noi, ci lasciano soli e iniziano ad apparecchiare la tavola.

Io e Filo ci guardiamo in cagnesco, scruto le iridi castane del mio migliore amico e mi assale un presentimento allarmante: «Sei andato da Ghetti, vero?».

«È stato il marciapiede, ti dico. Ma dovresti vedere come è messo male lui...»

«Tu ieri alle due di notte sei andato da Ghetti» insisto, cercando di tenere la voce bassa per non farci sentire, ma il mio corpo si sta surriscaldando e con lui la mia voce.

«Non ieri, stamattina prima di venire qua» ammette finalmente.

«E ti ha ridotto così di prima mattina?»

Filo starnutisce. «Magari Indira ha qualcosa da darmi per il gonfiore. E per l'allergia ai peli di coniglio. Ghetti deve avere un coniglio, o forse un criceto.»

Filo sta farneticando qualcosa riguardo all'orticaria e io sto per ribattere, quando scorgo Tommaso che si è sfilato la maglietta, sta sistemando il tavolo e le sedie.

«Nina? Ci sei?» Filo richiama la mia attenzione.

«Stavi dicendo... Ghetti, i peli?» Torno seria e arrabbiata. Alisha si accorge della mia distrazione e soffoca un risolino, poi si appresta ad aiutare papà ad apparecchiare.

«Niente, gli ho detto che la deve smettere di mettere in giro voci su di te e lui mi ha chiesto il perché. Io gli ho detto: "Perché se no ti meno". Lui ha detto: "Ok, allora fallo", e allora io ho dovuto picchiarlo davvero.»

Scuoto la testa allibita, ma Filo non sembra dare troppo peso alla cosa, l'occhio non deve fargli così male.

In men che non si dica la tavola è apparecchiata, il formaggio sulla griglia sfrigola dolcemente, prendiamo tutti posto. Io decido di dare una chance alle verdure di papà. Do un morso, sono croccanti.

Filo si versa un po' di limonata e blocca Gabriel che allunga un cucchiaio colmo di zucchero verso il suo bicchiere, Tommaso si fa un sandwich con il formaggio, Alisha sembra tentare una dieta assaggiando solo le verdure, eppure non rifiuta la limonata-bomba di papà.

«Allora, Nina, idee per il prossimo video?» Filo mi tende un sorriso di sostegno.

Sospiro. «Te ne parlo solo se prometti di non farti menare.»

«Se l'avessi sistemato prima, Ghetti, magari tu non avresti la faccia bendata» sibila.

«Quindi il tipo che ha menato Filo stamattina c'entra con l'incidente?» chiede Tommaso. Io non voglio rispondere.

«Il tipo che *io* ho menato stamattina» lo corregge Filo, e nessuno commenta.

«Ma perché?» continua, ficcandomi addosso i suoi occhi azzurro cloro.

«Perché non si è comportato bene.» C'è un attimo di silenzio in cui io mi mordo la lingua e gli altri ammutoliscono. Ma poi alla radio parte la solita hit dell'estate latino-americana e papà sbatte un pugno sul tavolo, i piatti tremano, spezzando il silenzio.

«Anche *Mr pace e amore* ogni tanto sclera, eh?» Filo sorseggia la limonata divertito.

«Nina, ma che ti ha fatto quello?» Tommaso mi lancia un'occhiataccia dall'altro lato del tavolo.

«Che ti frega?» lo provoco, ignorando papà che sta ancora imprecando in spagnolo.

«Niente...» sussurra, ma il suo viso si fa cupo.

Alisha spalma un po' di formaggio su una patata grigliata. «Forse, Nina, non ti sei resa conto di quanto Tommy sia moralista.»

«Se c'è uno stronzo che ha menato Filo e c'entra pure con l'incidente di Nina io lo voglio sapere, scusa. Non è essere moralisti» sussurra, più a se stesso che a me.

«Okay, *boomer*» lo provoca Alisha, poi riporta la conversazione al discorso video: «Quello che stavamo dicendo, prima che tu ti svegliassi e Tommy trovasse un'altra causa per cui battersi, è che forse potresti iniziare a parlare con i tuoi follower».

«Ma se sono ancora pochi...»

«Pazienza» interviene papà, dopo aver fatto un lungo respiro zen. «Non ne so nulla di social, ma credo dovresti fare questa cosa per te, Nina, non per loro.»

«Il messaggio dell'albero è figo, ma rimane un po' vago. Forse dovresti osare un discorso un po' più approfondito» si intromette Alisha.

«Fossi in te terrei Instagram per le foto e per i video invece userei YouTube» suggerisce Filo.

«Meglio Twitch, secondo me» lo corregge Alisha. «È molto più figo se avviene tutto in diretta. Dovresti chiedere tipo tre euro per l'abbonamento al canale, e puoi sempre caricare le dirette su YouTube in un secondo momento.»

Rido sotto i baffi. «Be', avete pensato proprio a tutto, eh? Volete speculare sulla mia disgrazia?»

«Non sulla tua disgrazia» dice papà in un sorriso, «sul tuo *dono*.»

Tommaso scuote la testa, poco convinto.

20

Che intendi?

Devo uscire per andare a casa di Alisha e cerco disperatamente le chiavi del cancello. È domenica, papà è a scattare foto per un matrimonio, lei mi ha invitata a casa sua perché oggi è il suo giorno libero e al minimarket sono di turno solo i suoi.

Ribalto il camper: cassetti, borse, tappeti, ma niente, le chiavi non le trovo. Sotto il divano dove dorme papà, però, scopro una scatola in latta rossa. Contiene tre oggetti: un bottone, una foto del suo matrimonio con mamma e una lettera firmata Babbo Natale indirizzata a me.

La foto non l'ho mai vista, ma della lettera ricordo tutto.

Mamma mi aveva raccontato che papà era ateo, ovvero non credeva in Dio. Gabriel era nato in Cile sotto il governo del dittatore Pinochet, che aveva messo suo padre in prigione e reso la sua famiglia così povera da non aver nemmeno i soldi per comprargli delle scarpe con cui andare a scuola. Così nonna gli aveva cucito delle *espadrillas* con la stoffa di un vecchio vestito, ma avevano una suola poco robusta e non si potevano mettere quando pioveva. Non era poi così assurdo che papà non credesse in niente in un mondo in cui non poteva nemmeno credere in una suola resistente.

Gabriel, da adulto, non voleva nemmeno che io credessi a Babbo Natale. Diceva che era sciocco avere fede in qualcosa che non esisteva, e anche pericoloso, perché molti dittatori costruivano il loro potere sulle favole che raccontavano al popolo. Mamma, che dalla cucina l'aveva sentito farmi questo discorso, si era fermamente opposta. Stava cuocendo una torta di quelle preparate e, mentre il forno riscaldava l'impasto che si gonfiava silenzioso, lei aveva alzato la voce: papà poteva anche non credere in niente, ma io avevo il diritto di sognare. Alla fine la torta l'aveva cotta troppo e l'avevo dovuta aiutare a grattare via con il coltello tutta la parte bruciacchiata attaccata alla teglia, ma papà si era convinto. Così, dopo avermi raccontato che Babbo Natale non esisteva, che i miei amici erano tutti dei babbei, che io invece dovevo essere furba e disillusa, papà aveva dovuto fare marcia indietro e scrivermi una lettera di nascosto fingendosi Babbo Natale.

La lettera recitava così:

Cara Nina,

sono Babbo Natale. Sì, sono proprio io ed esisto davvero! Questa lettera è la prova che tuo papà si sbagliava, anche se non lo biasimo, eh...

Perdonami se non ti ho mai scritto lettere, ma sai anche qui dove vivo io non fila sempre tutto liscio, abbiamo anche noi bollette da pagare e cose da grandi che ancora non puoi capire ma che un giorno capirai.

Quello che volevo dirti è che sei davvero una brava bambina ed è facile volerti bene. Nella vita potrà capitarti di incontrare persone che ti diranno il contrario, che sei antipatica o poco carina. Ma io voglio che tu sappia che non è vero, e che c'è una cosa a cui devi davvero credere (ancora più che alla mia esistenza): la tua libertà. I tuoi sogni sono la cosa più importante del mondo.

Non dimenticarlo mai.

Un caro saluto,

Il tuo
Babbo
Natale

Avevo sei anni e mezzo.

Alisha finisce di leggere la lettera che mi sono portata dietro, i suoi occhi brillano della sua solita ironia. «Tuo padre è completamente fuori, Babbo Natale che paga le bollette, lo adoro.»

Siamo tutte e due immerse nella sua vasca da bagno con la schiuma fino al collo, io ho il volto coperto dalle bende, lei da una maschera idratante al cetriolo che le ha preparato Indira.

«Forse, se non fosse mio padre, lo adorerei anch'io.»

Alisha alza le spalle coperte di schiuma e posa la lettera al sicuro sulle piastrelle asciutte del bagno, mi guarda confusa. «Prego, traduci per noi mortali» dice.

Io mi tiro su con la schiena e abbraccio le ginocchia. «Sai, mia madre ha lasciato papà quando avevo sette anni, e lui se ne è andato prima via di casa, poi dall'Italia. Non l'ho praticamente più visto.»

«Ma è stata tua mamma a lasciarlo, no?» commenta.

«Lui poteva restare qui per me» mi difendo, concentrando lo sguardo sulle candele aromatiche accese sopra al lavandino.

«Invece ti ha barattata per un viaggio *on the road* in Europa. Be', con tutto il rispetto, Nina, è comprensibile» sorride, ma io resto seria. «Ovviamente scherzo.» Cerca il mio sguardo. «Io mi sarei incazzata a morte, non mi sarei mica fidata della sua versione.»

«Quale versione?»

Lei soffia sulle bolle di sapone aprendo un varco nell'acqua. «La sua versione della storia» commenta. Ci fissiamo negli occhi in silenzio. «Aspetta, tu… non gliel'hai mai chiesta vero?»

«C'è solo una versione, lui se ne è andato e io non l'ho praticamente più visto.»

Alisha si zittisce, stranamente pensierosa.

Prima di entrare in acqua abbiamo messo la playlist *Canta Sotto La Doccia* di Spotify, io mi sono sfilata la t-shirt rimanendo in reggiseno, e Alisha si è limitata a legarsi i capelli in una treccia. Io ero abituata a spogliarmi davanti alle compagne della squadra di nuoto, Alisha invece ha distolto lo sguardo da me, commentando che non voleva mica mostrarmi le sue bocce, che si sarebbe demoralizzata confrontandole con le mie micro tettine super comode. Io ho ironizzato facendole notare che quello era body shaming, lei mi ha ignorato e si è coperta con l'asciugamano tirandosi su dalle caviglie un costume intero rosa shocking prima di entrare in acqua.

Ho capito che non si trattava di timidezza, non era da lei, forse c'entrava la religione.

Alisha apre il getto della doccia e si leva un po' di schiuma dal collo con l'acqua fredda. Io mi faccio indietro di scatto. «A volte le cose si danno un po' per scontate, la verità è che non puoi sapere davvero cosa ha spinto tuo padre a partire, finché non glielo chiedi.»

Appoggio le labbra alle ginocchia, hanno un retrogusto amaro di schiuma.

«Prendi i miei, ad esempio. Sono convinti che dopo la maturità lavorerò in negozio qui con loro, e che questo posto un giorno sarà mio e dei miei fratelli» solleva il mento, alludendo al mini-market.

«Tu invece vuoi andare all'Università?»

«Zero. Magari ci andranno i miei fratelli.»

«E che vuoi fare?»

Alisha si tasta la faccia per controllare la consistenza della maschera. «Non me lo ha mai chiesto nessuno.»

«Adesso te lo sto chiedendo io.»

«Okay» Alisha incrocia le gambe nella vasca. «Però non ridere.»

«Oh, mio dio, è roba grossa allora» sussurro, ma lei non si scompone.

«Voglio fare la comica.»

Rimango seria. «Non credi che ora… dovrei ridere? Per rimanere in tema, dico…» Mi schizza un po' di schiuma che mi si appiccica sulle bende.

«A Milano c'è una scuola super figa di *stand-up comedy*» continua.

«E qual è il problema?» domando, inarcando le sopracciglia.

«Non l'ho ancora detto a mio padre, l'ho spiegato solo a mia madre… ma sono sicura che lui direbbe di no. Accetterebbe che me ne andassi di casa solo ed esclusivamente per frequentare l'Università.»

Un uccellino fuori dalla finestra ci spia sospeso in cielo, poi fugge via.

«Ma perché? Ha a che fare con la tua cultura?»

«Ma che c'entra la mia cultura, scusa?»

«Non saprei, magari sono contrari perché…»

«Sbaglio, o tua madre era contraria a farti venire a Volpedo da tuo padre? C'entra con la tua cultura?»

«No, c'entra con il fatto che mia madre pensa che mio padre sia un fallito.»

Lei sospira, io non demordo. «Alisha, comunque devi dirglielo. Non puoi aspettare di arrivare in Quinta.»

«Prima o poi lo farò» torna a distendersi nella vasca, rilassando i muscoli.

«Allora non lo farai mai.»

«Va bene, scassapalle. Quando tu sarai famosa, io lo farò.»

«Definisci famosa.»

«Mmm, diciamo, quando ti prenderai un manager cazzuto.»

La guardo pensierosa, poi giungo le mani in preghiera sott'acqua: «Vuoi essere tu il mio manager?».

Lei finge prontamente di fumarsi una sigaretta come un'elegante donna in carriera e attacca con un accento da finta aristocratica: «Dunque, mia *cava*, settimana *pvossima* si vola al Coachella, poi una capatina a *Pavigi* per la fashion week e infine a Buckingham Palace per *pvendeve* un tè con la regina...».

Scoppiamo a ridere, la pelle mi tira un po' sotto le bende, però sono felice di sopportare questo dolore. «Anche quaggiù a Volpedo conoscete il Coachella?»

Lei arriccia le labbra, ciondola la testa di lato. «Basta andare su YouTube, Nina, mica in California.»

«Ma perché ciondoli così la testa? L'ho visto fare anche a tua mamma più volte...»

Lei scoppia a ridere. «L'ho preso da lei e papà. In India si fa così per dire di sì, e a volta anche per salutare. È una via di mezzo.»

«Quindi tu per dire di sì fai di no con la testa?»

«Non è proprio un no... è più...» muove il collo, la imito. «Bravissima!» Applaude sott'acqua.

«Dopo il bagno vuoi fare due passi?»

Mi aspetto che ciondoli il collo, ma spalanca gli occhi: «Come? Non hai intenzione di passare il resto della tua vita nella vasca?». Tira fuori un piede e mi mostra le unghie smaltate di azzurro, la pelle raggrinzita sotto le dita per la lunga immersione in acqua.

Le sposto gentilmente la caviglia dal mio viso, e faccio la vaga: «Forse».

«Che facevi con quelle stronzette delle tue amiche prima dell'incidente?»

La fisso cupa: «Lara non è mai stata stronza con me, sono io che l'ho tagliata fuori. È Marlena che mi ha...».

«Okay, okay riformulo: che facevi con la dolce Lara?»

Attraverso la schiuma guardo il riflesso di un arcobaleno sulle bolle bianche. «Niente di che. Cose stupide che però mi mancano tanto, solo perché so che non le potrò più rifare. Tipo truccarci con i tutorial, andare a fare shopping, mangiare da Pizzium, parlare di ragazzi con cui vorremmo uscire, pensare alle vacanze. Cose così.»

Lei scioglie la treccia corvina, poi lega i capelli in una specie di crocchia sopra la testa. «Sono tutte cose che puoi fare ancora, Nina.»

«Certo, il trucco...»

Si sporge in avanti, ispezionandomi il viso «Hai ancora una bocca e da quelle garze appiccicose spuntano degli occhi, mi pare.»

«Lo shopping, allora...» affermo decisa, come se fosse improvvisamente diventata una sfida.

«Nessun impedimento. Per indossare un vestito tutto ciò che ti serve è un corpo, e tu ce l'hai pure più snello del mio» conclude Alisha, soddisfatta.

Salto il tema pizza perché so già la risposta.

«I ragazzi...»

«Be', i ragazzi prima o poi arriveranno, certo che qui a Volpedo l'età media supera i settanta... e l'unico che hai conosciuto è Tommaso.» Soffoca un colpo di tosse con il dorso della mano, al nome di Tommaso mi arrendo. «Alisha, chi si metterebbe mai con una ragazza sfigurata?»

«Almeno tu hai la scusa di essere sfigurata no?» allarga le braccia esasperata.

«E che mi dici delle vacanze?»

Alisha afferra una spugna per grattarsi la schiena, poi la usa a mo' di microfono. «Lo sai che nel 2017 in Italia due milioni di persone hanno postato sui social foto di posti in cui non sono mai stati? La gente mente.» La guardo basita, lei legge il mio stupore. «Conosco molte statistiche, mi sono di ispirazione per preparare i pezzi di stand-up. Che credevi? Io faccio sul serio» mi accusa.

«Dimmene qualcun'altra» la sfido.

Ci pensa su, poi attacca: «Dunque, in media passiamo sul cesso almeno tre mesi della nostra vita. In Italia si hanno più cani che gatti». Fa una pausa, quasi soprappensiero. «Una persona su due distoglie lo sguardo davanti a una malformazione...»

«Che intendi?»

21

Finalmente si rituffa in acqua

«Quando si trovano davanti a qualcosa che non capiscono, le persone hanno paura.»

Piego un po' il portatile sistemando l'inclinazione dell'inquadratura. Per essere la mia prima diretta Twitch mi aspettavo peggio, molto peggio, siamo quasi in settanta, anche se la sezione commenti è ancora vuota.

«Persino chi mi sta vicino a volte mi stupisce negativamente, è come se quando si parla della mia faccia andassero tutti in tilt.»

Arriva il primo commento, una ragazza mi domanda in che senso.

«Nel senso che non sanno come definirmi, perché tutte le parole del dizionario che conoscono a riguardo probabilmente suonano come insulti.»

Arriva un commento da un utente con un nickname complicato. *Quindi cosa bisogna dire?*

Drizzo la schiena, la maglietta mi si è appiccicata alla pelle, pensavo fosse più facile, non sono preparata.

«Che ho una diversità estetica.»

Arrivano altri commenti. *Ma magari uno non è che ti vuole offendere, eh... è che non sa come fare.*

«Questo lo capisco, perché anch'io prima che capitasse a me non ci avevo mai pensato.»

Leggo un commento che ignoro: *Dovresti mostrarci la tua faccia.*

«Un'altra cosa che facevo e che ora mi sono accorta mi dà molto fastidio è sentirmi dire "poverina". Non mi aiuta e mi mette solo in imbarazzo.»

E allora cosa vuoi sentirti dire?

Mi tormento una pellicina con le unghie. «Non lo so, tipo niente?»

Ma perché ci racconti tutti i cazzi tuoi?

«Perché stai ascoltando i "cazzi miei" se non ti interessano?» rispondo, alzando un sopracciglio, ma non si vede.

«Mi chiamo *Mia*, ho fatto un incidente in scooter e ho deciso semplicemente di dire come la penso sul mondo. Non ve ne frega? Cambiate canale. Questa per me dovrebbe essere una specie di terapia, una specie di *video diario* per superare il trauma. Lo faccio perché sono egoista.» Sorrido al computer, e guardo il numero degli utenti connessi prima scendere gradualmente, ora stabilizzarsi.

Sto per raccontare delle medicazioni, e del doloroso e lungo processo del cambio bende, ma poi, sotto al riquadro Twitch, intravedo lo sfondo del mio desktop. È solo un triangolino azzurro, ma io so che è l'acqua della mia piscina, e se chiudessi l'icona comparirebbe la foto intera di me sul podio. «Ho fatto per anni nuoto, è la mia grande passione. È uno sport che sembra facile ma in realtà è molto complesso.» Mi sfugge un sorriso. «Durante l'allenamento io e la mia squadra siamo insieme. Ci si aiuta a vicenda, ragazzi e ragazze, nessuno rimane escluso. Siamo un unico organismo, un grande pesce che batte le pinne a tempo per coordinarsi.» Non posso fare a meno di pensare a Lara e Marlena. «Ma durante la gara sono sola. Ci sono solo io, il mio corpo e il mio respiro. Il nuoto mi ha insegnato tanto. Quando sono sul blocco di partenza, l'istante prima di buttarmi in acqua, ripenso sempre all'allenamento di ore e ore ogni settimana.» Annuisco pensierosa. «E allora mi convinco che sì, durante le gare sono da sola, ma ho il sostegno di tutti gli altri della squadra.»

Sollevo il computer. «Forse lo scopo di questo diario è quello di creare una squadra, con voi.»

Prendo a mordermi il labbro, il numero degli utenti connessi è un po' salito.

«Poi mi chiedo se una squadra sui social è davvero una squadra, se voi ci siete davvero.»

Incrocio le gambe e fisso decisa la telecamera del mio MacBook. «Non ho una risposta. Ho una domanda per voi però, che credo sia ancora meglio. Vi va di provare a ragionarci su insieme? Se avete tempo di raccontarmi con un piccolo video cosa ne pensate su

IG, taggatemi e io riposterò i punti di vista più interessanti.»

Brava!

Sorrido. «Okay, adesso sono un po' imbarazzata perché dovrei chiudere la diretta, ma non ho pensato a nessuna frase a effetto. Mmm... mi era venuta in mente una cosa un po' alla Steve Jobs, del tipo "siate coraggiosi e siate creativi", ma è una cagata vero? Forse è meglio abbassare le ali e dirvi semplicemente che spero che questo video vi abbia dato qualche spunto, io sono Mia, e questa per me è una sorta di prova di coraggio. Perché di solito odio essere al centro dell'attenzione. Ciao.» Chiudo di riflesso il computer, e sola, lontana dagli sguardi, respiro come un pesce che finalmente si rituffa in acqua.

WhatsApp

FILO: Nina ci sei?

NINA: Dimmi Filo

FILO: No, dimmi tu

NINA: ?

FILO: La tua diretta Twitch, l'ho trovata pazzesca. Ma ti pare che non mi avvisi che fai una cosa del genere? L'ho dovuta vedere salvata su YouTube. Sono davvero molto deluso, Nina, credevo fossimo amici invece mi snobbi...

NINA: Oh certo, da quando sono sfregiata ho alzato i miei standard sai...

FILO: Sul serio, mi sono sentito come quella volta che non ti sei seduta accanto a me sul pullman lasciandomi solo in gita

NINA: Eravamo in prima elementare, Filo! E non ci eravamo ancora mai parlati

FILO: Vabbè, hai sempre ragione

NINA: Pizza con le patatine qui al camper, prendi il treno e il pullman e ti fermi a dormire? (pizza senza salsiccia perché sai... papà)

FILO: Ci penso su

NINA: Ma il video quindi ti è piaciuto?

FILO: Non mi vendo per una pizza, ne parliamo quando ci vediamo

NINA: Papà fa la cheesecake con le fragole di Volpedo, buonissime

FILO: Forse sono allergico

NINA: Questa non la sapevo... dovremmo provare dal vivo

FILO: Vabbè, a domani...

NINA: A domani!

22

E pensare che io qui ci vivevo

Io e papà abbiamo passato tutto il pomeriggio a impastare, cuocere e glassare per la cena di stasera, mentre io ripetevo ad alta voce il mito di Orfeo e Euridice per il debito di Italiano. Mai avrei pensato che cucinare potesse essere divertente. Nella vecchia casa, nella vecchia vita, io e mamma pranzavamo ordinando cibo takeaway, la sera invece era il momento dello scongelamento dei surgelati dal freezer o di qualche pasto leggero che non richiedeva nessun tipo di cottura. Il cibo era semplicemente cibo, io e mamma accendevamo la televisione e spesso ci dimenticavamo che cosa avessimo mangiato. I pranzi e le cene non erano momenti importanti, di solito lo sono solo per riunire la famiglia, ma la mia famiglia eravamo solo io e lei e non c'era nessun altro da riunire.

Alisha divora prima una fetta di torta e poi una di pizza, affermando che: «Tanto poi nello stomaco si mischia tutto». Filo fa il terzo giro di cheesecake, mangia anche la fetta di Tommaso che preferisce gustarsi le fragole da sole.

Mentre pulisco con il mestolo l'ultimo strato di crema dalla tortiera papà attira l'attenzione di Mela e la porta a fare la sua passeggiata quotidiana giù per la collina.

Tommaso sbircia il portatile aperto sul tavolo. «Stavo controllando le previsioni. Tra poco ci sarà una luna pazzesca.»

«Adesso sei anche astrologo?» Filo si lecca le dita appiccicose di fragole e crema.

Tommaso piega i gomiti in avanti sul tavolo. «Voglio scattare un po' di foto, stasera.»

Alisha versa un bicchiere d'acqua per riempirsi lo stomaco, a differenza di noi non ha assaggiato nemmeno un sorso del vino cileno che papà tiene nella cantina della vecchia casa gialla e tira fuori per le occasioni speciali. Tipo questa, una festa di minorenni. «Che si può fare con la luna piena, a parte ballare come streghe?»

«Dimmelo tu...» le risponde Tommaso, ma è me che fissa. Io immediatamente abbasso lo sguardo.

Alisha si versa un altro bicchiere d'acqua. «Forse ti sfugge che, per baciarsi, ti serve una ragazza.»

«Mai avuta una...»

«Ecco, appunto.»

«Come mai?» mi intrometto goffamente, cercando di passare inosservata.

Tommaso abbassa lo schermo del computer. «Vuoi essere tu, la prima storia seria?»

Sento qualcosa alla schiena, come se qualcuno mi

avesse puntato un dito in mezzo alla pelle delle scapole.

«Ma no… io… chiedevo…» le parole si impastano sulla lingua, ma nessuno sembra accorgersene, avere la faccia coperta dalle bende ha i suoi vantaggi.

«Non lo so, non mi è capitato di avere storie serie, solo cose così.» Scrolla le spalle pensieroso.

«Con le ragazze fantasma, vorrai dire» commenta Alisha con un colpo di tosse.

«Anche se fosse? Vogliamo parlare dei tuoi ragazzi?»

«Non c'è nessun ragazzo, sto ancora aspettando quello giusto.»

«Ah, ecco. Tu puoi aspettare quello giusto perché sei una femmina, mentre io non posso aspettare quella giusta perché sono un maschio e quindi dovrei farmele tutte per dimostrare quanto spacco, eh?» Le guance di Tommaso avvampano come un tramonto.

«Non ho detto questo, e non lo penso nemmeno. Puoi aspettare la ragazza perfetta fino alla morte, per quanto me ne frega. Dicevo semplicemente che per adesso sei solo.»

«Tranquilla che da solo ci sto bene. Io non cerco una ragazza perfetta, cerco una ragazza che non mi annoi a morte» mormora, poi si avventa sull'ultima fetta di pizza ormai gommosa, ignorandoci.

Alisha, senza farsi sentire, mi sussurra: «Ma certo, cerca una fuori come lui».

«Ho una idea!» Filo si alza in piedi, salvandomi dall'imbarazzo. «Storie di paura!»

Sono pronta a giurare che Filo, bermuda azzurri e maglietta di Star Wars, verrà catapultato dall'altra parte del giardino, e che alla meglio atterrerà sul tetto della vecchia casa gialla rompendosi un braccio. Ma gli occhi di Tommaso si illuminano di una luce nuova: «Genio».

«Perché no, storie *horror*. Potremmo andare nella casa vecchia...» propongo io, e gli altri sembrano tutti d'accordo.

Tutti tranne Alisha, che si morde il labbro. «Ehm, ragazzi, prima quando parlavo delle streghe scherzavo, eh...»

«Le streghe non esistono Alisha» la tranquillizza papà, che è tornato dalla passeggiata con Mela e ha preso posto sulla sdraio accanto a me. «Tutto ciò che ti fa paura è frutto della tua immaginazione.» Soffia fuori una nuvola di fumo dalla sigaretta elettronica, che lo fa assomigliare al Brucaliffo di *Alice nel paese delle meraviglie*.

«Sarà una figata pazzesca, invece. Potresti raccontarci qualche mito della tua cultura indiana.» Tommaso è così gasato dall'idea di Filo che cerca di contagiare tutti con il suo entusiasmo.

«Guarda che io sono italiana quanto te.»

«Ma scusa, non sei induista anche tu? Altrimenti perché non bevi alcol?» chiede Filo, che è l'unico al mondo ad aver mai studiato per la verifica di Religione.

«Se ti dico che sono cazzi miei, cosa ne pensi? Magari è per la dieta.»

«Io penso che se vogliamo fare questa cosa, stiamo perdendo tempo.» Tommaso si alza in piedi, e con lo sguardo mi chiede di seguirlo.

E così ci trasferiamo. Papà ci aiuta a trasportare cuscini e candele nella vecchia casa gialla, e mentre Filo dà una spazzata al pavimento del salone, preoccupato per ogni minuscolo batterio che potrebbe annidarsi nella sporcizia per terra, io scorgo Tommaso dare da mangiare di nascosto a Yellow.

«Nina, a me questa cosa non convince... e se poi spunta Corinna e ci fa a pezzi con una motosega?» Alisha piomba dietro di me facendomi sobbalzare. Cerco di rassicurarla: «Ci divertiremo, vedrai. Filo sa un sacco di storie strambe e nessuno ci farà a pezzi, te lo prometto».

Lei alza gli occhi al cielo, poi mi stringe il braccio. «Almeno puoi convincere tuo papà a restare? Mi sentirei più sicura... questa sembra davvero la casa delle streghe.»

La guardo sospettosa, per un istante credo sia solo l'ennesima scusa per stare vicino a Gabriel, ma poi mi convinco che sia seriamente spaventata. «Va bene. Sei più tranquilla?» le chiedo, stringendole a mia volta una spalla. Lei ciondola la testa delicatamente.

"La casa delle streghe", l'ha chiamata. E pensare che io qui ci vivevo.

23

Tommaso mi scatta una foto

La vecchia sala da pranzo quasi non la riconosco più: abbiamo spostato i cavalletti delle macchine fotografiche ai lati, coperto il pavimento di cuscini rossi e rosa che papà ha tirato fuori da sotto il divano del camper, e steso al centro una tovaglia viola con grosse candele ai lati per tenerla ferma. Per rendere l'atmosfera ancora un po' più mistica, abbiamo acceso un incenso che profuma di cedro e miele, conficcandolo dentro a una mezza noce di cocco ripiena di sabbia. Tommaso ha portato con sé la sua macchina fotografica, dice che quando si scatta nelle vecchie case abbandonate può capitare di scorgere, a foto stampata, un fantasma.

Ebbene sì, Tommaso e papà stampano le foto. Il che fa molto *vintage*, e non mi dispiace.

Ci sediamo in cerchio scambiandoci sorrisi imbarazzati, in realtà questa cosa la stiamo prendendo abbastanza seriamente. Filo mi porge la mano e stringe quella di Alisha, lei a sua volta prende quella di papà, e lui afferra quella di Tommaso, che nella penombra mi sorride deciso e mi porge la sua.

Ripenso a quando giorni fa eravamo io e lui, qui, soli.

«Allora... come funziona?» La voce di Alisha è tremolante, come la fiamma della candela che le sta accanto.

Papà si è messo in testa una specie di turbante che ha realizzato con uno straccio colorato della cucina, crede che l'idea delle storie paurose sia valida soltanto se ricreiamo l'atmosfera giusta.

«Funziona che adesso ognuno di noi racconta una storia inquietante, e alla fine dobbiamo indovinare se è vera o falsa.»

«Okay, chiaro. Chi comincia?»

«Io!» Ovviamente Filo vuole partire per primo. La macchina scatta, parte un flash.

«Al piano di sotto, nel mio palazzo a Milano, abita una bambina con i capelli neri, nerissimi, che la madre veste come una bambola...»

«Aiuto... no, ragazzi, non ce la faccio!»

«E dai, lascialo parlare!»

Da questo momento in poi, la serata scivola via: le storie fanno paura ma sono anche divertenti, Tommaso scatta foto con la sua reflex, mentre noi passiamo dallo stupore agli sghignazzi.

Dopo il racconto dalla bambina dai capelli neri di Filo, una storia parecchio confusa, a dire il vero, passiamo a quella di Alisha. Parla di Corinna, che ha sotterrato nell'orto di papà una pistola. Inaspettatamente la sua storia è la più inquietante, anche se è palesemente finta, nella parte finale, quando d'un tratto Alisha spalanca le braccia e fa: «Bu!». Tutti balziamo all'indietro spaventati, prima di scoppiare a ridere, sorpresi della nostra stessa paura.

Tocca a me. Invento sul momento la storia di un'influencer americana diventata famosa per aver ucciso alcuni suoi follower spingendoli al suicidio.

Poi è il turno di Tommaso, che narra del pittore Pellizza da Volpedo e del suo suicidio, una storia vera, purtroppo.

E infine tocca a papà. «Ragazzi, io non ne conosco di storie, riprendete pure il giro.»

Neanche un secondo di silenzio e ci lamentiamo tutti.

«Non sai stare al gioco! Ci sarà pure qualche leggenda cilena… inventatela piuttosto.»

Flash.

Papà ci pensa su, poi sussurra: «Be', una storia ci sarebbe, ma non so se fa paura. Forse è solo triste».

«Daiii!» gridiamo all'unisono, senza lasciargli scelta.

E papà, allora, inizia a raccontare.

«Ero ancora un bambino, ero ancora in Cile.» Si ferma, forse ci ripensa, ma noi non gli diamo scampo. Continua: «Ero con un mio amico un po'… strano. Nessuno voleva giocare con lui perché si diceva che la sua famiglia fosse *stregata*. La verità era che suo padre era un mafioso, e nessuno voleva che i propri figli passassero il tempo con il bambino di un malavitoso. Mia mamma, invece, era un'idealista: il ragazzo non c'entrava niente con il padre, ci potevo giocare.

«Un giorno io e lui stavamo tornando dalla spiaggia quando ci siamo visti arrivare incontro un gruppo di uomini, minacciosi, dissidenti politici dalla parte del giusto. Eppure il mio amico mi disse: "Sono venuti per me, vogliono vendicarsi di mio padre". Non ebbi nemmeno il tempo di comprendere le sue parole, che quelli lo afferrarono per il collo. Io lo tirai per il gilè, strappandogli un bottone. Avrebbero preso anche me se qualcuno nel gruppo non avesse gridato: "Lui no, è il figlio di Alejandro...". E nessuno mi sfiorò nemmeno con un dito, eh. Il mio amico riuscì a malapena a dirmi: "Ti prego, dì a mio padre cosa è successo"». Papà fa una pausa e noi siamo in silenzio, rapiti. «Sono andato a casa di suo padre il giorno stesso, e poi ci sono tornato una volta a settimana per un anno: non avevo il coraggio di bussare.» Papà sospira, e il lume della candela esita con lui. «Alla fine ho smesso di andarci. Ma il bottone ce l'ho ancora, lo tengo con me in una scatola sotto al divano. L'ho conservato per ricordarmi che, se fossi stato più coraggioso, forse il mio amico sarebbe ancora vivo.»

Dalla finestra la luna risplende ingombrante, illumina il viso di papà e io scruto i suoi occhi scuri e capisco: papà ha bisogno di leggerezza e libertà, di vivere in un camper e indossare camicie colorate, perché è dovuto diventare grande subito. In Cile c'era bisogno di uomini e non c'era abbastanza tempo per restare bambini. Solo ora me ne rendo conto, se ci tieni davvero a conoscere qualcuno, prima o poi, devi chiedergli di quella volta che gli hanno fatto del male.

Mentre sono assorta in questi pensieri, Tommaso mi scatta una foto.

Il giorno dello schianto

Parcheggio il motorino vicino a parco Ravizza, poi mi incammino a piedi. Leonardo alza la mano per farsi notare, è davvero bello, i ricci biondi e la camicia floreale lo fanno somigliare un po' a un surfista californiano.

«Ehi!» dico, per riempire il vuoto dei metri che ci separano, lui sorride senza mostrare i denti, un po' come le lucertole.

«Ciao» risponde, ma non mi guarda in faccia.

"Uno, due, tre, quattro" conto mentalmente i passi che ci dividono per tenere sotto controllo l'ansia.

«Gelato?» gli chiedo indicando con un cenno del capo il chiosco vicino. Lui si mette le mani in tasca e annuisce ammiccando un mezzo sorriso. Penso che il gelato gli vada bene, in fondo me l'ha proposto lui per primo su IG.

«Cioccolato e fragola» ordina al tipetto magrolino che accarezza la nuvola di gelato con la paletta di metallo.

Cioccolato e fragola, super tradizionale.

«Violetta, puffo e stracciatella» chiedo gentilmente al gelataio che fa una strana smorfia, so che può sembrare una combo disgustosa, ma ha il suo perché.

«Ci sediamo sul prato?» propongo sempre io, impugnando il cono con aria decisa anche se in verità mi trema il braccio, devo darmi una calmata. "Va tutto bene" mi ripeto, ma non serve.

Leonardo di tutta risposta dà un'occhiata perplessa al mio cono e paga il gelato, silenzioso.

«Sei strana» commenta poi, senza dare spiegazioni, e aggiunge «... ho pagato solo il mio... scusa.»

Sorrido, sbatto le ciglia, il mascara inizia a pesare. Non fa niente.

Ci sediamo sul prato all'ombra di un pino, mi ritrovo a strappare le margherite dal gambo più lungo in attesa che lui parli, ma non dice una parola.

«Come ti va la scuola?» domando, cercando di assumere un tono disinteressato. Annuisce in silenzio. Trovare un argomento di conversazione è un'impresa, e il mio gelato sta iniziando a colare.

«Senti, ti va di salire da me? Abito qui vicino.»

Lo fisso impietrita. Ero preparata al bacio al parco, a raccontargli delle gare di nuoto.

«Io...»

Casa sua, che poi significa *camera sua.*

«Ecco...»

Ma Leo per la prima volta mi sorride. E io mi perdo, completamente.

Leonardo Ghetti, un prodigio, gli occhi più incredibili che abbia mai visto.

«Va bene.»

Attraversiamo il parco in silenzio per recuperare il mio motorino, la sua camicia sintetica struscia a ogni passo.

«Sali» gli dico, e lui non ci pensa due volte. Mi afferra i fianchi e mi indica di seguire viale Isonzo. Raggiungiamo una palazzina anni Sessanta rosso mattone, con i balconi in cemento che si affacciano sulla strada. Leo sfila le chiavi dalla tasca dei jeans e mi fa strada fino all'ascensore.

«I tuoi sono... in casa?» chiedo, improvvisamente lucida.

«No, mia madre ha accompagnato mio padre in ospedale.»

«Oh... si è fatto male?»

Lui scuote la testa, poi studia i pulsanti dell'ascensore annoiato, pigia il numero quattro.

Provo a vincere l'imbarazzo rompendo il silenzio. «Mia madre lavora per uno studio legale in centro, qualche tempo fa ha fatto causa a un grosso ospedale per la morte di un paziente. Il medico che lo stava operando aveva bevuto prima dell'intervento. Assurdo, vero?»

«Assurdo...» ripete lui come un pappagallo stanco.

Poi l'ascensore segna il quarto piano, e in un attimo mi ritrovo sul pianerottolo davanti alla porta d'ingresso. Lo sto facendo davvero, sto per entrare in casa di Leonardo.

Lui mi fa strada attraverso un salone dalle tende spesse, da cui filtra pochissima luce.

«La mia stanza è di qua...»

Vorrei chiedergli dell'acqua, invece lo seguo lungo uno stretto corridoio fino a una stanza spaziosa e disordinata, il computer con la schermata di *Fortnite* in pausa, un letto sfatto vicino alla finestra.

Me l'aspettavo diversa, la sua camera. Più colorata, più freak, un po' come le sue camicie.

«Siediti.» Più che un invito sembra un ordine. Poi, più gentile, aggiunge: «Mettiti comoda».

Si siede accanto a me, appoggia le mani sui jeans e posa lo sguardo sullo schermo del PC poco lontano.

«Ti piace *Fortnite*?» chiedo, anche se la risposta è scontata.

Lui annuisce. «Ci hai mai giocato?» domanda, senza guardarmi.

«No.»

E la conversazione muore qui.

Mentre il mio cervello si surriscalda nel tentativo di trovare un altro argomento, Leonardo mi sorprende. Mi sfiora un ginocchio, poi si sporge verso di me e appoggia le labbra sulle mie. Mi bacia.

Trattengo il respiro, chiudo gli occhi e mi lascio guidare. Avverto il tocco della sua lingua, apro istintivamente gli occhi.

È vicino, troppo vicino. Mi allontano un poco, lui si ferma, mi guarda.

«Sei carina» dice, ma il suo volto non lascia trapelare nessuna emozione.

«Anche tu...» rispondo, in mancanza di qualcos'altro da dire.

Leonardo sorride ancora, scopre i denti bianchissimi, poi serra le labbra e si sporge nuovamente verso di me, questa volta con più insistenza.

Scivolo indietro, e lui ne approfitta per guadagnare terreno, mi spinge con la schiena sul letto.

Mi sento incastrata sotto il suo peso.

La sua bocca preme contro la mia impedendomi quasi di respirare. Cerco di liberarmi con una spinta leggera, ma lui non si scolla. Provo ad appoggiare gentilmente le mie mani sul suo petto, e lui me le leva. Poi sfiora il mio ombelico sotto la maglietta e sale.

«No» sussurro decisa, lanciandogli uno sguardo supplichevole.

«Perché no?» chiede, nascondendo un sorriso di sfida.

«Perché no» ripeto, smarrita.

Lui mi ignora divertito, sale ancora un po' con la mano sotto la maglietta. Provo a scrollarmi, ho entrambe le mani bloccate sotto il suo corpo.

Quando le sue dita sfiorano il reggiseno capisco che non c'è più niente da fare. Sono immobilizzata. Paralizzata. E lui non ha intenzione di darmi retta. Il panico sale e mi afferra la gola, soffoco. Le braccia si irrigidiscono e il corpo ha un sussulto violento. Gli tiro una testata.

Leonardo scatta in piedi, si porta istintivamente una mano al naso. Alza la testa. «Oh, ma sei scema...» Una goccia di sangue gli cola dalla narice e macchia la trapunta del letto.

«Scusa, io...»

Lui corre in bagno, mi lascia sola. Ma sola mi sentivo anche prima. Sola con lui.

Mi metto a sedere con la gola che pulsa, osservo la macchia rossa allargarsi sul tessuto bianco.

«Stai bene?» domando al corridoio vuoto davanti a me.

Nessuna risposta.

Lui sbuca fuori dal bagno, si tampona il naso con la carta igienica.

«Leonardo, mi spiace... non respiravo...» mi giustifico, ma ogni parola sembra terribilmente stupida e vuota.

Lui è appoggiato con la schiena alla porta. «Perché sei venuta a casa mia?»

Cerco di respirare piano, recuperare lucidità. «Non lo so... Mi andava di salire, immagino. Mi aspettavo che andasse diversamente...»

«Tu sei psicopatica.»

Apro la bocca per difendermi, forse se gli dicessi che non l'ho mai fatto capirebbe. Ma lui mi precede: «Non è successo niente, non diremo di questa storia a nessuno. Ora però devi andartene».

Penso alle mie amiche che stanno per finire la lezione di nuoto, ai messaggi che tra poco riceverò sul gruppo WhatsApp, alla speranza di rivedere Leonardo di nuovo.

«Ma noi... ci siamo baciati» la mia voce esce languida, quasi lamentosa.

Lui osserva la carta sporca di sangue: «E quindi?».

«Non capisco, perché mi hai scritto?»

Mi guarda stanco, come se dovesse interagire di colpo con una bambina di cinque anni. «Mi annoiavo, e la tua amica Marlena non mi ha più risposto. Contenta?»

Rimango ferma, come se fossi morta. *Sono* morta. La quattordicenne innocente che non ha mai fatto sesso è stata inghiottita da una voragine. Al suo posto c'è questa ragazza, non ancora completamente adulta, che odia se stessa.

Cammino lenta per il corridoio, poi, come presa da un fastidio insostenibile, mi precipito verso la porta d'ingresso.

Corro giù per le scale, non aspetto l'ascensore, spalanco la porta a vetri, salgo sul motorino e giro la chiave.

Accelero.

Veloce, troppo veloce.

24

Che sorpresa?

«Di che cosa avete paura?» Avvolta nel lenzuolo sorrido al mio MacBook, Filo dorme profondamente di fianco a me, il suo torace sale e scende sotto la coperta che lo avvolge a mo' di mummia. Anche Alisha si è fermata qui per non fare a piedi la strada di casa, si è buttata nel letto accanto a noi, ha il viso coperto da una mascherina da notte con occhi da gatto che le ho prestato. Tommaso, invece, è rientrato.

«Io ho sempre avuto paura di "non essere vista", di essere "insignificante".» La luce del computer mi illumina il viso nella penombra. «Forse è per questo che non ho mai amato essere al centro dell'attenzione: non mi sentivo a mio agio a essere guardata, pensavo di non essere all'altezza.»

Arriva subito qualche commento, una ragazza mi scrive: *Perché parli al passato?*

«Ciao, *Silvia_02*! Parlo al passato perché adesso ho esattamente la paura opposta, di essere guardata troppo.»

Arriva il messaggio di un'altra ragazza: *Per la tua diversità estetica?*

Sospiro di gioia, finalmente qualcuno che ha visto i miei precedenti video e non utilizza parole come "sfigurata" o "sfregiata".

«Esattamente, grazie.» Libero le spalle dal lenzuolo.

La tua vita è cambiata tanto dopo l'incidente?

«Sì, ma è tutta una cosa mentale. Dopo l'incidente non ho avuto impedimenti gravi... la mia vita in teoria poteva anche rimanere la stessa. Ma sono scappata. Perché dentro di me è cambiato tutto.» Faccio una pausa, perché sono costretta a ripensare alla mia stanza vuota a Milano, a Nina.

«Nella sfiga sono stata fortunata, me lo hanno detto mille volte i medici.» Scuoto la testa. «La prima volta che mi sono vista allo specchio, dopo l'incidente, ho pensato qualsiasi cosa. Tranne che ero stata fortunata.»

Non esistono operazioni che puoi fare?

Leggo il commento scandendo le parole. «Per ora no, perché dobbiamo ancora capire se si è formato il cheloide o meno, in quel caso è un casino.» Il numero degli utenti connessi si è stabilizzato, per essere mezzanotte non è niente male.

«Ah, scusate, il cheloide è una cicatrice strana, ricorda la forma tipo delle chele dei granchi e... niente, sto scongiurando che non si formi.»

Quindi la tua più grande paura qual è?

Deglutisco, mi stavo quasi dimenticando del perché ho iniziato a fare questo video. «Ora vi dico quali sono le mie paure, ne ho tre.» Filippo inizia a russare profondamente. Gli pizzico un dito del piede, come facevo quando eravamo piccoli e lui in macchina dormiva sempre. «Scusate il sottofondo ma è un mio amico...» Filo nel dormiveglia sussurra il nome di Elle Fanning, la sua tartaruga. «Certo che è solo un amico, *Andyx02*, lo conosco dalle elementari e siamo praticamente come fratello e sorella.» Incrocio le braccia al petto.

«Allora, le volete sapere le mie paure? Non sono in ordine di importanza...»

Qualcuno scrive *No* e io scuoto la testa. «Era una domanda retorica.» Torno seria. «La mia prima paura, come vi ho detto, è quella di trovarmi al centro dell'attenzione, e devo dire che sto facendo progressi... grazie a voi. Poi c'è la paura di tornare a guidare il motorino. Dopo l'incidente mi sono un po' bloccata, per ovvie ragioni...» Guardo fuori dall'oblò il cielo scuro, indistinto come un ammasso di domande. Il camper è un piccolo punto luce nella valle addormentata. «L'ultima paura è quella di restare sola.» Faccio una pausa, alla ricerca di qualche commento di sostegno, ma per il momento non ce ne sono. «Sola perché mi sono allontanata da alcune persone speciali, di mia spontanea volontà.»

Deglutisco, e cerco di riordinare i pensieri. «Avete presente quelle scatole di biscotti di latta che ci sono in casa dei nonni? Quando i biscotti finiscono le scatole si riutilizzano come contenitori di altre cose, chiavi, scontrini, attrezzi da lavoro.» Faccio una breve pausa. «Ecco, io ogni tanto ho quella sensazione… che le persone si aspettino da me i biscotti al burro e poi scoprono la ruggine e i chiodi.» Mi mordo il labbro. «È patetico? Forse un po', scusate.» Torno a tirare su il lenzuolo per coprirmi le spalle, leggo un commento per stemperare la situazione.

«Da quando mi sento così? Be' se ti dicessi da quando i miei genitori hanno divorziato, andrebbe in tendenza come diretta Twitch più patetica della storia.» Ci penso su seriamente. «La verità è che non me lo ricordo. Quest'anno, il mio primo anno di liceo, è stato il più difficile. Ma anche l'inizio delle medie non è stato da meno.» Dall'oblò arriva il latrato di un cane in lontananza, e mi sembra impossibile che il buio possa essere casa. «E voi, vi sentite mai soli?»

I commenti scorrono veloci sulla home, e faccio fatica a leggerli tutti, ne afferro qualcuno.

«Vedo che anche a voi capita molto spesso di sentirvi soli "in confronto" agli altri.»

Un altro commento: *Gli altri sembrano avere più amici.*

«Esatto, ogni volta che aprivo Instagram mi sentivo sfigata, era sistematico. Però se cercavo di non aprirlo mi sembrava di perdermi qualcosa, di isolarmi volontariamente dal mondo come… come se ci fosse un'enorme festa a cui non ero stata invitata.» Rido e le mie guance infossano gli occhi, ma poi torno a sezionare lo schermo.

«Questo commento lo voglio proprio leggere, dice: *Sì, anch'io la vivo così, il problema è che poi alla festa non succede niente! Se dovessi elencarti i post che ho visto tre giorni fa non me ne ricorderei nemmeno uno!* Grandissima, concordo a pieno.»

Il cellulare sul letto si illumina, intravedo un messaggio WhatsApp di Tommaso.

TOMMY: Non è l'ora di andare a nanna, Nina?

Nascondo a fatica il sorriso. «A questo punto volevo farvi un'altra domanda. Secondo voi, i social ci fanno sentire più o meno soli? Il fatto di poter entrare in contatto con altre persone non dovrebbe farci sentire... meglio? Perché a volte ho la sensazione contraria?»

Mi balza agli occhi un commento.

I social sono competizione, se non posti niente è come se quel giorno non avessi fatto niente.

«Questo è vero, se non accade su Instagram, non è successo. Un classico. Ma allora perché lo usiamo? Secondo me perché ci sono anche tante cose positive, altrimenti saremmo proprio scemi.»

Tu ad esempio sei la mia scoperta social della settimana, mi scrive una ragazza, e mi sciolgo.

«Grazie, questo è davvero un pensiero bellissimo *ALY-09*.»

Un altro messaggio di Tommaso sul mio cellulare:

TOMMY: Domani ho una sorpresa per te, "Twitcher"

«Bene, anche stasera vi lascio con tante domande e zero risposte, spero però che questa diretta...» Controllo l'ora. «... dell'una di notte vi sia piaciuta. Ora devo andare a dormire, se no domani sarò in versione zombie, e preferisco rimanere in versione mummia. Grazie per i vostri commenti, ricordatevi che se volete dirmi la vostra potete taggarmi nelle storie, così Instagram non lo usiamo solo per demoralizzarci, ma anche per fare pubblicità a Mia, che gioia.» Saluto muovendo delicatamente le dita della mano e abbasso lo schermo.

Afferro il cellulare:

NINA: Quale sorpresa?

25

Il mio portafortuna

La mattina dopo accompagno Filo alla stazione degli autobus e ne approfitto per far fare una passeggiata a Mela. Scendiamo giù a passo spedito. La strada taglia in due la collina, i frutteti di pesche crescono in pendenza, ricoprono l'altura e fanno ombra alla terra, si alternano ai campi coltivati a grano.

«Ni, non pensavo l'avrei mai detto, ma questo posto non fa così schifo» mi dice Filo, che affoga nei bermuda azzurri, oltrepassiamo la piccola casetta del mini-market, fuori il papà di Alisha sta sistemando le cassette di fragole fresche e di pesche. Percorriamo tutta la strada asfaltata fino alla chiesetta in mattoni rossi, accanto alla fermata dell'autobus.

«Grazie per essere venuto a trovarmi e... ehm, se guardi l'ultima diretta salvata su YouTube non prenderti male.»

"Perché tu russavi."

L'autobus sbuca dietro la curva. Filo, ancora un po' assonnato, si stropiccia gli occhi confuso. «Buon rientro a Milano!» Lo imbarco e me ne torno a casa, ripercorrendo tutta la strada in salita. Passo accanto all'albero dove il primo giorno ho vomitato, da allora il mio corpo è diventato più forte, la convalescenza è quasi finita, ma le cicatrici rimangono.

Davanti a casa noto un dettaglio bizzarro: un paio di scarpe arancioni da uomo, molto eleganti quanto pacchiane (di certo non appartengono a Gabriel) sono adagiate sulla scala del camper, come gatti addormentati.

Incuriosita le scavalco, salgo le scale e apro la porta.

«Eccola qui, la nostra guerriera.»

Seduto tra Tommaso e mio padre c'è un uomo, ha baffi arricciati alla francese e testa lucida come un pavimento lustrato da mamma con lo sgrassatore. Osserva le mie bende senza timore, con una curiosità priva di stupore che mi è nuova. Mi sorride come se ci conoscessimo da tempo, in effetti devo averlo già visto da qualche parte.

«Buongiorno, Nina» dice, e dietro gli occhiali tondi i suoi occhi castani si fanno liquidi di soddisfazione.

«Ci conosciamo?» Come fa a sapere come mi chiamo? Cerco conforto in papà che mi restituisce un sorriso fiducioso.

«Io conosco te, ma non potrei dire altrettanto. Abito qui vicino, forse ci siamo intravisti in pullman, alla stazione. Avevi un grosso borsone, giusto?» Ecco dove l'ho visto. Lui si alza in piedi, è altissimo, con un movimento lento mi tende il braccio per stringermi la mano. Ha uno strano odore, come di terra umida. «Sono un agente di artisti, mi chiamo Max.»

Il mio cervello va in tilt, confusa guardo di nuovo papà e poi Tommaso, che mi fa cenno con la testa di ascoltare.

«Faccio anche il giardiniere in realtà, ma da poco ho iniziato a seguire i talenti della zona, come *Magico Mario*. Lo conosci?»

Faccio di no con la testa.

«È un mago locale, ha fatto uno spettacolo alla sagra del salame di Varzi l'anno scorso, giusto?» lo incalza papà.

Max annuisce. «Si è esibito anche durante la festa della vendemmia a Retorbido, nell'Oltrepò Pavese.» L'agente torna a sedersi e accavalla le gambe, elegante.

«State scherzando?» sibilo e cala un attimo di silenzio.

«No, ha anche un canale YouTube.»

«Grazie, ma non mi serve un manager.» Faccio un passo verso la porta, lui torna a sedersi, calmo. «Posso farti solo qualche domanda?» mi chiede.

«È una brava persona, Nina» sussurra papà e mi strizza l'occhio.

«Okay, spara.»

«Ti hanno contattato un po' di miei colleghi, è corretto?»

«Colleghi agenti o colleghi giardinieri?» ribatto. «In realtà quasi nessuno» affermo poi, e togliamo pure il "quasi".

Max annuisce soddisfatto, continua: «Diciamo che questo è il momento perfetto per farsi vivi. Non sei ancora molto famosa, ma hai già iniziato a fare video, e da questi si capisce il tuo potenziale. Perché tu hai del potenziale, corretto?».

«Corretto, credo» ripeto, sempre più confusa.

Max si passa le dita tozze sui baffi e li liscia, poi riprende: «Il fatto che io ti abbia trovata ti dà parecchio sui nervi, corretto?».

«Corretto...» rispondo, questa volta però devo schiarirmi la voce.

«Bene» Max beve un generoso sorso di limonata super zuccherosa di papà.

«Ascolti...» lo interrompo, drizzando il petto sul piede di guerra.

«*Shhh!* Ho quasi finito» mi interrompe lui, appoggiando il bicchiere sul tavolo. «So che non vuoi un agente, che hai paura di essere scoperta come Nina, questi due qui me l'hanno spiegato bene, e poi... io non ti piaccio, ma vedi io sono diverso dagli altri.»

«Lei è diverso dagli altri perché non è un agente vero.»

Max sembra soddisfatto, si sporge un po' in avanti. «Forse, ma io, a differenza degli altri, ho visto in te qualcosa che nessuno ha ancora notato, e che va oltre gli sponsor e il profitto.»

«E che cosa avrebbe visto?» chiedo, leggermente infastidita da questo giardiniere presuntuoso con i folti baffi che si è messo in ghingheri per darsi un tono e sembra avere la risposta per ogni cosa.

Max si sistema gli occhiali sul naso a patata. «Ora ti ripeterò quello che ho detto a questi due per convincerli a farmi entrare, poi me ne andrò e ti lascerò una settimana di tempo per pensare alla mia proposta. Si tratta di una classica offerta d'agenzia: il quindici per cento dei tuoi guadagni.»

«Il quindici per cento è troppo» ribatto indignata, e Mela entra dallo sportello per cani e annusa l'aria nei pressi della pentola che bolle sul fuoco.

«Tesoro, anch'io dovrò pur mangiare.»

Guardo papà e Tommaso in cerca di appoggio, ma stanno lì appollaiati come due ebeti. Max appoggia il viso tra le mani e mi punta gli occhi addosso. «Vuoi sapere che cosa ho detto a tuo padre e al tuo amico per convincerli a lasciarmi entrare, o no?»

«Che poterai la betulla gratis?»

Lui sposta le mani dal viso tondo e si tira su con la schiena. «"Può il battito d'ali di una farfalla in Brasile provocare un tornado in Texas?" ovvero, può una piccolissima azione generare immensi risultati? Ogni agente è alla ricerca di questa farfalla, Nina, un meraviglioso insetto capace di fare grandi cose. Le farfalle sono rarissime, però, e per trovarle spesso abbiamo bisogno di un prodigio, o di un po' di fortuna. Sai perché la nostra collaborazione funzionerà?»

«Perché lei è molto fortunato?»

«Perché io non sono fortunato per niente! Non lo sono mai stato. Ma ho sempre sognato di fare questo lavoro, ho studiato a lungo le altre agenzie e sono preparato. Nina, tu sei il mio battito d'ali e io, a differenza di un agente qualunque, farò di tutto perché tu abbia successo. Perché io non ho niente da perdere, sono sfortunato.»

Apre una valigetta, di quelle che si usano per gli attrezzi, e mi allunga il contratto. Do subito un'occhiata, è scritto piccolissimo e molto fitto. Sposto lo sguardo su Max che si è appena rialzato. «Pensaci su» mi dice, e prima che esca noto che il taschino della sua giacca si sta muovendo e dall'apertura fa capolino il musetto di un piccolo topolino. «Ah, Nina, ti presento Roger, il mio portafortuna.»

26

Guido io

«Un agente-giardiniere? E questa tu la chiami sorpresa? Ti sei proprio superato, Tommaso. Giuro...» Lui si limita ad aprire la porta del camper, il suo viso è teso. «... mi hai davvero stupita, e non in positivo, Tommaso, non in positivo.»

Lui non resiste, i muscoli si sciolgono e scoppia a ridere. «Guarda che di Max non ne sapevo nulla. La mia sorpresa è nascosta là dietro.»

Oltre l'albero, accanto alla casa gialla, intravedo spuntare due ruote che prima non avevo notato.

«Tommy, non crederai mica che...»

Lui sfila dalla tasca dei jeans un paio di chiavi e me le fa dondolare davanti al viso. «Mi sono fatto prestare la moto da Mario, il salumiere. Ma gliela devo riportare prima di pranzo.»

Scuoto la testa convinta. «Non se ne parla. Tra l'altro è illegale, io posso guidare solo lo scooter.»

«Ho visto il tuo video, ieri sera.»

Incrocio le braccia al petto. «Lo so. E hai pensato

bene di punirmi infliggendomi una delle mie più grandi paure?»

Tommaso scuote la testa e fa roteare l'anello delle chiavi intorno all'indice, nervoso. «Devo ammettere che mi sbagliavo. I tuoi video mi piacciono.» Fa una pausa. «Mi piace quello che dici.»

Accavallo le gambe e irrigidisco le braccia lungo i fianchi. «Anche se ti sei dovuto fare Instagram?»

«Guarda che io ho una mentalità aperta, se mi ricredo faccio marcia indietro.»

«Figurati» sospiro.

«Non ti faccio i complimenti per il primo video, nemmeno per il secondo... ma se mi piace anche il terzo, allora ho sottovalutato i social.» Tira un calcio a un sasso. «Tu hai fatto una cosa in cui credi...» Lo guardo confusa. «"Una nave ormeggiata in un porto è al sicuro, ma non è per questo che le navi sono state costruite"» recita, infine.

Inarco un sopracciglio «Sarebbe?»

«Il mio contributo ai tuoi video.»

«È il finale di uno dei tuoi libri, immagino. E comunque non mi stupisce: conosci a memoria i finali di un sacco di libri, sei prevedibile!»

Lui mi allunga le chiavi. «"La chiave per il finale di ogni storia sta nel dare al pubblico ciò che vuole, ma non nel modo in cui se lo aspetta."»

«E quindi? Non salirò su quello scooter come nel finale perfetto di uno dei tuoi romanzi, è penoso.»

Tommaso si incammina verso il motorino dandomi le spalle. «William Goldman non era penoso, e ti faccio un'altra proposta, un finale alternativo…»

«Sentiamo» gli grido.

Lui si ferma in mezzo al prato, poi si volta. Quel sorriso lo conosco. «Sali sulla moto, guido io. E tu puoi fare un video per il tuo canale. Tecnicamente stai superando la tua paura.»

Maledetto.

«E va bene, ma niente video. Questo me lo tengo per me.»

27

Forse, ma non questa volta

Salgo sulla moto dietro di lui, infilo il casco facendo attenzione a non tirare le bende e poi, titubante, lo abbraccio.

«Pronta a fare a pezzi le tue paure?»

«Assolutamente no.» Lui accende il motore, la sella trema, mi stringo contro la sua schiena, ora non penso al contatto, cerco solo un rifugio dietro le sue spalle. Con il piede lui solleva il cavalletto e parte, piano. Chiudo gli occhi, avverto solo l'andamento della moto, le pause con la marmitta che borbotta e scotta, la schiena di Tommaso che si piega in avanti quando accelera, per sfidare il vento. Non voglio guardare, ma a un certo punto non resisto, socchiudo gli occhi, intercetto l'azzurro del cielo, poi la lingua d'asfalto che poco fa ho percorso con Filippo fino alla fermata dell'autobus.

Richiudo gli occhi, lo abbraccio più forte. Ricordo che nello schianto contro l'auto ho mollato la presa subito. Sono atterrata sul cofano dopo il balzo, è stato un attimo, ma mi è sembrato interminabile. Ho pensato che sarei morta, non ho avuto paura, però, ho provato solo tristezza. Era la conferma che fossi una grande delusione, anche nella morte.

Il motore si spegne in uno scatto di chiavi, siamo tornati alla chiesetta in mattoni rossi. Tommaso scende, poi allunga la mano per aiutarmi.

«Ecco l'ingresso del paese.»

«Qui ci sono già stata, ma non sono mai andata oltre» le ginocchia un po' mi tremano, spero non se ne accorga.

«E certo, aspettavi me.» Si scompiglia i capelli e abbassa lo sguardo, un'occhiata veloce alle mie ginocchia instabili. Vorrei dire qualcosa, giustificare la mia paura.

«Andiamo, ti faccio fare il giro dei quadri del pittore.» Mi salva.

«Non vedo l'ora...» sussurro, mascherando la paura con l'ironia, lui mi sorride. Ha capito tutto, ma non dice niente.

Costeggiamo la chiesetta attraversando il prato all'inglese che la circonda.

«Questa è la Pieve, è in stile romanico, mattoni rossi, nessun ornamento particolare. In quel periodo si pensava che le chiese dovessero essere semplici, le persone non dovevano distrarsi durante la preghiera.» Fa una pausa, mi guarda. «Dovresti venire qui a studiare per il debito di Italiano.» Rido, sto già meglio.

«Ho iniziato a leggere il libro che mi hai prestato, *Sulla strada*. È un passo avanti.»

«Grandioso» risponde, riprende a camminare sul prato, dando le spalle alla chiesa. «Se vuoi entrare a dare un'occhiata, vai pure...»

Scuoto la testa. «Non dovevi farmi da guida turistica?»

«Be', sì, ma lì non mi va di entrare.»

Sbuffo. «Il solito atteggiamento anticonformista, eh? Chiesa, preti, religione, Stato, potere...»

Il suo volto non rivela nessuna emozione. «No, questo posto mi ricorda il funerale di mia mamma. Tutto qui.»

Non riesco a intercettare il suo sguardo. Conficco le unghie nel palmo. Tommaso avanza nel prato come per lasciarsi indietro un ricordo. Lo seguo. Ora mi scuso.

«Ecco qui il primo dipinto.» Cambia argomento, salvandomi per la seconda volta. Al centro del giardino, di fianco a un albero, c'è una stampa su un cavalletto in legno, ritrae delle ragazze che ballano in cerchio attorno a un albero. Le loro vesti sono leggere, e i lineamenti del viso dolci e rilassati.

«Ovviamente è una riproduzione. Ma la cosa grandiosa è che l'originale è stato realizzato proprio qui, dove stiamo mettendo i piedi ora. Vedi l'albero? È lo stesso del quadro.»

Osservo meglio il dipinto, i colori tenui, ne leggo il titolo: *Idillio primaverile.*

«Sembrano felici, quelle ragazze.» Prima frase che mi viene in mente.

«Per forza, era arrivata la primavera. Immagina di passare tutta la tua vita qui a Volpedo... ora è bello, ma d'inverno c'è da spararsi.»

«Ricordo gli inverni» dico, e nella mia mente riaffiorano frammenti di passeggiate sulla neve con papà, e domeniche con mamma a cuocere le castagne.

«Un domani mi piacerebbe fare la vita di Gabriel» mi confessa lui, «viaggiare d'inverno e tornare qui per le primizie.»

«Sai sciare?»

«No, d'inverno mi piace il mare.»

Proseguiamo in una stradina a ciottoli laterale, costeggia le mura di una villa.

«È il palazzo Malaspina. Ci abitano i ricchi del paese, nessuno dei tuoi o dei miei antenati, per intenderci.»

Alzo il collo e vedo spuntare dalle mura degli imponenti platani, alberi secolari dal tronco forte. Il parco della villa si estende per centinaia di metri, ma è protetto da alte mura, c'è un ponte che collega il giardino segreto all'ingresso della casa.

«Ci sei mai entrato?»

«Una volta, di nascosto. I proprietari non tornano quasi mai.» Lo guardo attentamente, per un attimo temo voglia farmi scavalcare il muro, ma invece prosegue. «Sei pronta per il pezzo forte?»

Non faccio in tempo ad annuire che lui allunga il passo, e anch'io devo accelerare per stargli dietro. Arriviamo in una piazzetta quadrata, circondata da case basse, sul muro spoglio di una di queste c'è una maestosa riproduzione, ritrae un'orda di gente in marcia. Ricordo di averla già vista, probabilmente sul libro di Storia.

«Questo è *Il quarto stato*, il dipinto più famoso di Pellizza. È un gruppo di gente povera, scioperanti che marciano.»

Mi avvicino al disegno, è strano, perché da lontano i colori sembrano più nitidi, da vicino invece si confondono. Studio i volti dei personaggi, la faccia tesa, le lunghe barbe, i vestiti larghi.

«Che cos'ha di così speciale?»

Tommaso fa un passo accanto a me. «Di solito i pittori preferivano dipingere i ricchi, è figo che lui abbia scelto di ritrarre la realtà così com'è, senza filtri.»

«Un po' come per Instagram, c'è chi sceglie di non mettere filtri...»

Tommaso fa una smorfia divertita. «Be', non proprio... però è vero che ha preferito parlare della realtà di tutti i giorni, un po' come fai tu nei tuoi video. Racconti cose che ti riguardano, cose che conosci.»

Annuisco, lusingata del paragone.

«Per me l'arte e la fotografia sono più forti quando sono sincere» conclude, arrotolandosi una manica della t-shirt.

Io annuisco pensierosa. «Il mondo di Instagram non è molto sincero.»

«Per questo mi fa cagare» risponde.

«La gente pensa che la sincerità sia noiosa.»

«Lo pensi anche tu?» chiede.

«No, io mostro solo cose vere, di tutti i giorni. Mica feste e vacanze.»

«Allora hai una fan base di sfigati?»

Gli tiro un pugno affettuoso. «Tu sei tra questi, dopotutto hai aperto il profilo solo per me.»

«Seguo anche Greta Thunberg.»

«Non sono gelosa.»

Scuote la testa mettendo le mani in tasca. «Parlando di cose serie, hai fame?»

«Perché?» domando soprappensiero.

Lui fa un sorrisetto ammiccante, poi sfila le chiavi dalla tasca dei jeans. «Ti ricordo che devo riportare la moto dal salumiere. Ripeto, *salumiere.*»

«Credevo fossi vegetariano anche tu.»

«Perché sono ideologicamente schierato? Che palle, che stereotipo» sbuffa, alzando gli occhi al cielo.

«Scusa, ma gli stereotipi non si rifanno sempre a qualcosa di vero?» mi difendo, e Tommaso sorride alla mia provocazione. «Forse, ma non questa volta.»

28

Chiaro

«Filo, ci sei? Ho bisogno di te, mi devi accompagnare da Giovanni.»

La faccia di Filo appare sullo schermo del mio cellulare, in videochiamata.

«Sono le dieci di sera, quando vuoi andare?»

«Domani.»

«Posso sapere perché? E poi è il tipo di tua madre, vacci con lei, no?»

«È un commercialista, può aiutarmi con il contratto di Max. Io non ci capisco niente e papà firmerebbe anche una petizione a favore della distruzione del pianeta tanto è sprovveduto. Mamma non ne sa ancora nulla, lo sai.»

«Okay, ho capito, dovrei farti da spalla.»

«No, tu mi servi per impedirmi di fare *gaffe*.»

«Quindi da spalla. A che ora?»

«Il prima possibile.»

«Grazie per il preavviso.»

«Ci vediamo lì, ti mando l'indirizzo.»

«Nina... ma tu come ci arrivi?»

«Tommaso mi porta con la moto di Mario, il salumiere.»

«Ah, ecco. E come mai non ti accompagna direttamente lui?»

«Tu mi conosci meglio, mi puoi aiutare di più.»

«Chiaro.»

29

Sto io con te

La sala d'aspetto dell'ufficio di Giovanni è mezza piena. Ci sediamo su due sedie blu, io accavallo le gambe, Filo afferra un giornale e inizia a sfogliare una rivista femminile.

«Da quando *kiwi* è un colore?»

Guardo la modella spuntare dalla pagina patinata, i lunghi capelli biondi e le sopracciglia folte, indossa un bikini verde che le risalta la pelle. «Carina, eh?» do una gomitata a Filo, lui chiude la rivista. «Sì, molto carina.»

«Filippo Innocenzi?» La segretaria scatta in piedi, seziona tutti i clienti seduti sulle sedie blu.

«Siamo noi!»

«Ti sei registrata a mio nome?» sibila Filo, ma ora non c'è tempo per spiegargli che se avessi usato il mio cognome Giovanni avrebbe avvertito subito Francesca, e la questione sarebbe diventata un problema di stato. Io invece volevo un consulto professionale serio e disinteressato. E gratis.

Giovanni apre la porta. «Nina?»

Afferro Filo per il braccio e lo trascino dentro l'ufficio, mobili in legno antico, tavoli ricoperti da fascicoli e scartoffie, un orologio fermo appeso al muro.

«E così saresti tu... Filippo Innocenzi?»

«È il mio amico, ma il consulto è per me.»

Giovanni aggrotta la fronte, poi prende una bottiglia d'acqua dal frigobar e riempie tre bicchieri. «Francesca sa che sei qui?»

Faccio di no con la testa. «E preferirei che non lo venisse a sapere.»

«Tuo padre?»

Faccio ancora di no con la testa.

Giovanni avvita il tappo della bottiglia e scruta pericolosamente il cellulare sul tavolo. «Nina, hai quattordici anni, non puoi spostarti per la città da sola come se...»

«Ma non sono sola, c'è Filo.»

Giovanni guarda Filo.

«Io ho quasi quindici anni...»

Giovanni si lascia cadere sulla poltrona girevole. «Posso sapere perché siete qui?»

Tiro fuori dalla borsa il contratto di Max e lo appoggio sul tavolo davanti a lui. «Per affari. Papà è disposto a firmare, devo sapere se è una fregatura o no. Solo questo.»

Giovanni afferra il fascicolo e lo legge rapidamente, vedo le sue pupille spostarsi da una riga all'altra.

«È un contratto artistico.»

Filo fa una smorfia come per dire che non abbiamo attraversato la città per sentirci dire cose che già sapevamo.

«L'agente è un certo Max Inganni...»

«Adesso dirà che il cognome non promette bene» mi sussurra Filo e io gli tiro un calcio sotto al tavolo.

«... da contratto gli spetterebbe il quindici per cento dei guadagni, classica tariffa d'agenzia. L'unico dubbio che ho è sull'esclusiva, in parole povere, se accetti lui sarà l'unico agente che potrà rappresentarti. E inoltre la sua agenzia, la Max&Roger, non sembra avere nessuna sede. Credo non abbia nemmeno un ufficio, probabilmente lavorerà da casa insieme a questo... *Roger...*»

Annuisco concentrata, non gli dico che Roger è il topo.

«Fammi fare una ricerca veloce su questo Max» Giovanni rivolge la sedia al computer e apre Google. «Nina, sembra che la sua agenzia oltre a te rappresenti solo un certo... un certo Magico Mario e c'è anche una certa Anastasia Inganni che temo sia sua parente.»

Filo mi lancia un'occhiata allarmata.

«Il resto, per quel che conta, mi sembra nella norma... ma che cos'è che faresti, esattamente, Nina?»

Filo risponde per me: «È un'influencer, o una streamer».

«Quindi canti?»

«No.»

«Balli?»

«Ehm... no»

«Fai la modella?»

«No, no.»

Le sopracciglia di Giovanni si inarcano, poi d'un tratto gli occhi si illuminano: «Reciti!».

«In realtà... no.»

Giovanni si gratta il mento. «Perdonami, Nina, ma sono confuso. Mi stai chiedendo di non dire nulla a tua madre...»

«C'è il segreto professionale.»

«Lo so, ma ho bisogno di sapere cosa fai, se vuoi che ti aiuti.»

Gli sorrido, Filo prende la parola: «Praticamente fa post su Instagram, live su Twitch, e poi salva le dirette su YouTube. Per TikTok ci stiamo lavorando... Sul suo profilo si parla di argomenti tosti, all'inizio Nina accompagnava le discussioni con delle specie di prove di coraggio, tipo arrampicarsi sugli alberi».

«Aspetta, arrampicarsi sugli alberi?»

«Adesso invece fa dirette più tradizionali, e affronta argomenti diversi come il body positive, la paura, i social... ma direi che nel complesso il format di Nina è piuttosto chiaro, gli hashtag alla fine sono sempre gli stessi.»

Giovanni mi guarda ancora più disorientato di prima, si porta una mano alla tempia e credo gli stia per venire un attacco di mal di testa.

«In parole povere, pubblico dei video e delle foto sui social e mi serve un manager che mi aiuti a gestirli» gli spiego, tagliando corto.

Ci sorridiamo tutti e tre a vicenda, muti. Questa volta Giovanni sembra aver capito.

«Il contratto mi sembra buono, se tuo padre è disposto a firmare non ci sono problemi. Il mio consiglio? Parlane anche con tua madre.»

«Quando sarà il momento…»

«Nina, se venisse a scoprire da qualcun altro che ti arrampichi sugli alberi e pubblichi cose online, insomma… Dovrebbe saperlo. E stai studiando per il debito?»

«Va bene, glielo dirò. E sì, sto studiando.»

Giovanni annuisce piano.

«Ora io e Filo dobbiamo andare.»

Filo intreccia le dita delle mani.

«C'è qualcuno che vi viene a prendere?» chiede allarmato.

«Sì, un mio amico, mi riporta in moto.»

«Fino a Volpedo, in autostrada?»

«È solo un'oretta, anche meno, mi ha portata anche all'andata.»

«Se è anche meno, allora il tuo amico deve andare piuttosto forte. Ascolta, Nina, io stacco tra poco, posso riaccompagnarti.»

«Sono più di sessanta chilometri.»

«Non importa.»

Filo mi guarda. «Lo dico a Tommaso. Sto io con te.»

30

Io vedo te, Nina

Tornata al camper, vorrei chiedere a Tommaso se mi aiuta con il montaggio. Ho messo insieme tutti i video in risposta alle mie dirette Twitch e vorrei pubblicarli su YouTube, ma non sono sicura di aver fatto un buon lavoro tecnico. Lo trovo seduto sulle scale del camper, è tornato qui in moto da Milano da solo, indossa le cuffie *Super* wireless di papà e ha la testa china sulla sua reflex.

«Ehi.» Gli sventolo la mano davanti alla faccia per attirare la sua attenzione. Lui si sfila le cuffie sorpreso, la musica ha coperto il rumore dei miei passi.

«Pensavo fossi rimasta a dormire da Filippo.»

«No, perché?»

«Credevo ti mancasse *Milangeles.*»

Attorno a noi il giardino è di pietra, il suo viso è illuminato solo dalla lucina verde della macchina fotografica.

«Non molto, in realtà.» Vorrei che mi invitasse a sedermi accanto a lui.

«Ah, no? Grandioso, vuol dire che ti stai abituando.» Fa un sorrisetto sghembo.

«Che stavi combinando?» faccio un passo in avanti, ma rimango nell'ombra.

«Riguardavo alcune foto...» Appoggia i gomiti alle ginocchia e stringe la reflex. «Vuoi vedere?»

Sorrido. Finalmente mi fa segno di sedermi accanto a lui, non me lo lascio ripetere una seconda volta. Sto bene attenta a mantenere le distanze, a non sfiorare nessuna parte del suo corpo con il mio.

«Ci sarebbe un concorso di "National Geographic" a cui mi piacerebbe partecipare. Il tema è la metamorfosi, ho un po' di scatti che potrei selezionare.»

«Vai, fammi vedere.»

Raddrizza la schiena, orgoglioso. «Okay.»

Mi passa la reflex e io la prendo delicatamente tra le mani, è pesante, scorro sul cursore le foto, stando attenta a non fare danni. Sono scatti in bianco e nero. Un bruco che diventa farfalla. Lepri cucciole e lepri adulte, i biscotti frantumati con le colline sullo sfondo. Qualche scatto di Yellow prima e dopo la muta. C'è qualcosa nelle sue foto che mi cattura, gli animali sono inquadrati da un'angolazione bassa, di sbieco, come se il fotografo stesso fosse un animale che li spia nascosto tra i fili d'erba. Scorrendo le foto ne trovo una in bianco e nero di Alisha, è della serata delle storie horror. La mia amica ha un sorriso luminoso, le ombre sul suo viso ne affilano i lineamenti.

«E questa? È bellissima.»

«Quale?» Tommaso si sporge, avverto il suo respiro. «Ah, Alisha. Sì, un bel ritratto.»

Scorrendo avanti ne trovo altre, sempre in bianco e nero, Filo che si copre il volto con le mani per la paura, circondato da un alone di buio. Papà a braccia spalancate, che probabilmente sta raccontando la storia del bottone, con il turbante in testa.

Le foto parlano da sole. Come per quelle degli animali è il punto di vista a incuriosirmi, si direbbe che anche qui il fotografo si sia inserito così bene nel contesto da risultare invisibile. Un fantasma.

«Ti piace il bianco e nero, vedo.»

Tommaso si piega ancora leggermente in avanti, per controllare a quale foto sono arrivata, e il suo ginocchio sfiora il mio, attraverso la stoffa della tuta.

«Scatto sempre in bianco e nero, gestisco meglio la luce.»

Ritraggo la gamba e poi mi pento subito di averlo fatto. «Lo so, la luce è importante, me l'hai detto quando parlavamo di Pellizza.»

«La luce è tutto.»

«A me invece piace il buio, a volte ho bisogno di nascondermi, di prendermi una pausa.» Tiro le maniche della felpa e ci nascondo le mani.

«Da cosa?»

Indico la mia faccia. «Da questo. Da me.»

«Vorresti prenderti una pausa... dalla tua faccia?» Alza un sopracciglio, divertito.

«Forse sì.»

Tommaso scoppia a ridere. «Che stronzata.»

«Tu non sei mai stufo della tua faccia? Di alzarti e di vedere allo specchio sempre la stessa persona?»

«Aspetta...» finge di pensarci su intensamente. «No, perché mi piaccio molto.»

Gli do una gomitata. «Cretino.»

Lui torna serio. «Forse stufo non è la parola giusta, piuttosto direi... triste.»

«Triste, perché?»

Ci pensa su un istante, ma è come se sapesse già la risposta. «Perché assomiglio tanto a mia madre, lei aveva...» non conclude la frase. Prende tempo. «Aveva tanto di me, o io tanto di lei. Dipende da come la vedi.»

«Com'è morta?»

«Incidente d'auto.»

«Merda...»

«Già» sospira. «Ti ricordi quando ti ho mostrato Yellow per la prima volta? Ti ho detto che per me aveva un significato importante...»

«Sì ricordo, ma non mi hai mai spiegato perché.»

Tommaso tamburella le dita sul ginocchio, è incerto. «*Yellow l'iguana* era la storia della buonanotte che mi leggeva sempre da bambino per farmi addormentare... per questo l'ho chiamato così.»

«Anche a me papà leggeva un racconto, *Mia apre gli occhi*, la storia di un pesce.»

Lui annuisce, immagino abbia appena collegato il titolo della storia al nome del mio profilo.

«Comunque, Yellow era un'iguana speciale. Nella

storia diventava invisibile, per combattere il male e salvare il mondo.»

«Un classico.»

Deglutisce. «In quel periodo mamma lavorava tantissimo, faceva le pulizie e veniva pagata una miseria, era sempre... stanca. Così mi ero messo in testa di farle una sorpresa.» Tiene la testa bassa. «Una sera mi sono nascosto nel cesto della biancheria sporca, per dimostrarle che anch'io potevo diventare invisibile come Yellow, e renderla contenta... pensa te.» Si prende una pausa. «Siccome nessuno mi trovava, dopo un po' mi sono addormentato nel cesto. Mamma è uscita con papà in macchina a cercarmi e... hanno fatto l'incidente.»

Mi irrigidisco. «Era uscita per cercare te?»

Lui annuisce. «Dentro di me ho sempre pensato che fosse tutta colpa mia, che fossi una brutta persona.»

«Ma non è vero...»

Mi mostra il braccio sinistro, con l'iguana tatuata. «La verità è che non lo saprò mai. Per questo, vedi, la coda dell'iguana è a forma di punto interrogativo.»

Non lo avevo notato. Ma ora capisco come mai quel giorno mi ha mostrato Yellow. Come mai trovare un'iguana abbandonata sia stato così importante per lui, quasi simbolico.

Rimaniamo in silenzio.

«E tu perché sei stufa della tua faccia?» mi chiede, cambiando argomento.

«*Ero* stufa perché invece io non assomiglio per niente a mia mamma, e non so... era come se crescendo sperassi sempre di assomigliarle un po' di più, non so se hai capito...»

Lui annuisce, alza lo sguardo scrutando il buio.

«Problema risolto, perché adesso la mia faccia si è *rotta*, quindi ora di sicuro non sarà mai come la sua.»

«C'è una crepa in ogni cosa, è da lì che entra la luce.»

«Finale di...?»

«No, questo è *solo* Leonard Cohen.»

Torno a scorrere le foto sulla reflex, che ricominciano dalla prima, e inaspettatamente ne trovo una mia. La faccia bendata, il sorriso timido. Poi un'altra di me a colazione. Ancora una di me in giardino sulla sdraio mentre ripasso per l'esame di Italiano. In mezzo alle altre, le mie foto stonano. Non sembro appartenere né al regno animale né a quello umano.

«Queste cosa sono?» mi difendo, mostrandogli uno scatto.

«Foto di te?»

«Per sfottermi?»

Lui mi guarda senza capire, sul viso una punta di delusione. «Ma che stai dicendo?»

Incapace di fare altro, gli restituisco la macchina fotografica e mi alzo in piedi. La testa un po' mi gira.

«Ehi, che succede?»

Tengo le braccia rigide lungo il corpo. «Cancellale, per favore. Tutte.»

Anche lui si alza, mi guarda dall'alto al basso. I nostri occhi si mischiano per un attimo.

Poi Tommaso cancella le foto davanti a me. Spegne la macchina fotografica e la luce verde muore. «È un peccato» sussurra. «Erano le più belle.»

«Stronzate. Cosa ci vedi in una faccia bendata?»

«Io non vedo una faccia bendata. Io vedo te, Nina.»

31

Dietro un sasso bianco

Dopo il colloquio con Giovanni ho mandato a Max il contratto firmato. È vero, Max aveva tutte le carte in regola per essere un fallito. E forse lo era. Però durante il nostro incontro avevo avvertito qualcosa, un'energia impercettibile. E poi, a essere sincera, non mi aveva contattata nessun altro. Avevo comunque dato un'occhiata ai siti di altri agenti così, per farmi un'idea. Le loro foto erano tutte uguali: seduti in ufficio, libreria alle spalle, sorriso affabile e sguardo vispo.

Con Max mi sentivo a mio agio, potevo parlare apertamente senza aver paura di fare *gaffe* o domande sceme. E mi piaceva l'idea che questa fosse anche la sua grande occasione, non solo la mia.

Così gli ho inviato una foto del contratto firmato, e una mia vecchia fototessera senza bende, lui mi ha risposto subito che dovevo inventarmi qualcosa di tosto per il prossimo video, e, secondo il piano editoriale che aveva redatto, dovevo trovare l'idea entro una settimana. Mancava poco al compleanno di Jasmine Elle e, se volevo tentare di farmi invitare, dovevo impegnarmi di più.

Ovviamente non mi è venuto in mente nulla, perché le scadenze sono nemiche di ogni ispirazione.

Ho passato ore in mansarda sdraiata sul materasso con gli occhi chiusi, un po' a ripetere gli argomenti del libro di Antologia, un po' sperando che l'idea per il video comparisse improvvisamente sul soffitto del camper, il cielo del mio mondo. Eppure non riuscivo a trovare nessuna ispirazione, ogni tanto riaffiorava in me qualche vago ricordo di Leonardo Ghetti, come un animaletto selvatico che attraversava improvvisamente la strada.

Se avessi potuto l'avrei investito, Leonardo.

Poi papà un giorno mi ha detto: «Le idee, a differenza tua, non stanno mai ferme. Se sei in cerca di ispirazione devi muoverti». Così mi ha portata al fiume sul Trebbia per raggiungere l'illuminazione. Era questa la sua idea di movimento. «*Panta Rei*, come diceva Eraclito guardando il fiume, tutto scorre, l'acqua non sta mai ferma.» Ho spiegato a Gabriel che a scuola non facevamo ancora filosofia, ma l'avrei iniziata prima o poi, se avessi superato il debito di Italiano.

A papà piace moltissimo il fiume e io non ne capivo il motivo, mi aveva spiegato che era perché bisogna conoscerlo bene per saperlo apprezzare sul serio, e lui sapeva il tratto giusto dove fermarsi.

«Vedi, se ci fermiamo qui, dopo la curva, facciamo meno strada ma è anche meno bello. Guarda lì, sono tutti ammassati e l'acqua sembra una pozza, è addirittura grigia.»

Papà faceva la predica ai turisti pigri, diceva che è il fiume che ti sceglie, se non sei abbastanza curioso non scoprirai mai lo scorcio più bello. Così siamo andati fino a Marsaglia, in pratica abbiamo fatto più di un'ora di viaggio, con lo stesso tempo saremmo potuti arrivare al mare in Liguria. Ma papà voleva mostrarmi il fiume, era convinto mi sarebbe stato di ispirazione.

«Vedrai, l'acqua è quasi caraibica, eh...» ha esagerato come suo solito.

Avevo qualche vago ricordo di questo posto di me bambina, la mamma che si spalmava la crema sulla pelle lunare per proteggersi dal sole. Papà che mi insegnava a nuotare, e mi raccontava che l'acqua del fiume è la più selvaggia di tutte, e che se avessi imparato qui, dove si galleggia meno e ci sono le correnti più forti, avrei nuotato ovunque.

Papà ha parcheggiato il camper lungo la strada e con Mela siamo scesi giù per un sentiero sdruccioloso nel bosco. Le mie flip flop strusciavano sul terriccio scivoloso schizzando fango da tutte le parti. A un tratto ci siamo dovuti fermare, un albero ostruiva il passaggio. Ho lanciato il mio zaino a papà e mi sono inginocchiata per passare sotto il tronco. È stato allora che mi sono trovata davanti il fiume.

L'acqua era un misto tra l'azzurro cloro e il verde smeraldo, sembrava colorata. Rifletteva il bianco della roccia frastagliata che ci si tuffava dentro a picco. Ho alzato lo sguardo fino alla cima, in alto si stagliava il bosco, e ancora più in alto la strada da cui eravamo arrivati.

Mi sono seduta sui sassi e ne ho accarezzato il dorso liscio, sull'altra sponda una famiglia stava facendo un picnic e due labrador giocavano vicino alla riva.

Ho immerso un piede nell'acqua gelida che mi ha subito aperto i polmoni, con la punta delle dita ho sfiorato un sasso melmoso. Mela si è messa ad annusare in giro, papà si è seduto accanto a me e ha tirato fuori la sua sigaretta elettronica.

«Quanta pace.» Papà chiude gli occhi e fa un respiro profondo, il vapore dolciastro della sigaretta naviga nell'aria.

«Sono in crisi con i video» confesso, di getto.

Papà si toglie le scarpe e le calze. «La settimana è ancora lunga, ti verrà in mente qualcosa. Dio ha creato il mondo in sette giorni.»

«Tu sei ateo.»

Papà mi guarda in silenzio, si fa d'un tratto molto serio. «Molti anni fa ho perso la fede proprio qui. Qui nel fiume, da qualche parte...» immerge la mano nell'acqua come per cercarla, poi afferra il mio piede, tira, io urlo e scalcio, scoppiamo a ridere come due scemi.

Gabriel mi guarda inclinando la testa di lato, come quando si osserva un dipinto in un museo. «Sei sveglia Nina, ti verrà in mente qualcosa, ne sono certo.»

Rimango un po' così a osservare l'acqua correre lontano, papà approfitta del mio silenzio per svuotarsi le tasche, appoggia cellulare, chiavi e portafogli sulla ghiaia, poi con estremo coraggio avanza nell'acqua gelida con i bermuda, dando qualche bracciata verso il largo quando l'acqua si fa più alta.

«Vieni?» si gira, si tiene a galla con le braccia.

Ripenso alla mia piscina, l'odore del cloro che evaporava dal termosifone quando stendevo le cose ad asciugare. L'odore più buono del mondo.

Ma dico di no, è ancora troppo presto, rimango seduta sui sassi e racconto a papà un'idea che ho in testa da un po': «Mi piacerebbe poter aiutare davvero le persone, faccio tanti discorsi ma nulla di concreto».

Papà ora si tiene a galla muovendo anche le gambe come un granchio. Sull'altra sponda la famiglia accende un fuoco e mette a scaldare le salamelle sui sassi vicino alla fiamma.

«Devi trovare un modo per affrontare il tuo problema, qualcosa che ti riguardi nello specifico.»

Uno dei labrador zampetta nell'acqua, Mela drizza le orecchie, ma non si muove. La padrona si alza, lo chiama, poi si accorge della mia faccia fasciata e si blocca con le braccia a mezz'aria. Il cane torna indietro, e la donna mi fa un segno di scuse con la mano.

«Il mio problema è che la gente mi guarda come se fossi una mummia, e questo mi fa paura.»

Papà, dal centro del lago, alza il pollice. «Riconoscere il problema è già un buon punto di partenza.»

«Ma cosa gliene frega agli altri dei miei problemi? Un video deve essere universale» gli rispondo, poi apro lo zaino, prendo il mio ombrello portatile, uno di quelli che si comprano fuori dalla metro a Milano, voglio usarlo come parasole.

«Se affronti il tuo problema, aiuterai gli altri a superare il loro.»

Apro l'ombrello e me lo metto sotto l'ascella per tenerlo in equilibrio, poi poggio le labbra alle ginocchia e ci penso su, la bocca umida assaggia la pelle bagnata che sa di fiume, di pesci, di muschio, di vita. Trovare il modo di superare la mia paura... ho il terrore di farmi vedere in giro bendata, l'idea che qualche estraneo si avvicini a me e mi faccia domande, o peggio mi sfiori le bende, mi getta nel panico.

Ma cosa posso fare? Non posso certo chiedere a degli sconosciuti di toccarmi la faccia per poi rivelargli che in realtà si tratta di un esperimento sociale.

Mi volto ancora a guardare la famiglia con i labrador. Sulla tovaglia i piatti di carta e qualche birra. L'uomo sulla sedia da campeggio tiene in braccio una bambina piccola. La donna si alza a controllare le salamelle, poi torna a sedersi e afferra la borsa, tira fuori un rossetto e si ripassa il trucco, con un gesto sicuro, come fosse un antico rituale. Mi guarda ancora, da lontano. Credo sorrida.

Forse...

Forse il prossimo video...

Cerco con lo sguardo papà in acqua.

Non c'è bisogno che gli dica nulla, e lui non mi chiede niente. Ha letto nei miei occhi che l'idea è arrivata, senza preavviso, come la rana che è appena saltata nel fiume, nascosta fino a un attimo prima dietro un sasso bianco.

32

Speriamo bene

«Ciao, ragazzi! Domani alle sedici ci vediamo su Twitch, chi non riuscisse a connettersi troverà la diretta salvata su YouTube, come sempre.» Mi passo il tappo di una biro sulle labbra, stavo appuntando un po' di idee sul quaderno di Italiano. «Il video di domani è molto importante per me.»

Faccio una pausa, ne approfitto per leggere un po' di commenti. «Vero, come streamer faccio schifo, so che i miei colleghi vi vendono le cose come se fossero oro colato, ma io non riesco a parlarvi della mia vita come se stessi promuovendo uno shampoo» rido, e sono sincera. «Ormai lo sapete, questo è il mio "diario dello sfogo", è una cosa che serve a me, prima di tutto… ma sono felice che anche tanti di voi la trovino utile. Quindi, perché no?» Alzo le spalle di fronte al PC, appoggiato come sempre sul letto. «Il video di domani riguarda la mia faccia» riprendo, stropicciandomi un occhio. «Dopo l'incidente ho smesso di fare molte cose, come guidare lo scooter, o truccarmi» sospiro. «E ora sento che è arrivato il momento di provare a ritrovare un po' di normalità, di ripartire dalle piccole cose... cose anche stupide, se volete.» Istintivamente mi sfioro una benda e la pelle sotto si accappona in un brivido. «Quindi domani iniziamo da qui. Ripartiamo da me.» Sorrido, e lo schermo del PC lampeggia. Mi è arrivata una donazione di dieci euro da parte di una ragazza, mi scrive di comprarmi un rossetto. «Ragazzi, grazie, ma non mi servono soldi, avete già pagato tre euro per l'iscrizione al canale...» rispondo, un po' imbarazzata. Poi riprendo: «Poco fa mi stavo appuntando un po' di idee su che cosa sia una faccia e cosa rappresenti per noi. Volevo leggervene una prima di salutarvi e ricordarvi l'appuntamento di domani». Prendo il quaderno di Italiano e mi schiarisco la voce. «*Una faccia è prima di tutto una storia.*» Concludo con un sorriso allo schermo. «Domani porterò questa faccia a Milano.» Mi tiro su a sedere e sospiro. Speriamo bene.

33

Dirgli di sì

«Buongiorno, cercavo un trucco di impatto per la sera, occhi e labbra, può aiutarmi?»

Ho preparato una lista di negozi di make-up di Milano e Max mi ha procurato un cellulare con la videocamera di ultima generazione che Tommaso tiene nascosto sotto la giacca, con la diretta Twitch avviata sul mio profilo.

«Ehm, puoi provare a guardare in questo reparto...»

«Non potrebbe truccarmi? Mi piacerebbe vedere il risultato prima di comprare i prodotti» chiedo, sfoderando il mio miglior sorriso.

La commessa, evidentemente imbarazzata, squadra prima me poi Alisha. «Be', posso truccare la tua amica, così vedrai il risultato su di lei...»

Tommaso finge di cercare un rossetto per la sua ragazza, in realtà sta solo cambiando angolazione per riprenderci meglio, stando ben attento a non inquadrare i volti delle commesse.

«Perché non può truccare me? Si tratta solo di occhi

e labbra, del resto ovviamente non mi importa, data la condizione del mio viso.»

Lei alza un sopracciglio, passa dall'imbarazzo alla difensiva. «Temo che sia proprio per la condizione del tuo viso che non posso esserti d'aiuto» afferma, sulle spine.

«Va bene, grazie lo stesso, arrivederci!»

Usciamo dal negozio, ma Tommaso fa in tempo a riprendere la commessa che parla di me a una collega: «Avrei anche potuto aiutarla, ma che senso ha truccarsi *in quello stato*».

«Il prossimo negozio è solo a un isolato di distanza» Filo, occhiali da sole e berretto con la visiera, ci aspetta sul marciapiede. Anche Alisha sta studiando la mappa sul cellulare per velocizzare la nostra missione, dà una rapida occhiata alla strada del centro brulicante di gente in questo sabato pomeriggio.

Tommaso ci raggiunge facendoci segno di allontanarci: «È meglio muoverci, qui mi hanno scoperto».

Ci incamminiamo lungo il marciapiede, Tommy mi passa il cellulare e io do un occhio ai commenti su Twitch, sono quasi tutti contro la commessa che mi ha ignorata.

«Ciao, ragazzi! Vi sta piacendo la diretta?» Inquadro meglio il mio volto avvicinando il cellulare, gli altri si spostano per non rischiare di essere ripresi.

Continuo: «Ciao, Giulia! Sì, hai ragione, dovevo dire alla commessa che la mia non è una malattia contagiosa, ma non credo sarebbe cambiato molto... Ah, grazie,

Rebecca! Certo, dopo sotto al post su IG vi metto tutti i nomi delle marche dei negozi che sto visitando... grazie per la donazione!».

«Vuoi che ti aspetti fuori dal negozio, questa volta?» sussurra Alisha, che cammina accanto a me.

«No, continuiamo così, ce la stiamo cavando bene» rispondo, senza inquadrarla.

Abbiamo messo in atto la recita in una decina di negozi di make-up, e le reazioni sono state più o meno tutte simili: chi sostiene di dover parlare prima con il responsabile per capire cosa dice il regolamento riguardo ai *soggetti del mio tipo*; chi lo prende come uno scherzo e mi prega gentilmente di allontanarmi; chi, preso dall'imbarazzo, sostiene di non essere specializzato in *quel tipo* di trucco.

Il prossimo negozio si trova qualche isolato più avanti, è di un marchio piuttosto economico, quindi è sovraffollato di ragazze che cercano un lucidalabbra per la sera a poco prezzo. Faccio un lungo respiro, è il decimo della giornata. Gradirei fosse anche l'ultimo. Spingo la porta e mi avvicino alla prima commessa che trovo, una ragazza bassina, intenta a riordinare dei mascara in un cassetto. Ormai senza entusiasmo, le ripeto la solita frase: «Buongiorno, cercavo un trucco di impatto per la sera, può aiutarmi?».

Lei si volta, mi studia il viso. «Oh, be', sarà divertente» dice. Mi afferra il polso e mi guida a passo deciso verso la postazione trucco, facendomi accomodare su una sedia girevole davanti a uno specchio. Mi siedo sospettosa, mi aspettavo la solita risposta preconfezionata, questo cambio di programma mi ha un po' spiazzata.

La commessa comincia a studiarmi il viso coperto dalle garze, da cui sbucano solo occhi e labbra. «Be', direi che siamo fortunate, almeno non si vedono i brufoli.»

Sotto le bende la mia fronte si corruga in una smorfia di protesta. «Brufoli? Non ne ho mai avuti!» mi difendo, un po' perché mi imbarazza il fatto che Tommaso ci stia ascoltando, un po' perché questa donna deve essere completamente pazza a parlarmi di imperfezioni della pelle, con quello che mi ritrovo sotto le bende.

Lei mi studia dall'alto, poi passa a sezionare con lo sguardo degli ombretti dai colori accesi. Ne sceglie alcuni. Avvicina la palette di colori ai miei occhi, indecisa.

«Uh, vediamo che posso fare con questi occhi da cerbiatta...» cinguetta, e Alisha la guarda adorante. Le chiede consiglio per un brufolo insistente che le spunta sempre sul mento. La commessa le passa prontamente un correttore, poi torna a me. Mi mostra gli ombretti che ha scelto: «Andiamo di blu e oro, va bene?».

Annuisco stupita, mentre Tommaso, che sta riprendendo tutto poco distante, mi sorride.

Sento i pennelli setosi passarmi sopra le palpebre e solleticarmi il viso, poi il lucidalabbra umido sulla bocca e per concludere il mascara che mi pettina le ciglia.

«Apri pure, tesoro...»

Sollevo lentamente le palpebre. Ancora prima di vedere la mia faccia, vedo la bocca di Alisha che si spalanca. I miei occhi sullo specchio non mi trovano. Quella del riflesso non è Nina, ma non è nemmeno la ragazza bendata, è...

«Sai, cara, il mio ragazzo è arabo. Sua sorella indossa il burqa tutti i giorni, non sai quante volte l'ho truccata. Sono specializzata nel make-up occhi» mi spiega la commessa, mentre io continuo a scrutare la ragazza che mi osserva stupita dallo specchio. Capelli ricci fino alle spalle, due occhi enormi contornati di azzurro e oro, ciglia soffici, bocca morbida come crema.

«Allora, ti piace?» mi domanda. Alisha afferra i trucchi dal tavolino sotto allo specchio: «Li compriamo tutti!».

La commessa scoppia a ridere e ci fa cassa. Usciti dal negozio mi sento gli occhi di Tommaso incollati addosso. Quando mi vede, Filo aggrotta la fronte: «Che è successo alla mia amica?!».

Tommaso mi passa il cellulare e io controllo come sta andando la diretta, il numero degli utenti online è duplicato rispetto all'inizio del video, e alcune ragazze mi scrivono che sono davvero favolosa con il trucco blu e oro. Altre commentano che tutta questa storia è solo una pagliacciata per attirare l'attenzione.

Ignoro i commenti negativi, saluto e interrompo la diretta.

Rimango lì, con il cellulare in mano, a godermi ancora un po' gli sguardi che mi scaldano come sole sulla pelle. Pensavo che non avrei provato mai più questa sensazione. La gente sul marciapiede si muove distratta, rapida, qualcuno che mi lancia un'occhiata, soffermandosi sui miei occhi oltre che sulle bende. Lo so che non basta un po' di trucco a risolvere la situazione, che il mio viso non è cambiato davvero, ma sono io a sentirmi nuova. Ho ritrovato un po' della normalità che tanto mi mancava, una parte di me.

«Gabriel, missione compiuta! Ti aspettiamo davanti alla panetteria.» Filo chiude la comunicazione e ci scorta dall'altro lato della strada. In attesa del camper ci mettiamo a mangiare delle brioche sul marciapiede.

In lontananza, nera in volto, la commessa del penultimo negozio ci osserva con una sigaretta spenta in bocca.

«Oh-oh» fa Filo.

«Tanto non può farci niente. Non l'abbiamo mica inquadrata in faccia... vero, Tommy?» chiede Alisha, masticando una brioche alla crema.

«Non credo che il problema sia quello che ho inquadrato, ma quello che ho rubato...»

«Rubato?» Ci giriamo verso di lui, allarmati.

Tommaso ci mostra un accendino. «Le ho fregato questo da dietro il bancone, mentre era impegnata a umiliarti.»

Ci voltiamo di nuovo verso la ragazza che, con la sigaretta spenta in bocca, cerca disperata l'accendino nelle tasche dei jeans. Probabilmente la sua pausa sta quasi per finire.

«Pensa che quella parlava a te della tua "condizione". Farebbe meglio a pensare in che "condizioni" è lei» la punzecchia Alisha, e Tommaso sorride.

Poi il camper parcheggia sgommando davanti a noi, saliamo uno dopo l'altro e prima di richiudere la portiera Tommaso mi sussurra: «Pensi che potrò finalmente scattarti qualche foto?».

Io mi stringo nelle spalle, per un momento sono tentata di dirgli di sì.

Daily News

CHI SI NASCONDE SOTTO LE BENDE?

Oggi sul web ha spopolato il video di una ragazza, probabilmente minorenne, che a Milano si aggira per i negozi di make-up con il volto bendato e chiede alle commesse di essere truccata.

Tutto fa pensare a una bravata da ragazzini, ma non è così. Il suo nome d'arte è Mia e le bende purtroppo non sono un travestimento: la ragazza, infatti, ha subìto una delicata operazione chirurgica a seguito di un drammatico incidente stradale.

Quello di oggi non è il primo video che Mia carica sul web. Ne ha postati altri in cui affronta temi importanti. Body positive, paura, emarginazione. Sono solo provocazioni? È una ragazzina annoiata che non sa come passare l'estate?

Gli hashtag parlano chiaro:

"Quando la vita ti chiede di essere *#coraggiosa*, tu vai oltre il *#coraggio*."

Dunque non un tentativo di esortare ad atti irriverenti, ma un inno alla vita, quello che sta promuovendo la giovane influencer. Un invito a reagire con coraggio alle avversità del destino, a non aver paura di esprimere le proprie idee, un messaggio da non sottovalutare.

34

Un grumo di domande incastrato nello stomaco

È la mamma che mi porta in ospedale per la visita di controllo, si prende un permesso dal lavoro, dato che non ci sono udienze importanti in vista. Poi Giovanni le darà il cambio, entrerà lui con me dal medico e mi riporterà a Volpedo, tanto ormai conosce la strada.

Mamma passa alle sette di mattina al camper, c'è un'aria gelida e le colline sono avvolte da una nebbia strana, papà dice che sembra alito di fata. Esco ancora mezza addormentata, indosso la maglietta di *The end of the f***ing world* che Tommaso ha dimenticato qualche giorno fa nella nostra lavatrice, insieme alle mie t-shirt e ai calzini di papà. Mi trascino in macchina, saluto, tiro su il cappuccio e appoggio la testa contro al finestrino, dormo un sonno secco che mi salva da una banale e irritante conversazione. Mi sveglia il suono del Telepass all'uscita dell'autostrada, ho la bocca impastata da una ragnatela di saliva e un leggero mal di testa.

Visto che è mamma a portarmi in ospedale arriviamo in anticipo, ovviamente, così c'è tempo per fermarsi al bar per colazione e fare ciò che ho cercato di evitare finora. Parlare.

Ci sediamo a un tavolino di plastica per due, vicino alla vetrata con vista parcheggio. Mamma solleva il menù e mi fa notare che c'è uno sconto sulla colazione americana. In realtà è un test, lo so, vuole vedere se mangio.

Non ci penso due volte, ordino pancake e un cappuccino con una spolverata di cannella per farla stare tranquilla. Aggiungo anche un succo alla pesca, ormai il mio palato si è abituato alla frutta succosa delle colline. Mamma accavalla le gambe sotto al tavolo, i tacchi battono sul linoleum. Ho sempre pensato che Francesca sia due persone diverse, avvocato sfrontato e duro al lavoro, donna vulnerabile con un barile di fragilità emotive da scaricare sul fidanzato di turno a casa.

Ma affondano sempre tutti, i fidanzati. Tranne Giovanni.

Mamma ordina un caffè senza zucchero.

«Ho qui la cartella con i tuoi esami, Nina. Chiedi tutto al medico e segnati le cose che non capisci, poi ci guardiamo insieme io e te via Skype, okay?»

Arriva la cameriera con un vassoio su cui giace un'instabile torre di pancake, accompagnata da una brocca colma di sciroppo d'acero e dalle bevande.

«È importante capire se le cicatrici sono guarite bene, o devi fare un altro intervento all'epidermide» continua, massaggiandosi un polpaccio perfettamente depilato, mentre la cameriera origlia la conversazione sistemando la colazione sul tavolo con estrema lentezza.

«Chiaro.»

Verso lo sciroppo d'acero in cima alla torre che si sbilancia di lato, la fermo prontamente con il coltello, e taglio. Il liquido scuro e denso cola nella fessura. Sembra sangue.

Durante il primo intervento mi hanno ricucito il profondo taglio che mi percorreva la guancia sinistra come un fiume. Mentre l'anestesista mi chiedeva sorridendo di contare da uno a dieci, io avvertivo il sangue colare sul viso, la percezione era sempre più distante, come se la faccia non fosse la mia e la voce provenisse da un sogno.

Afferro il cappuccio e sfilo la felpa, ho caldo.

«Quindi, riassumendo: se il medico dice che tutto va bene, significa che non si sta formando il cheloide, quella brutta cicatrice di cui ci ha parlato. Altrimenti dovrai fare un altro intervento, ma nulla di troppo diverso dagli altri. Chiaro?»

Accanto a noi anche due chirurghi fanno colazione, indossano una divisa verde mela con la targhetta e uno di loro ha una bandana in testa come quella di papà.

«Chiaro.»

Mamma soffia con le labbra rosse sul caffè bollente. «Da papà come va?» Beve un sorso senza guardarmi negli occhi.

«Tutto okay.»

Annuisce, poi con un tovagliolo pulisce il segno del rossetto sulla tazza. «Andate d'accordo?»

Non capisco cosa si aspetti che risponda. Sì, andiamo d'accordo e sono felice, oppure no, mi trovo uno schifo perché tu sei il genitore che preferisco. «Più o meno.»

Ovviamente mamma non è soddisfatta della risposta, e una volta finito il caffè sbandiera la domanda che teneva in serbo fin dall'inizio: «Quindi resterai da lui per tutto agosto?».

«Per te è un problema?» Alzo le spalle e mi gioco la partita, rispondo con una domanda alla domanda.

«No che non è un problema, se ti trovi bene. Finché non inizia la scuola, ovviamente.»

«Ovviamente.»

Sorride mostrando i denti, esagera sempre quando mente.

«E di cosa parlate, tu e papà?»

«Devo andare in bagno.» Lo dico quando sono già in piedi, mi gioco la mia ultima carta, mamma annuisce gentile e io noto, dietro di lei, che i chirurghi hanno iniziato a osservarle le spalle, il collo, le onde dei capelli caramello che le ricadono sulla schiena.

Faccio lo slalom tra i tavolini di plastica, sembrano celle di un alveare, mi allontano dal brusio in sottofondo, raggiungo il lungo corridoio che odora di anestetico, sono alla ricerca dell'insegna del bagno, omino maschio e omino femmina stilizzati, destinati a rimanere per sempre disegnati l'uno a fianco all'altro, senza potersi mai toccare.

«Ehi!» Qualcuno mi chiama, è uno dei due chirurghi del bar. Aumento il passo. «Scusami!»

La corsa trattenuta per non dare nell'occhio, le gambe rigide, quasi come se avessi un gatto aggrappato alle caviglie. Deve avermi riconosciuta.

«Aspetta, per favore!»

Ora corro, non so perché lo faccio, ma d'un tratto non voglio che mamma scopra dei video. Ho aspettato così tanto per dirle delle mie dirette che ora è diventato impossibile, e se mi chiedesse del contratto? E se non fosse d'accordo e mi riportasse a Milano? Mamma rende difficili anche le cose semplici.

«Vorrei solo sapere dove hai comprato la maglietta della serie TV, è per mio figlio!»

Stupida.

Come se qualcuno effettivamente potesse riconoscermi.

Come se di colpo fossi la nuova Chiara Ferragni o Jasmine Elle dell'anno. Mi fermo, il chirurgo mi raggiunge, gli spiego che la maglietta non è mia, quindi non ho idea di dove sia stata presa. Si scusa, è gentile. Mi congedo.

Torno a percorrere il corridoio con più calma, arrivo all'ingresso del bagno, mi ci butto dentro. Per poco non vado a sbattere contro al ragazzo che sta uscendo dalla porta con l'omino stilizzato a cui qualcuno ha disegnato un sorriso.

«Ehi, ma guarda dove metti...» mi fa. Si blocca a metà frase, mentre io sento il sangue ghiacciarsi e il cuore pompare più forte.

«Non ci posso credere...» riprende.

Non ci posso credere nemmeno io, cazzo.

«Ma tu sei...» Una pausa in cui c'è il mondo intero, e potrebbe scoppiare. «... *Mia*?»

Il suo sorriso lo conosco, quelle labbra che ho respinto. Il naso che ho fatto sanguinare.

«No, aspetta...»

Mi ignora, cerca qualcosa tastandosi le tasche dei jeans e io faccio un passo indietro. Estrae l'iPhone e me lo punta addosso come un'arma. «Raga, guardate con chi sono!» esclama.

Mi copro il volto bendato con l'avambraccio. Mi aspetto che mi chieda di mostrare il viso in camera, che provi a farmelo scoprire con la forza se necessario. Invece abbassa il cellulare, i ricci biondi gli ricadono sulla fronte, e la sua mandibola si fa d'un tratto tesa. «Scusami, non credevo ti desse fastidio. Cancello subito.» Mi mostra l'icona del cestino sullo schermo. «Ecco, guarda, eliminato.» Rimette il cellulare in tasca.

Non mi fido di Leonardo Ghetti. Indossa una delle sue solite camicie hawaiane a maniche corte, di quei brand alternativi che però costano un sacco, ha una stringa delle Nike ultimo modello slacciata, ma non glielo dico. Rimaniamo lì a fissarci come in un film western, poi lui rompe il silenzio e dice: «Scusami ancora. Comunque, piacere, io sono Leonardo. Ho iniziato a seguirti da poco... ho visto che mi avevi guardato una story».

Mi allunga la mano, il mio braccio rimane rigido lungo il corpo. Per un momento nei suoi occhi noto un guizzo di delusione, ma lui si ricompone subito: «Che scemo, ovviamente tu sei Mia, non c'è bisogno che ti presenti» ride, la sua solita risata strategica, che fa voltare tutte le ragazze della scuola. Ma questa volta si interrompe con un colpo di tosse, abbassa lo sguardo sulla stringa slacciata e si china per sistemarla.

«Sei qui per una visita di controllo? Io accompagno mio padre...» Mi spiega, indica con un cenno del capo il corridoio davanti a sé. «Mio padre soffre di Alzheimer precoce, quella roba che ti fa perdere la memoria. Non è una cosa che mi piace raccontare, ma dato che siamo qua...»

A un tratto appare gentile, sincero. Non è il Leonardo Ghetti che si è fatto la mia migliore amica, non è quello che è andato a raccontare a mezza scuola che non ero più vergine.

Faccio un passo indietro, verso la porta alle mie spalle. «Scusa, ma devo andare» biascico, cercando di camuffare la voce.

Il sorriso gli si spegne sulle labbra. «Ho detto qualcosa di sbagliato?» Si scosta con disinvoltura un riccio biondo dalla fronte, quel gesto che ripete sempre nelle storie di Instagram e che mi mandava in tilt il cervello.

Ora mi sembra solo patetico, un movimento studiato, finto.

Sento una voce alle mie spalle chiamare: «Giulio!». Gli occhi di Leonardo hanno un sussulto, nascondono un'emozione. Mi volto e vedo un uomo sulla sessantina, camicia fuori dai pantaloni e occhiali da sole, in fondo al corridoio che sembra chilometrico.

Leonardo mi restituisce un sorriso teso: «È papà. Mi chiama Giulio, mi confonde con suo fratello… pensa che situa assurda».

Fa un passo deciso, in direzione della voce che ripete insistente il nome di qualcun altro. Poi abbassa nuovamente lo sguardo, sembra arrossire. «Spero che la storia di mio padre non ti abbia messa in imbarazzo. E spero anche… di rivederti presto.» Se ne va, lasciandomi davanti alla porta del bagno, con un grumo di domande incastrato nello stomaco.

35

Stringendosi nelle spalle

«Nina Vazquez Seta, giusto?»

Annuisco sul lettino del medico davanti a Giovanni, e cerco di tenere dritta la schiena. La stanza è grigia come il cielo fuori dalla finestra, c'è un orologio appeso al muro di cui non riesco a ignorare il ticchettio.

«Bene, adesso dobbiamo togliere le bende e vedere come procede la cicatrizzazione» annuncia, strofinandosi le mani.

Mi volto allarmata verso Giovanni. «Potresti uscire, per favore?»

«Suo padre può aspettarla qui fuori o anche al bar, ci vorrà una mezz'oretta...» suggerisce il medico.

Giovanni mi guarda in attesa di capire chi glielo dice. Lo faccio io. «Non è mio padre.»

Il medico fa un gesto con la mano, come per scacciare una mosca. Chissà quante volte al giorno gli capita: famiglie che non sono vere famiglie, o coppie che vorrebbero essere una famiglia ma non ci riescono. Giovanni richiude silenzioso la porta, so che mi aspetterà qui fuori con la schiena appoggiata al muro, leggendo le notizie sportive sullo smartphone. Farà il bravo cane da guardia, lo farà per mamma.

«Hai preso le pastiglie e fatto la medicazione in maniera corretta tutti i giorni? Sii sincera, per favore.»

Dico di sì, lui mi studia sospettoso.

«Ottimo.» Sfila una benda, e inizia a sciogliere la fasciatura con delicatezza, come se stesse scartando un regalo. La garza sporca ricade sul lettino, la mia pelle respira. Il medico è specializzato in questo tipo di cicatrici, le vede tutti i giorni, forse le colleziona nella memoria. La mia cicatrice è gonfia e curva, assomiglia un po' a un bruco. Lui la studia in silenzio, è una cosa tra loro due e io mi sento un po' d'impiccio, anche se c'è di mezzo la mia faccia.

«Okay, Nina, parliamoci chiaro. Qui si sta formando un cheloide. Nulla di pericoloso, è solo una brutta cicatrice.»

Si spinge con la sedia girevole fino al carrello, prende da un ripiano un rotolo di garze pulite.

«Posso rifarti la fasciatura, ma non ne hai più bisogno. Fino al prossimo intervento, intendo. Poi dovrai portare un cerotto per qualche settimana.»

Mi guarda interrogativo, con le bende strette in una mano e l'altra vuota. «Che faccio?» mi chiede. Sembra un gioco a premi.

«Vorrei lo stesso la fasciatura. Per favore.»

Lui annuisce. «Per molti pazienti la fasciatura diventa

mette Max. «La vuoi sentire adesso o preferisci aspettare?»

«Adesso, ne ho bisogno» sussurro. Fanno tutti una pausa.

Max sorride sornione. «Tieniti forte, Nina: siamo tutti invitati al diciottesimo compleanno di Jasmine Elle!»

«Cosa? Tutti?» perdo il controllo, per poco non mi cade la cartella clinica.

Max annuisce soddisfatto. «Puoi portare degli amici, quindi Tommaso, Alisha e Filo verranno con te.»

«Ma voi lo sapevate?» chiedo agli altri, euforica.

«Da martedì, ma era la nostra buona notizia di riserva nel caso ne avessi ricevute di brutte in ospedale.» Si intromette Filo. «Aspettare è stata una mia idea» conclude.

«Be', non so che dire... ma il compleanno non è...?»

«Dopo domani» interviene Max, aggiustandosi gli occhiali sul naso. «Si va a Roma, mia cara.»

Spalanco gli occhi mentre la Mercedes accosta al marciapiede.

«E non preoccuparti, abbiamo già pensato a un modo per mantenere segreta la vostra identità: indosserete tutti delle bende» conclude.

«E cosa diciamo a mamma?» sibilo.

«Be'... se non fa domande specifiche noi non daremo risposte specifiche» interviene papà, stringendosi nelle spalle.

INTERVISTA LIVE

«... Oggi parliamo con Mia, che a soli quattordici anni ha più di sessantamila follower su Instagram e un canale Twitch dall'omonimo nome *Mia_apriglioccbi.* Di lei sappiamo davvero poco, non si è mai ancora mostrata in volto, ma è diventata famosa perché la sua storia è un esempio di coraggio. Mia ha avuto un brutto incidente in motorino che le ha... deturpato il viso. Sotto le bende ci sono segni di cicatrici profonde. Siamo davvero felici di averla collegata in diretta da quella che è un po' la location simbolo dei suoi video, la mansarda del suo camper. Ciao, Mia! È un piacere averti con noi oggi.»

«Ciao a tutti, e grazie per avermi invitata!»

«Grazie a te per aver accettato il nostro invito! Senti, Mia, ti andrebbe di raccontarci la tua storia? Così chi ci sta seguendo e ancora non la conosce può ascoltarla direttamente da te...»

«Certo. Qualche mese fa ho avuto un incidente in motorino che mi ha segnato il viso. Non mi piace molto la parola che ha usato, "deturpato"...»

«Oh, perdonami!»

«Non c'è problema, so che non l'ha fatto apposta... Anzi, le dirò, uno dei motivi per cui ho aperto i miei account social è proprio questo, raccontare alle persone come mi sento, e come approcciarsi a chi ha avuto un incidente che lo ha segnato...»

«Come mai "segnato" è una parola che ti piace?»

«Perché un segno non è per forza qualcosa di negativo, è solo un cambiamento. E per me l'incidente è stato questo. Uno dei cambiamenti più grandi della mia vita.»

«Positivo o negativo?»

«All'inizio pensavo negativo. Ho smesso di mangiare, mi sono chiusa in me stessa, stavo tutto il giorno nel letto e non mi alzavo nemmeno per fare la pipì, era come se fossi morta. Poi ho reagito. E ho capito che i cambiamenti non sono mai solo negativi o positivi, ci sono sempre entrambe le facce della medaglia, anche quando non lo crediamo possibile.»

«Giustissimo. E come mai non ti sei ancora mostrata in volto?»

«Perché credo che queste» indico le bende «siano la mia maschera da "supereroe"» rido. «Scusate il parallelismo, ma per me è davvero così.»

«Un parallelismo azzeccato! Senti, Mia, quanto ti hanno aiutata i social a superare questo momento?»

«Non l'avrei mai detto ma... moltissimo! Ho ricevuto un sacco di supporto da parte di tante persone che mi hanno fatto sentire meno sola. Ho anche avuto modo di parlare con altri influencer che come me hanno aperto una pagina Instagram a seguito di un incidente, mi hanno sostenuto e incoraggiato.»

«Molto bene, sappiamo anche che Jasmine Elle ti ha invitata alla sua festa di compleanno!»

«Muoio dalla voglia di andarci, e mi sento davvero onorata di essere stata invitata. Jasmine è da sempre il mio idolo, non avrei mai pensato di poterla incontrare dal vivo... quando poco fa dicevo che i cambiamenti nella vita non sono mai bianchi o neri parlavo proprio di questo.»

«Fantastico! Quindi i social ti hanno aiutata molto, ma

sappiamo che anche tu sei d'aiuto per tanti tuoi follower, per loro sei d'ispirazione!»

«Spero di esserlo! Raccontando la mia storia, e parlando apertamente dei miei problemi senza paura di essere giudicata, credo di aver dato loro il coraggio di aprirsi, e di essere riuscita a infondere un po' di questa mia forza anche in loro...»

«Sicuramente, anzi, vorrei concludere leggendo uno dei tuoi ultimi post su Instagram, posso?»

«Ma certo!»

«Sotto un tuo selfie, nella mansarda del camper, hai scritto: *quest'estate è una delle più assurde della mia vita, mai avrei pensato di passarla in un camper con la faccia bendata. E anche se all'inizio l'ho vissuta come una tragedia, forse era quello di cui avevo bisogno. Mi ha permesso di liberarmi di tutte quelle persone che davvero non ci tenevano a me, e di conoscerne di nuove. Ora mi sento Mia, in tutti i sensi.*»

36

L’abbiamo appena uccisa

«Dai, Nina, esci!»

«Ni, muoviti, siamo tutti pronti.»

«Niii-Naaa.»

Non voglio uscire. Nel camper non c’è uno specchio a figura intera e non riesco a vedermi le gambe, intrappolate in un lungo abito verde acqua, ma ho ben presente la parte alta del vestito che si apre in uno spacco sulla schiena. L’abito non l’ho scelto io, ma la marca che mi sponsorizza. Il compleanno di Jasmine Elle è un evento *super* glamour quindi lo sponsor ha optato per un vestito elegante, in linea con l’occasione. Forse non sanno che Nina con gli abiti da sera c’entra poco. Shorts, ampie gonne floreali, pantaloni colorati non aderenti. È questa la mia divisa estiva. Non questo *coso* di seta, che segna il mio corpo come un ragazzo che mi accarezza le forme.

Mi do un’altra occhiata nel piccolo specchio del bagno che mi trancia in due. Le bende sul mio viso sono tinte di blu, papà ha usato delle polveri naturali per colorarle, il risultato è buono, sembra che sulla mia faccia ci sia tutto il cielo.

Lo spacco sulla schiena invece mostra qualche neo, ma anche qualche segno dell'incidente, piccole bruciature che ho tentato di coprire con dei cerotti colorati. Il risultato è un po' strano. Faccio un giro su me stessa, perdendo quasi l'equilibrio. Lo sponsor non ha pensato a Nina, ma a *Mia*, e forse lei gli abiti eleganti li indossa.

«Ti ha risucchiata il buco del cesso?»

Sbuffo. «Succede solo negli aerei, Alisha.» Appoggio le mani sul lavandino. «Un istante ed esco.» Rassetto per l'ultima volta il vestito, cercando di renderlo meno aderente ma non c'è niente da fare, il tessuto elettrico avvolge così perfettamente il mio corpo che è come non averlo. Ci rinuncio, tra me e l'abito è una battaglia persa.

Apro la porta del bagno e muovo un passo barcollante sui tacchi.

«Oh, cazzo.» Alisha non mi è d'aiuto, i suoi occhi su di me sono come un paio di ventose.

La ignoro e arranco fino alla maniglia della porta del camper.

«Nina, aspetta, che fai?» Alisha mi afferra un braccio per tenermi in equilibrio.

«Cammino, no?» Guardo fuori dalla finestra, gli altri ci stanno aspettando in giardino.

Alisha non mi stacca gli occhi di dosso. «Adesso Nina apre la porta, ma il primo che ride si becca un tacco in un occhio» annuncia per me.

«Che ha detto?» Sento bisbigliare là fuori.

Ignoro il brusio, apro la porta.

Silenzio di tomba.

«Allora? Nessun commento?»

Tommaso stamattina è bello da morire. Indossa una camicia fiordaliso e dei jeans scoloriti.

«Okay, parlo io per tutti, stai benissimo ma ti serve un reggiseno.» La voce di Alisha arriva come una pugnalata alle mie spalle. «Per il resto, sei gnocchissima» conclude, mentre gli altri abbassano lo sguardo imbarazzati.

«Che vuoi dire?»

Lei mi afferra un braccio e mi riporta dentro al camper. «Ti si vedono i capezzoli» mi spiega poi, con tono materno.

Merda.

Richiudo la porta e fisso Alisha esasperata, indossa una camicia abbinata a pantaloni color senape.

«Questo stupido abito è aperto sulla schiena! Non posso mettere il reggiseno. Anzi è proprio il vestito che non posso mettere. Non ce la faccio. Dammi il tuo completo, facciamo cambio.»

«Nina, calmati, okay? È solo un abito, vuoi provare qualche pratica di meditazione *pranayama*?»

La guardo talmente tesa che se fossi un violino mi si spezzerebbe una corda. «Il problema è che ho paura della festa... prima dell'incidente le feste mi piacevano, ma adesso che ci penso mi sta salendo l'ansia.» Sprofondo sul divano.

«Okay, come non detto, allora proviamo con cotone e scotch» dice Alisha risoluta e mi offre un sorriso esagerato.

La guardo tra il confuso e il sospettoso. «Vuoi imbalsamarmi, per caso?»

Lei sospira, giocherellando con una ciocca castana. «Cotone e poi scotch sui capezzoli. Vedrai è un trucco top, meglio del reggiseno. Tuo padre dove tiene...» Fruga nei cassetti sotto il divano su cui sono seduta. Alzo i piedi.

«Ma cos'è un rimedio della nonna? O una diavoleria ayurvedica?»

«Tranquilla, l'ho visto su Netflix. E comunque abbi rispetto per l'antica arte» continua, ora rovistando nella credenza.

La squadro diffidente, Netflix lo guardo anch'io.

Lei spalanca le braccia esasperata. «Era un documentario sulle porno star, okay?»

E l'ultima cosa che vedo, prima che Alisha si metta all'opera con lo scotch recuperato in fondo a un armadietto, è papà che in giardino, aiutato da Filo, traccia una scritta colorata sul cruscotto del camper: *Team Mia.*

Perfetto.

Se la mia timidezza era un problema.

Direi che l'abbiamo appena uccisa.

37

Il viaggio è appena cominciato

Partiamo dopo pranzo. Fino a Roma sono più di sei ore di viaggio. Max ha prenotato un hotel economico lungo la strada, a pochi chilometri dal locale dove si terrà la festa, zona EUR, quindi niente Colosseo, né Pantheon, né Fontana di Trevi. Ma non posso biasimare Max, siamo qui in missione per la festa di Jasmine, non per fare i turisti.

Per tutto il tragitto ascoltiamo le playlist Spotify di Alisha, che vanno dalle hit di Bollywood a Drake, da Ernia ai Måneskin, un crogiolo di culture e beat diversi, insomma, proprio come lei. Papà ci mette del suo e intervalla la colonna sonora del viaggio con canzoni neomelodiche in spagnolo che non sono per niente il mio genere ma, devo ammetterlo, alcune hanno un buon ritmo.

«Quindi, appena arrivati si va diretti alla festa?» domando, in un istante di lucidità, annusandomi un'ascella. Filo si è messo a dormire con la testa sull'altra spalla, a prova di crampo.

«Il programma è questo, miei cari: arrivo in hotel alle sette. Non c'è tempo per cambiarsi, ma solo per indossare le bende, così nessuno vi riconoscerà. Poi si riparte subito per la festa. Tutto chiaro, fin qui?»

Rispondiamo con un coro di sì spento.

«E poi lungo la strada dovremmo anche scattare qualche foto, Nina. È una richiesta degli sponsor, lo sai...» Max legge la lista delle cose da fare dal suo smartphone.

«Foto all'autogrill? O al benzinaio? Sono entrambe location molto *on the road*.» Tommaso alza lo sguardo dal libro. Come faccia a non vomitare leggendo in auto è un mistero.

«Per me sono un po' *cheap*, Tommy. Magari vicino all'hotel c'è un giardino o qualche location carina...» interviene Alisha che, proprio ora, ha deciso di mettersi uno smalto blu elettrico sulle unghie, intossicandoci tutti.

Max si volta e ci squadra uno a uno, si gratta la testa pelata. «Ho visto le foto dell'hotel, niente giardino. Mi spiace, ragazzi.» Poi si nasconde dietro la lista sul suo smartphone.

«Gente, l'idea del benzinaio non è così malvagia» interviene papà, che indossa i soliti occhiali da sole rosa.

«Tommy, tu che dici?» chiedo.

«Hai ben due fotografi sul camper, vedrai che andrà bene.» Mi strizza l'occhio.

«Anche secondo me andrà bene, eh» fa eco Filo, a cui nessuno ha chiesto niente.

Max tira un elegante sospiro di sollievo.

«Scommetto che la manager di Jasmine Elle le ha organizzato un set fotografico pazzesco» sussurro.

Lui deglutisce. «Se stasera va tutto bene, Nina, giuro su Roger che presto sarà così anche per te.»

"Giuro su Roger."

Sposto lo sguardo dai baffi di Max al suo taschino, qualcosa si muove sotto la stoffa.

Lo sapevo.

«Ti avevo detto di non portare il topo!» ringhio, mentre da Spotify parte l'ultima hit estiva e papà per poco non inchioda nella piazzola d'emergenza dell'autostrada.

Il viaggio è appena cominciato.

38

Insieme

Dopo essermi messa in posa in un'area di servizio, fra i fischi dei camionisti, con papà e Tommaso accucciati per tagliar fuori dall'inquadratura le pompe di benzina, siamo arrivati in hotel. Una grossa struttura davanti al Grande Raccordo Anulare, che fa anche da centro per le conferenze. Max ha distribuito le chiavi, io e Alisha 202, Filo e Tommaso 204, lui e papà 206. A squadre fatte, ho avuto giusto il tempo per una capatina al bagno e per constatare che la stanza era interamente tappezzata da moquette puzzolente e carta da parati anni Cinquanta, prima di scendere nel parcheggio dove ci siamo dati appuntamento.

Ovviamente sono l'unica in orario, perché dopo anni di convivenza con mamma ho un orologio incorporato nel mio sistema nervoso, in parole povere ho ereditato la sua ansia. Il ritardo degli altri, però, è giustificato: sono alle prese con le garze. Bendarsi il viso per la prima volta non è semplice, io ne so qualcosa. Attraverso la sala con i divanetti di velluto ed esco nel parcheggio oltrepassando le porte automatiche. Mi siedo sul marciapiede davanti al camper, e ispeziono il cielo. Nuvole striate di rosso, gonfie di tramonto. Nuvole cariche di pioggia. Chiudo gli occhi. Cercando di sentire il suono del vento.

«"Tienimi per mano al tramonto, quando la luce del giorno si spegne e l'oscurità fa scivolare il suo drappo di stelle, tienila stretta quando non riesco a viverlo questo mondo imperfetto, tienimi per mano, portami dove il tempo non esiste."»

Tommy sorride sotto le bende colorate di verde, è in piedi con una mano nella tasca della giacca, fa un mezzo inchino.

«È molto bella.»

«Herman Hesse è grandioso.» Si è inumidito i capelli con l'acqua, i ciuffi spettinati lo rendono ancora più carino. Si siede accanto a me sul marciapiede, appoggiando i gomiti sulle gambe, osservo ogni piega del tessuto dei suoi pantaloni, cercando di nascondere il batticuore.

Tommaso dà un'occhiata alle mie scarpe. «Che ne è stato dei tacchi?» mi chiede, indicando le mie Nike azzurrine con un cenno del mento.

«Oh, hanno fatto una fine atroce, poverini» confesso, aggrovigliando la punta delle dita al mio vestito leggero.

«Suicidio dalla finestra dell'hotel?» suggerisce lui, scrocchiandosi le nocche.

«No, omicidio. Qualcuno li ha spinti giù mentre ammiravano il Grande Raccordo Anulare.»

«Romantico. Sono state le Nike a sbarazzarsi di loro, per poter scappare con te alla festa?» continua divertito.

«Che rimanga tra noi eh, ma… c'entra la mafia dei calzini, in rivolta perché non possono essere indossati con i tacchi» mormoro seria.

Tommaso si illumina. «Quindi li hanno fatti fuori loro!» Si passa una mano sul collo, ne seguo il movimento con lo sguardo.

«Beccato.»

«Elementare, Watson.» I suoi occhi intelligenti ispezionano il cielo in un sorriso furbo. Vorrei che guardasse anche me in quel modo.

«Sono felice di non essere l'unica in anticipo» commento, accavallando le gambe sotto al vestito. «Un po' di tempo fa ho letto che le persone che arrivano in anticipo sono più psicolabili.»

«Siamo persone strane, noi» bisbiglia tra sé e sé. Ma io lo noto, che ha detto "noi". E quel "noi" mi piace un sacco, anche se potrebbe non significare niente.

«Sapere a memoria il finale dei libri non è strano, è hipster, Tommy» lo punzecchio.

«Quando mi hanno trovato *Moby Dick* nello zaino, i miei compagni di classe me lo hanno riempito di disegni di cazzi. Più che hipster per loro ero sfigato.» Inarca le folte sopracciglia. Vorrei stringergli la mano.

«Ma che cagata è? Non ci credo» sbuffo, con aria un po' strafottente.

«Ti ricordo che io non frequento un liceo di Milano,

ma una scuola per amanti dei trattori vicino a Volpedo.» Mi spiega paziente, la sua voce è dolce.

«E tu cos'hai fatto?»

«Ho smesso di scrivergli i temi.» Inclina la testa di lato, come un gufo.

«E...?»

«Mi hanno aspettato fuori scuola...» Un altro sorriso immenso.

Lo fisso seria.

«... con una nuova copia di *Moby Dick*. Fine della faida.»

Sorrido, dandogli una mezza gomitata. Il tessuto della sua giacca mi restituisce una scossa, ci guardiamo entrambi di scatto...

«Ciao, Ni» Filo, che ha trovato il tempo di cambiarsi, fa la sua comparsa dalla porta scorrevole nel parcheggio. Indossa un completo giacca e pantaloni giallo canarino un po' anni Sessanta e una camicia con delle scimmiette sorridenti. Ha pure un paio di occhiali da sole fra i capelli.

«Ehi, che stile pazzesco.» Mi alzo per abbracciarlo, odora di gel e dopobarba, anche se non mi risulta abbia peli sul viso. «Vuoi fare colpo stasera, eh?» gli dico, dandogli un colpetto sulla spalla.

«Be', non si sa mai» conclude, imbarazzato sotto alle bende giallo evidenziatore.

Alzo un sopracciglio, il solito Filo.

«Signori e signore, la *queen* delle mummie.» Alisha

invece fa il suo ingresso con Max e papà sotto braccio, possibile che anche lei abbia trovato il tempo di cambiarsi? Fa un giro su se stessa e il lungo abito blu elettrico volteggia con lei, mi fissa e, come per zittirmi, si porta un dito davanti alle labbra che sbucano dalle bende rosa.

«Mi spiace, ma non hai ancora visto Filo, ha vinto lui.»

Solo allora Alisha si accorge di Filo. «Porca vacca.» Dà un'occhiata al suo completo, mentre lui nel frattempo si è irrigidito stile *rigor mortis*, perché odia come me essere al centro dell'attenzione.

«Gente, è arrivato il momento.» Max scuote le braccia al cielo. «Prima di darvi un passaggio alla festa, devo chiedervi una cosa...» Si schiarisce la voce. «Come manager di Nina, vorrei festeggiare questo momento con un abbraccio di gruppo...»

«Che tenerezza infinita. No grazie.» Alisha rotea gli occhi al cielo.

«Ci vorrebbe anche un bell'urlo liberatorio» conclude papà dandosi un pugno sul petto, e Alisha sembra ripensarci.

Filo si riprende. «Forte, tipo i vichinghi prima delle battaglie.»

Tommaso si illumina. «Giusto! Ho letto dei racconti nell'*Edda antica*...»

Alisha caccia un urlo e ammutolisce tutti. «Allora, si comincia? Ho fretta e fame.»

Un secondo per guardarci negli occhi, e subito dopo siamo avvinghiati come giocatori di rugby prima di una partita. Le spalle strette insieme.

«Allora, Nina, discorso breve e conciso» dice papà.

Guardo gli altri negli occhi, faccio un lungo respiro. «All'estate più strana della mia vita...» un altro giro di sguardi. «... e alla squadra che abbiamo formato e alle tante cose che faremo ancora.» Faccio una breve pausa. Guardo Tommaso. «Insieme.»

39

Prontissimi

Per entrare alla festa ci mettiamo in coda. Le persone davanti a noi sembrano tutte famose, un po' per come si atteggiano, un po' per i favolosi vestiti che indossano, ma stranamente non mi sento un pesce fuor d'acqua, nonostante le mie Nike azzurrine siano un po' *off topic.*

«Ehi, Nina, ma quello non è *Mostro*?» Filo indica un ragazzo robusto che indossa una maschera, il suo canale YouTube ha un milione e mezzo di iscritti e lui ha solo due anni in più di me.

«Mi pare proprio di sì.»

«Pazzesco, cioè sono in coda con delle celebrità.» Filo scuote la testa impressionato, e mentre Alisha si ripassa il rossetto ciliegia sulle labbra, Tommy si guarda in giro come in una terra straniera.

«Ehi, tu sei Mia, giusto?» Un ragazzo con un ciuffo biondo ossigenato, a pochi metri da Mostro, mi rivolge la parola. Indossa una specie di uniforme argentata, tipo una tuta da sci aderente.

«Sì, è lei» Alisha gli si para davanti, sulla difensiva.

Mi faccio spazio e allungo la mano al ragazzo con un sorriso deciso. Non ho idea di chi sia, ma lui ricambia scuotendomi la mia come se stesse shakerando un frappé. «Grande, cazzo! Ti ho adocchiata da qualche settimana, secondo il mio manager spaccherai presto.» Si mordicchia il piercing sul labbro, i suoi occhi azzurri un po' sporgenti mi ricordano quelli di una rana.

«Be', anche il mio lo dice sempre» azzardo.

Il ragazzo questa volta mi rivolge un'occhiata incuriosita, il suo volto è illuminato a intermittenza dalle luci al neon dell'insegna locale. «E chi sarebbe, il tuo manager?» Mastica una cicca di quelle fruttate.

«Max... della Max&Roger associati.»

Lui solleva lo sguardo pensieroso, si accende una sigaretta spostando con la lingua la cicca in una guancia. «Mai sentito, sarà un emergente. Buon per te.» Annuisce rapido, a ritmo della musica techno che vibra dietro la porta del locale. «Io sono Apollo, comunque, e con la mia crew siamo gli *Space Tribe*. Facciamo TikTok e abbiamo un canale YouTube di cover che fa trecentomila followers, su Instagram invece ne abbiamo più di settecentomila, anche perché Diego è stato fidanzato con Jasmine per otto giorni... otto giorni e mezzo in realtà. Ve li presento. Oh, raga!»

Si avvicinano a noi altri tre tipi in tuta argentata, accompagnati da ragazze che "sfilata di Victoria Secret, levati".

«Sembrano astronauti drogati» commenta Alisha e

Filo, con una sigaretta spenta in bocca, annuisce solennemente.

«Da quando fumi, tu?» sibilo.

«Ho sempre voluto provare.» Prima che possa chiedermi perché Filo si stia atteggiando da cretino, mi arrivano altre tre mani tese addosso.

«Ciao, piacere, Diego».

«Samuel.»

«Io sono Mirko, con la k.»

«E loro sono Jessica, Giuditta e Mia, come te!»

Le ragazze ridono sincronizzate come pupazzi meccanici.

Un tuono. Alziamo tutti la testa. Il cielo è ammaccato di nuvole grigie, pecorelle minacciose.

«Tra poco lassù scoppia un gran casino» asserisce Apollo, dall'alto del suo metro e novanta.

«E tu?» chiede Jessica, rivolgendo un sorriso morbido a Tommy. «Sei del mondo social? O stai dietro le quinte?»

Sento lo stomaco ribaltarsi.

«Veramente odia i social» si intromette Alisha, guardando Jessica come fosse una pesca marcia da scartare dalla cassetta.

Jessica inarca le sopracciglia instagrammabili, non distoglie lo sguardo da Tommaso. «Super affascinante» commenta.

Affascinante?

«Ragazzi, tocca a voi. Datemi i vostri nomi, e la mano

per il timbro.» La bodyguard, una donna bionda e muscolosa, attira la nostra attenzione.

«Noi siamo gli Space Tribe e loro tre sono nostre amiche... ma anche il gruppo di Mia è con noi, entriamo insieme.» Apollo gesticola come un rapper, poi mi strizza l'occhio.

No, insieme no. «Veramente noi...»

Cerco Filo come sostegno, ma lui è occupato con Jessica, che si sta piegando sui tacchi per aiutarlo ad accendersi la sigaretta. Alisha sta bisbigliando qualcosa a Tommaso che sembra restio a entrare.

La bodyguard mi afferra la mano. La ritraggo di scatto. «Ehi, qui ho ancora qualche segno dell'incidente, forse potresti...» Lei mi ispeziona brusca. Poi mi pianta un timbro sul petto *JASMINE ELLE I LOVE YOU.*

Perfetto.

«Allora, pronti?» esclama Apollo, elettrizzato.

Cerco con lo sguardo Tommaso, ma Filo mi prende sotto braccio. Butta via la sigaretta con un gesto sicuro. «Prontissimi.»

40

Che ho appena ingurgitato

I miei occhi si abituano all'oscurità. Alle pareti giganteschi schermi con i TikTok di Jasmine più famosi, sul soffitto un quintale di palloncini fluorescenti che gravitano annoiati, al centro un palcoscenico nero e spazioso.

«È tutto così abbagliante.» Filo gira su se stesso più volte, tanto che a un certo punto temo stramazzi al suolo.

«Abbagliante e trash» aggiunge Alisha, con gli occhi a cuore.

L'hostess, una drag queen sbrilluccicante ci sorride. «Ragazzi, vi consiglio di mettervi subito in coda se volete scattare una foto con Jasmine, perché tra poco inizia il concerto di Ed Sheeran.»

Tossisco quasi fino a soffocarmi, Filo parla per me. «Ed Sheeran, il cantante? Lui in carne e ossa?!»

«Be', in realtà il suo ologramma, ma è anche meglio dell'originale.» Ci si avvicina. «Non sbaglia una nota.» Fa l'occhiolino.

Alisha mi stringe il polso. «È la trashata più bella che abbia mai sentito!»

L'hostess estrae dal marsupio i pass per i free drink al bar, le sue unghie laccate si impigliano più volte nella cerniera.

Tommaso si guarda in giro in cerca di un punto di riferimento. «È tutto un po' troppo...»

«Un po' troppo *troppo*?» chiedo, e lui mi sorride.

«Ehi, venite a bere con noi prima che inizi il concerto?» si intromette Apollo e Filo lo segue, mollandomi da sola con Alisha.

«Ma che gli prende stasera?»

Lei alza le spalle. «Non ho letto statistiche sul bipolarismo di recente.»

Do un'occhiata alla fila per fare la foto con Jasmine, ma sembra interminabile.

«Ecco qui, *girls*.» Apollo torna da noi con cinque bicchieri di un intruglio strano, Filo lo segue come un cagnolino.

«Ho saltato la coda e ho convinto il tizio a metterci un bel po' di alcol» mi dice Apollo, offrendomi due bicchieri ghiacciati.

«Due?»

«Io sono astemia» Alisha mette le mani avanti.

«Nessuno qui che si vuole divertire?»

Filo afferra il bicchiere e lo scola tutto d'un fiato. «Contento?»

Apollo gli batte il cinque.

Okay. Questo non è decisamente il mio amico.

E Tommaso, dov'è finito? Poco fa stava parlando con

Jessica, ma ora lei è sola. Sola con il suo iPhone ultimo modello.

«Io vado a cercare Tommy, devo parlargli.»

«Vengo con te.» Filo mi afferra il braccio, ma lo ritraggo.

«No, Filo.» Lui trattiene un sorriso forzato. «Devo anche passare dal bagno, vado da sola.» Mento.

Apollo mi passa un bicchiere, me lo offre insieme a una gomitata. «Per i tempi duri da qui al cesso.»

Inizio a vagare per il locale, sorseggiando questo intruglio strano che sa di melone, alla ricerca di Tommaso. Forse non è il posto migliore per una conversazione seria, ma nel mio piano io e lui non parliamo affatto. Ho deciso di dirgli tutto stasera, perché è il momento del mio debutto, e perché sento che se non trovo il coraggio di farlo ora, con le luci soffuse e la musica a palla, non lo farò mai più.

Le luci si abbassano e sul palco compare un faro.

«Benvenuti alla festa di compleanno dell'anno!» La voce metallica al microfono richiama la folla sparsa per il locale, e tutti si accalcano sotto il palco saltellando come cavallette.

«E ora fate un applauso per... Ed Sheeran!»

Ed eccolo, l'ologramma che appare, sgargiante e ipnotico, e sembra davvero Ed, solo un po' più luminoso. Vengo spintonata da una parte all'altra e per evitare di perdere il bicchiere bevo tutto il contenuto d'un fiato, rendendomi conto solo dopo della quantità di alcol che ho appena ingurgitato.

41

Mi perderà per sempre

La folla sudata e urlante mi sorregge, mentre l'ologramma di Ed Sheeran si piega sul microfono e canta con la sua voce irresistibile. Se non fossi sobria mi sembrerebbe un trip lisergico, anche perché le ragazze attorno a me urlano cose del tipo "Ed ti amo!", come se lui potesse davvero sentirle. Stranamente, però, sto reggendo bene l'alcol. Il mio cuore batte a tempo di musica, e per un istante alzo le braccia al cielo e chiudo gli occhi. Mi lascio trascinare dalla brezza musicale, e la respiro. La testa non mi gira per niente.

Mi abbandono al caos.

Ho perso i miei amici e di Jasmine Elle non c'è traccia. Però la serata non è completamente andata, anche se la sto passando da sola.

Estraggo l'iPhone dalla borsa, un messaggio di Max. Mi chiede di fare più stories, lo sponsor le reclama. Vado su Instagram, scelgo un filtro e faccio partire un video, riprendo il concerto, poi giro la fotocamera frontale e sfodero il mio miglior sorriso. «Ragazzi, eccomi in diretta dal party dell'anno, non mi sembra vero! A proposito, quello non è il vero Ed Sheeran, ma tutto il resto è reale» urlo. E poi cerco di inserire tutti i tag dello sponsor senza fare errori. Qualcuno mi tira involontariamente una gomitata, alzo lo sguardo e per puro caso lo intercetto nella folla.

Boom.

È lui. Tommaso.

E forse ora un po' l'alcol lo sento.

Ritiro immediatamente il cellulare e mi tuffo nel mare di folla. Nuoto tra i corpi. Seguo la camicia azzurra come una scia, spintonata a destra e sinistra tipo pallina di un flipper, quando sono abbastanza vicina gli afferro il bordo della camicia. Lui si volta allarmato, la musica cambia, parte *Thinking Out Loud*, e io nei suoi occhi ci annego. Gli faccio segno di uscire sul retro, lui capisce, mi afferra la mano. La stringo, questa volta intreccio le dita, pelle contro pelle. Mi scorta come uno scudo fino all'ingresso.

Usciamo, lui molla la presa e io spalanco le braccia. «Respiro!»

Lui sorride divertito dietro alle bende colorate.

«Cerchiamo un posto tranquillo?» mi strizza l'occhio, ho un sussulto.

«Certo!» Lo seguo, avventurandomi in direzione buio, lontano dalla coda all'ingresso di chi deve ancora registrarsi.

«Laggiù?» propone, indicando un muretto mezzo

diroccato dove non sembra esserci nessuno, se non qualche bottiglia di birra abbandonata.

«Ti giuro, stavo soffocando là dentro» confesso, mentre lui si appoggia con la schiena al muro.

«Credevo fossi un animale da festa, Nina» mi dice, in una smorfia dolce.

«Lo sono, ma ti confesso un segreto, amo lamentarmi.»

Tommaso scuote la testa. «A me sembra che tu sia forte. Certo, a parte i primi giorni nel camper, lì eri presa malissimo.»

«Be', grazie per il complinsulto.»

Lui scoppia a ridere «Rientriamo?»

«A dire il vero... ti dovrei parlare.» Azzardo un sorriso.

Tommaso mi guarda curioso.

«È per questo che ti stavo cercando» aggiungo, e nel frattempo penso velocemente a come impostare il discorso, siccome nel mio piano in realtà *non* dovevamo parlare.

«Anch'io ti stavo cercando» mi dice. Poi si arrotola le maniche della camicia all'altezza del tatuaggio. «Ho incontrato una persona alla festa.»

Chiudo le mani a pugno. «Che persona?»

Lui mi sorride. «Mi hanno offerto una specie di opportunità.»

Esulto, confusa. «Fantastico! E di cosa si tratta?»

«Il manager di Apollo ha visto le mie foto e gli sono

piaciute. Era piuttosto ubriaco, eh...» Si passa la lingua sulle labbra spalancando gli occhi, in una grottesca imitazione.

«Aspetta, ti sei portato le tue foto qui? O le avevi sul cellulare? Ti sei portato il lavoro la sera del mio... debutto?»

Tommaso sfila il portafogli dai pantaloni, mi mostra delle foto stampate in formato piccolo. Uno scatto di Yellow, alcuni ritratti in bianco e nero. «È stata un'idea geniale stamparle, Nina. Un'idea di Filo, che ogni tanto ha questi lampi di genio.»

Scrollo le spalle e ricambio il sorriso, rigida. «Complimenti a te, sono fiera!»

Ci guardiamo. Chissenefrega. Ora lo bacio e basta.

«Partirò presto.»

Aggrotto la fronte. «Per dove?»

Tommy si passa una mano tra i capelli, per prendere tempo. «Seguirò gli Space Tribe qui a Roma sul set di un video musicale. Se tutto va bene, si tratterà di qualche settimana...»

«Cosa?»

«Assurdo, vero? Assisterò alle riprese, è un'occasione perfetta per imparare qualcosa in più sulla fotografia cinematografica.»

«Ma il concorso di "National Geographic" di cui mi hai parlato...» suggerisco.

«Una cosa non esclude l'altra.»

«Le lezioni di fotografia di mio padre...» insisto.

«Be', forse sono pronto per un'esperienza vera.»

«E… io?»

Lui mi guarda serio, le labbra tese, poi scoppia a ridere. «Tu sarai felicissima di passare le tue ultime settimane da sola, finalmente ti libererai di me.» Mi strizza l'occhio e appoggia di nuovo le spalle al muretto.

«Fanculo.» Mi sento presa in giro. «Stai scappando un'altra volta. Da me.»

«Aspetta un attimo.» Mi si avvicina, il mio viso arriva all'altezza del suo petto. Di solito mi fa sentire protetta, non questa volta. «Tu volevi cacciarmi, hai persino detto a tuo padre di buttarmi fuori dal camper.»

«Ma questo è stato secoli fa!» mi difendo.

«Tu non sei felice per me» arretra, come se di colpo la mia presenza gli desse fastidio.

«No, questo non è vero.» Faccio un passo io verso di lui, recupero. «Dico che avresti potuto prenderti del tempo per pensarci, confrontarti con noi. Invece no, come sempre.»

«Cosa vuol dire "come sempre"? Sei ubriaca?»

Scuoto la testa. «Tu tieni lontane le persone, Tommaso.» Sono lucida, molto lucida ed è questo il problema. Sono spietata.

«Tengo lontano te?»

«Ora sì.»

«Nina, per favore… siamo solo due sfigati che si sono trovati a condividere un'estate in camper.» Ride, non mi guarda in faccia.

Faccio un passo indietro. «Ecco, vedi? L'hai fatto di nuovo.»

Lui guarda da un'altra parte. «Che cosa?»

«Allontanarmi, minimizzare la cosa, così non mi affronti, non rischi.»

«Tu rischi di dire scemenze enormi se vai avanti così.» Si porta le mani alle tempie.

«Tipo che mi piaci?»

«Nina...» Le braccia ricadono pesanti lungo il corpo.

«Che c'è? Adesso devi farmi il discorsetto che siccome sono sfigurata rimarremo solo amici? È da questo che vuoi scappare, vero?»

«No.» Torna a guardarmi negli occhi.

«E allora perché hai deciso di andare a Roma senza dir niente a nessuno?» Insisto.

«Perché è un'esperienza vera e io non posso rischiare di perderla per te.»

Scuoto la testa delusa.

«Nina, è sempre così, le cose tra le persone all'inizio sono sempre belle, poi vanno a rotoli. Non posso perdere questa opportunità per...»

«Se credi che le cose andranno male, poi lo faranno sul serio, Tommy.» Le lacrime mi scivolano giù per le guance.

«Lo so, te l'ho detto, non sono bravo con le persone.»

«Sono scuse. È che non vuoi essere bravo.»

Ride, scuote la testa. «Tu non hai la minima idea di cosa significhi essere me.»

«Che stronzata egocentrica. Certo che non sono te. Ma se lo fossi mi farei un esame di coscienza, ogni tanto.»

Mi sfida. «Sentiamo, da dove dovrei cominciare?»

Inspiro, so da dove deve cominciare, ma so anche che se scelgo di dirlo rovinerò tutto.

«Lo sai perché tieni rinchiuso Yellow nella casa gialla?» Ecco, sto per rovinare tutto. «Perché hai paura che se lo lasciassi andare non tornerebbe più. Tu hai paura di fidarti delle persone, Tommaso, non vuoi che nessuno ti ferisca perché credi non riusciresti a sopportare il dolore, tu hai una paura fottuta di provare dolore.»

Stupida.

«Nina...» Si ferma, poi: «Lascia perdere». Si volta, ma gli afferro la manica della camicia. «Tommy, lo so che adesso sei arrabbiato con me, ma...»

«Ancora non l'hai capito?» sopra i suoi occhi gonfi, le palpebre pulsano di una rabbia antica. «È con me che sono arrabbiato. Perché tu hai tirato fuori il peggio di me e a me questo peggio fa schifo.»

Cammina davanti a me nel buio, come nel mito di Orfeo ed Euridice, se si volta mi perderà per sempre.

42

Tranquilla, sto bene

Rientro, mostro il timbro alla bodyguard e mi metto in coda per il bagno. Non è successo niente, mi dico. È tutto okay, mi dico. Eppure nella lunga attesa scoppio a piangere. Non mi capitava da mesi, dall'operazione all'epidermide durata più di due ore, in cui hanno ricucito la mia guancia.

Una ragazza in fila davanti a me mi chiede se va tutto bene.

"No che non va bene, non lo vedi?"

Le bende intrise di colore pizzicano, l'aria viziata si accumula in gola.

«Ma sta piangendo? Non si capisce, con tutta quella roba sulla faccia.»

Un ragazzo più in là mi sta filmando con il telefonino.

«Che fai?»

Ridono tutti.

«Che cazzo ridete?»

Ridono più forte.

Un altro cellulare, un altro video.

Arretro. Corro fuori dal locale.

Aria.

Vago per il parcheggio, stringo le mani al petto. Evito il muretto di prima, mi avvio verso un albero sul ciglio della strada ma sento dei rumori, una coppia di ragazzi si sta baciando. Mi allontano, attraverso la strada, sul lato opposto c'è una specie di deposito non illuminato, accelero il passo. Non sembra sicuro, ma voglio stare sola.

Accanto all'entrata del deposito c'è uno sterrato, ne percorro un pezzo ma è troppo buio, dovrei tornare indietro. Lo so.

Avverto dei singhiozzi.

«Chi c'è?»

Nessuno risponde. I singhiozzi si interrompono, poi un respiro pesante.

Arretro. Ma una voce mi ferma. «Resta.»

La torcia di un cellulare mi illumina, mi copro gli occhi per proteggermi dalla luce. Poi lo sconosciuto indirizza la luce sul suo volto. Non ci posso credere.

«Jasmine?»

Lei mi studia meglio. «E tu chi sei?» mi chiede la mia muser preferita, con il naso arrossato.

«Sono Ni... Mia, ero alla tua festa.» Cerco di ricompormi.

«Ma sei scappata.»

«No, è solo che... non stavo bene. Non riuscivo a respirare, credo sia stata una botta di caldo.»

Lei si morde il labbro, studia i miei occhi lucidi di pianto. «Non è il caldo, è un attacco di panico. È capitato anche a me.» Poi alza la torcia del cellulare. «Cosa sono quelle bende? Un travestimento?»

Scuoto la testa. «No, ho avuto un incidente. Il mio agente te l'ha scritto nella mail...»

«Io non le leggo mai le mail, se ne occupa il mio manager.»

Annuisco, il respiro si è un po' stabilizzato. «E tu perché sei qui?»

«Dovevo fare pipì.» Fa una smorfia. «No, lo ammetto, sono scappata, proprio come te.»

«Ma perché?» insisto, con una confidenza inaspettata.

«Tanto chi se ne accorge?» ribatte, corrugando la fronte. Indossa un meraviglioso abito in tulle color pesca, l'orlo è sporco di fango.

«Ma come?»

Jasmine si tormenta una ciocca di capelli, lunghissima. «Non conosco nessuna delle persone là dentro, Mia. E le uniche che ho invitato di mia spontanea volontà, persone della mia scuola, non sono venute.»

«Perché?»

«Perché per i miei compagni sono una sfigata.» Fa una pausa. «Mi hanno chiusa nel cesso della scuola per un'intera mattina ieri, il giorno del mio vero compleanno.»

«Cazzo.»

«Già.»

Il cellulare si illumina, lo vedo solo ora nel buio, è la sesta chiamata.

«Dimmi Max... Sono fuori dal locale... Cosa significa che non riuscite a trovarlo?... Dove siete?... Arrivo subito.»

«Mai una gioia, eh?» Jasmine si siede su un rottame, accavallando le gambe.

«Si tratta di un mio amico. È sparito, devo andare a cercarlo.»

«Guarda sui divanetti, c'è sacco di gente che sviene lì sopra dopo tre cocktail.»

«Già, ma non Tommaso.» Mi volto, poi mi fermo. «Resti qui?»

Lei tira fuori dalla borsa il cellulare, annuisce. «Tra un'ora la festa finisce, giusto il tempo per guardarmi una serie TV.» Non mi muovo. Lei allora mi mostra anche gli auricolari. «Tranquilla, sto bene.»

43

Inizia a piovere

«Che cosa è successo?»

Sono tutti riuniti davanti al camper, nel parcheggio.

«Nina, ma dov'eri?» Non ho mai visto Filo così teso in vita mia.

«Ero... lascia stare.» Nessuno parla. «E Tommaso?»

«Non si trova, vi abbiamo cercati ovunque. Ho provato anche a farvi chiamare al microfono, ma niente. Lui è scomparso, un cazzo di fantasma.» Alisha scuote la testa con convinzione.

«Eravamo fuori a parlare, poi è andato via, non l'ho più visto. Mi dispiace» confesso, alzando lo sguardo fino al muretto pochi metri più avanti.

«Che cosa facevate?»

Guardo Filo, apro la bocca ma non trovo le parole.

«Perché è andato via?» Alisha mi caccia gli occhi addosso, accusatoria.

«Ho detto qualcosa di sbagliato, credo di averlo ferito.»

«Perfetto, quindi avevo ragione, è scappato.» Alisha

tira un calcio a vuoto nella ghiaia del parcheggio. Max le mette una mano su una spalla.

«Cerchiamo di darci tutti una calmata» si mette in mezzo papà.

«Non l'ho fatto apposta, abbiamo discusso. Non c'è bisogno di fare tante scene.»

Alisha scoppia a ridere, ma la sua risata è tagliente. «Scusa se io e Filo abbiamo passato le ultime due ore a cercarvi, siccome il coprifuoco era scaduto e nessuno dei due rispondeva al cellulare.»

«Abbiamo pensato di tutto» ribadisce Filo con un sospiro alcolico.

«Vi ho detto che mi dispiace.»

«Non hai manco guardato il cellulare, Nina, dall'atteggiamento non sembrava che ti dispiacesse» sibila.

«Dall'atteggiamento» ripeto, sarcastica. «E tu hai sempre avuto questo atteggiamento da stronza?»

«Per carità, ragazzi, non ora» Max si mette letteralmente in mezzo tra me e Alisha.

«No, ti prego continua, Nina» Alisha si sposta.

«Meglio di no, ho già sistemato Tommaso stasera.»

«Non vedo l'ora di essere *sistemata* anch'io.»

«Bene.» Mi schiarisco la voce, le parole escono come un fiume in piena. «Sono mesi che hai battute per tutti, perché sei la comica, sei la showgirl, e me lo sono fatta andare bene, ce lo siamo fatti andare bene tutti, ma adesso basta. Io non ho battute, ma ho una cosa chiara da dirti: hai un sacco di problemi, Alisha, come noi, come tutti. Hai alle spalle una cultura che non sai ancora se accettare o rifiutare, non bevi alcol ma non preghi nemmeno nessuno dei tuoi dèi e appena qualcuno ti fa una domanda sul perché di queste contraddizioni tu sbrocchi. La verità è che non lo sai nemmeno tu perché certe cose le fai e altre no, perché non hai ancora capito chi sei. Non sei mai uscita da Volpedo, Alisha, è facile sfottere la ragazza sfregiata e il suo amico nerd, ma tu le hai davvero le palle per andare a Milano? Il tuo personaggio è una prigione, e a volte ti fa comportare da stronza, proprio come adesso, che dovresti solo starmi vicino, ma no, perché Alisha è quella tosta, e deve per forza mandare tutti a fanculo. È vero io ho sbagliato, non ho guardato il cellulare, ma tu mi hai fatto sentire uno schifo senza nemmeno chiedermi cosa mi fosse successo. Quindi sì, ora sono stata stronza anch'io, ma te lo sei cercato. Come ci si sente, eh? Come ci si sente a essere dall'altra parte, Alisha?»

Alisha non si muove. La bocca è l'unica parte del suo corpo a reagire. Trema.

Papà non dice niente, Max mi guarda triste, Filo si copre il volto.

Penso che Alisha stia per crollare, che collassi. Ma non succede. Si volta e risale sul camper, lentamente, come se fosse invecchiata di colpo, si siede al posto del passeggero e guarda dritto davanti a sé, oltre al vetro, che in quel momento si sporca d'acqua.

Inizia a piovere.

WhatsApp

LEONARDO GHETTI: Ehi, Mia, ho visto il video che ti hanno fatto alla festa. Mi dispiace. Come stai? Ti va di parlarne davanti a una pizza? Sono Leonardo, quello dell'ospedale.

Due giorni dopo...

44

Fata madrina

Ci penso continuamente, e non passa.

Vorrei poter tornare indietro, avere una seconda occasione. Mi odio.

Gli ho detto ciò che pensavo, ma nel modo peggiore possibile. L'ho perso, e soprattutto l'ho ferito. Ho infilato il coltello proprio lì, dentro la carne, dove sapevo avrebbe fatto più male. Le persone che amiamo sono quelle che possono ferirci di più. Conoscono le nostre debolezze, per questo bisogna sceglierle bene.

«C'è una cosa che ti devo dire. Che non apprezzerai. Ma credo sia giusto dirtela.»

«Sentiamo.»

«Domani sera esco con Leonardo Ghetti.»

Silenzio.

«Allora?»

«Okay.»

«Tutto qui?»

«Se dopo tutto quello che ti ha fatto non hai cambiato idea sul suo conto, di certo non posso fartela cambiare io.» È solo una voce al telefono, ma se chiudo gli occhi riesco a immaginare la fronte di Filo corrugarsi e il suo sguardo scappare alla ricerca di un angolo nella stanza dove nascondersi.

«Filo...»

«Ti ho detto okay.» Sembra determinato a chiudere la conversazione.

«Non è un appuntamento, ho solo bisogno di distrarmi. Non voglio passare la notte prima dell'intervento a tormentarmi per Tommaso. Non ce la faccio più. Non chiudo occhio da due giorni.»

Silenzio. Sta pensando, o forse sta solo scegliendo le parole.

«Allora esci con lo stronzo che ti ha fatto fare l'incidente per cui domani ti opereranno. Logico.»

Non ha scelto le parole.

«Non è stata colpa sua, te l'ho già detto.»

«Senza contare che ora lui esce con Marlena, e che tu stai facendo a lei quello che lei ha fatto a te.»

Ahia, questa brucia.

«Ripeto, non è un appuntamento. Sapevo che ti saresti arrabbiato e in fondo hai ragione. È una cosa stupida, ma la farò comunque. Pensavo solo che fosse giusto dirtelo.»

«Non sono arrabbiato, Nina.» Pausa. «Tu a me di consigli non ne dai mai, non posso pretendere che accetti i miei.»

«E questo che significa?»

Un lungo sospiro.

«Significa che il problema non è Leonardo Ghetti, ma la nostra amicizia. È sbilanciata. Sei troppo presa da te stessa per accorgerti degli altri, Nina. E non è solo per... l'incidente.»

«Ma non è vero, Filo! Io ti voglio bene e...»

«Anch'io te ne voglio, Nina, ma ora devo pensare un po' a me stesso.»

«Che vuoi dire?»

«Che ho bisogno di pianificare delle cose per me, mi serve tempo. Mi dispiace.»

Soffoco un singhiozzo. «Non fa niente.»

Un soffio. «Nina, ti prego, non...»

Le lacrime colano silenziose, apro la bocca per respirare. «Me la caverò, Filo, davvero. Dimmi solo che va tutto bene, che non ti è successo nulla di grave.»

Filo si schiarisce la voce. «Niente di grave, ma sto prendendo delle decisioni importanti. Mi dispiace, credimi...»

Sorrido anche se Filo non mi può vedere, ma spero che in qualche modo se ne accorga, le lacrime scivolano salate sulle labbra. «Va bene, allora... buona fortuna. Ti farai sentire?»

«Mi farò sentire. E, Nina...»

«Sì?»

«... stai attenta con Leonardo.»

«Lo farò.»

«Se Tommaso dovesse tornare… fammelo sapere.»
Guardo oltre le colline, gli alberi da frutto silenziosi.

Metto giù il telefono e scivolo sul divano, finalmente sola, piango. Mela mi si avvicina e appoggia il muso sulle mie ginocchia, coprendo le cicatrici.

«Perché le relazioni sono così complicate?» Singhiozzo, la mia faccia sotto le bende è rossa e gonfia, mi sento ancora più brutta. Mela mi studia con le orecchie basse e gli occhioni tristi.

«È inutile che mi guardi così, tanto non puoi aiutarmi…» I singhiozzi si fanno acuti come lamenti. Mela salta sul divano e si acciambella sulla mia pancia. La accarezzo.

«Non puoi aiutarmi…» ripeto, ma lei imperterrita rimane immobile, accoccolata sul mio corpo, finché non mi addormento.

E resta silenziosa a vegliare su di me, come una fata madrina.

Parte terza

Il modo migliore di amare ogni cosa
è quello di rendersi conto che ogni
cosa può essere persa.

G.K. Chesterton

CONOSCERE L'ANTOLOGIA

Volume I, p. 40

Orfeo suonava e cantava come un usignolo, con la sua musica piegava i dolci rami degli alberi e muoveva i sassi, domava le bestie feroci e faceva deviare il corso dei fiumi.

Sposò la bella ninfa Euridice, che amava moltissimo. Ma il loro amore era destinato a finire: un giorno la ninfa calpestò un serpente che la morse e morì. Orfeo era disperato, ma si aggrappò a tutto il suo coraggio e scese negli inferi per riprendersi la sposa amata. Lì incontrò Ade e lo convinse a restituirgli Euridice. Ma Ade stipulò un patto: durante il viaggio di ritorno Orfeo non avrebbe dovuto né parlare né voltarsi a guardare Euridice finché non fosse tornato alla luce del sole. In caso contrario lei sarebbe sparita per sempre. Orfeo accettò. Ma lungo il tragitto, tormentato dal dubbio che Ade lo avesse preso in giro, si girò una sola volta a controllare che l'amata lo stesse seguendo.

Lei svanì, e lui la perse per sempre.

45

Quanta bellezza

Chiudo il libro di Antologia.

Sono sola.

Sola con i miei pensieri che è ancor peggio dell'essere soli e basta. Mi perseguitano ovunque, anche sotto la doccia, anche se apro il getto forte e mi tappo le orecchie. Sono chiusi dentro di me e non riesco a cacciarli fuori, ma devo, altrimenti diventeranno sempre più ingombranti e si mangeranno tutto.

Apro il libro di Antologia, ma penso a Tommaso. Lo richiudo.

Davanti al frigorifero aperto fisso il parmigiano avvolto nel cellofan, una montagna bianca che aspetta di essere scalfita con il coltello.

Coltello. Ferita. Dolore. Tommaso.

Chiudo il frigorifero.

Il video che mi hanno fatto alla festa gira online come *meme*, mi ha fatto raddoppiare i follower ma è terribile: la mummia che frigna accanto a una coppia che limona. Non mi ero accorta di quei due, mentre piangevo. Ero dentro la mia testa, nel mondo dei perché, a rincorrere il ricordo delle ultime parole dette a Tommaso, a sezionare ogni singola sillaba per valutarne il danno, a immaginare le possibili conseguenze del destino che mi ero creata da sola.

Apro il libro che mi aveva prestato Tommaso, *Sulla strada*. L'avevo abbandonato dopo poche pagine per concentrarmi sull'Antologia. La copertina non mi ispira, c'è la pompa di un benzinaio in mezzo a una strada desolata, mi dà tristezza, mi ricorda il benzinaio delle foto.

Corro all'ultima pagina, rileggo il finale che avevo sentito tra le sue labbra, il primo giorno che ci siamo conosciuti.

Non lo capisco, o forse non riesco a concentrarmi abbastanza, riesco solo a pensare a lui, seduto qui dove sono ora, che legge qualcosa per me.

Faccio un secondo tentativo, apro il libro a caso, sfoglio fino a trovare una pagina con un'orecchia, cerco una frase che mi attiri. Ne trovo una.

Questa è la notte, e quel che ti combina. Non avevo niente da offrire a nessuno, eccetto la mia stessa confusione.

Leggo il libro per tutto il pomeriggio, mentre aspetto che papà torni dalla casa gialla dove sta scattando con una modella.

Papà non arriva. Prima di cena taglio le zucchine, pelo i pomodori e scongelo una focaccia. Poi esco a fare un giro in paese con Mela.

Vago tra le case silenziose, l'odore della cena scivola fuori dalle finestre aperte, voglio perdermi. Un cartello attira la mia attenzione, segnala lo studio artistico di Pellizza. Una specie di museo, mi aveva detto papà.

Non ci sono mai andata. Ci vado ora.

Seguo le indicazioni fino a raggiungere un piccolo giardino e una casetta in pietra. Tre euro. Mi frugo nelle tasche, cercando le monete per il biglietto. Mela mi studia con i suoi occhioni buoni.

«Ti devo lasciare in giardino, ma torno presto» le dico.

Pago, entro. Sono l'unica visitatrice della giornata, mi accoglie un'anziana signora.

«Questo era lo studio del pittore» mi racconta, mostrandomi un'ampia stanza dai mobili in legno e le pareti marroni. «È rimasto fermo nel tempo, dopo la sua morte. Vedi queste prove di colore? Deve averle fatte poco prima di...» continua, indicando dei bozzetti in una teca. «Dopo aver perso la moglie era molto depresso, si è impiccato proprio qui, nel suo studio.»

Deglutisco un brivido. Mi guardo attorno, la libreria strabordante, la finestra sul soffitto da cui filtra una luce avvolgente, è un posto che sa di pace. «Si è ucciso perché non riusciva a vivere senza di lei?»

La signora mi sorride. «Non chiederlo a me, bambina, io sono arrivata agli ottantasette come un fiore, nonostante il mio ex marito.» Sospira. «Quel che è certo è che se fosse sopravvissuto ci avrebbe donato tantissimi altri bei dipinti. È davvero un peccato.»

Poi osserva la tela al centro della stanza, la più bella, e si gratta il mento ossuto. «Forse non riusciva a vedersi da fuori...»

«Cosa significa?»

Lei scuote la testa. «Alcune cose di noi non le percepiamo. Le sentono solo gli altri.»

«Tipo?» insisto.

«L'odore della pelle, ad esempio. Sentiamo quello degli altri, ma nessuno può sentire il proprio.» Mi scruta. «Tu hai un buonissimo profumo, bambina, ma non lo potrai mai sapere.»

Torno con gli occhi sulla tela un'ultima volta, quanta bellezza.

46

Corro fuori

«Com'è?»

«Cosa?»

«La pizza...»

Sorrido prima di addentare una fetta al prosciutto, annuendo con la bocca già piena. Siamo da MasterPiz, la pizza è buona, anche se la mia preferita rimane quella di Pizzium. Al momento, però, è troppo rischioso andarci, Lara e Marlena sono tornate dalle vacanze e incontrarle la domenica sera in pizzeria non sarebbe così improbabile.

«Vuoi assaggiare? Ti avverto che il salame piccante è davvero piccante.»

«Grazie, Leonardo, magari dopo.»

«Allora, che mi dici della festa di Jasmine? Sei riuscita a vederla?»

Mi pulisco la bocca con il tovagliolo, facendo attenzione a non macchiare le bende di salsa. «Sì, e non è assolutamente come me l'ero immaginata.»

Leonardo piega in due una fetta di pizza e l'addenta. «No, eh? Dai, spara.»

«Dalle foto e dai video sembra estremamente sicura di sé, dal vivo diciamo che è molto più normale.»

«Figo, no? Un po' come te.»

«Me...?»

Leo si versa un po' di Pepsi nel bicchiere, poi rimette la lattina sul tavolo. Filo ha una teoria, il mondo si divide tra chi beve Pepsi e chi beve Coca, ma anche tra chi versa subito tutta la bibita nel bicchiere e chi lo fa a step. "Quelli che lo fanno a step sono maniaci del controllo, vivono la vita un sorso alla volta".

Rido. Leonardo mi guarda curioso.

«Scusami, pensavo a un amico.» Amico. Tralascio il fatto che io e Filo abbiamo litigato.

«Uno che ti fa ridere?»

«Sì, parecchio. Ma involontariamente. Cioè, a volte rido di lui, ma non in modo cattivo. Non so se mi spiego.»

«Certo, capita anche a me.»

«Di ridere degli altri?» chiedo, raccogliendo della salsa dal piatto con la crosta della pizza.

Leonardo sembra imbarazzato. «Sì, ma, non mi piace farlo, in realtà. Capita e basta.»

Il cameriere porta via i piatti vuoti.

«Cosa ti piace fare nel tempo libero?» domando, per recuperare.

«Gioco a calcio e a *Fortnite*, tu?»

Già lo sapevo. «Be', giro i miei video, e...» Ho iniziato a leggere. Tommaso mi ha prestato dei libri.

Tommaso. Il ragazzo che mi piace. Il ragazzo che ho fatto scappare chissà dove.

«Merda.» Leonardo si irrigidisce di colpo.

«Che c'è?»

«Niente, è solo la migliore amica della mia ragazza. Non preoccuparti, lei sa che sono qui con te, ma probabilmente non si fida e ha mandato la sua amica a controllarmi.»

«Lara... è qui?»

Leonardo mi fissa stranito. «Com'è che sai il suo nome?»

«Ehm... Instagram?»

Leonardo sorride, passa dallo stranito al compiaciuto. «Hai studiato il mio profilo, eh?»

Cretino.

«Vado in bagno.» Mi alzo in piedi.

Cammino con la testa bassa fino alle scale, passo il più possibile distante dal tavolo di Lara, che è con sua mamma. Ignoro le loro occhiate e mi convinco che con il volto bendato non possono riconoscermi. Il bagno è al piano inferiore, scendo le scale a chiocciola e mi richiudo la porta alle spalle. Raggiungo lo specchio e appoggio le mani sul lavello. Okay, devo riflettere. Osservo la mia immagine riflessa, spaventata.

Ho fatto una cazzata a venire qui, Filo aveva ragione. Come sempre. Scrivo a papà, che mi sta aspettando con il camper qui in giro, gli do l'indirizzo e gli chiedo di passare a prendermi.

La porta del bagno si apre di nuovo, e io ho un sussulto. Entrano due ragazze a braccetto, ridacchiano e non mi notano.

Per fortuna non si tratta di Lara.

«E poi mi ha chiesto se mi andava di...» sta dicendo una, mentre l'altra estrae dalla borsa un rossetto e sceglie uno specchio.

«Sì, sì ho capito. Solito maiale.»

Devo uscire da qui, faccio un passo. Una delle due ragazze mi guarda di sfuggita, l'altra invece spalanca gli occhi, stupita e le afferra il braccio. «Ma quella non è...»

L'amica si stacca dallo specchio e fa un passo incerto verso di me, si ferma.

«È quella sfigata del meme, quella della festa di Jasmine!»

«Esatto!»

Devono avere la mia età, ma non ne sono sicura.

«Ehi, la fai una foto con noi?» chiede quella che mi ha appena dato della sfigata. Ma più che una domanda è un ordine, perché subito dopo si avvicina e mi intrappola nell'angolo tra il lavandino e la porta di uno dei bagni.

«Scusate, adesso non posso.»

«Ma sei sicura sia lei? Non aveva le bende colorate?» dice la sua amica e mi afferra il mento tra l'indice e il pollice, studiandomi come un frutto al supermercato.

«Ti dico che è lei, e poi si cambierà le bende ogni tanto, no?»

«Che schifo.»

Arretro di un passo, ho le spalle al muro.

«Devo tornare di sopra, il mio amico mi aspetta» dico, ma non ho il coraggio di muovermi.

«Okay, niente foto. Ma togliti le bende. Vogliamo vedere chi sei» ghigna una delle due.

Avrei preferito che mi chiedesse di spogliarmi. «Cosa? No, non posso.»

Mi imbatto negli occhi della sua amica, spero per un attimo che il mio terrore le faccia cambiare idea.

«Dai, lasciala perdere, torniamo di sopra. È una pizzeria, non ho voglia di casini...»

L'altra però non mi toglie gli occhi di dosso. Le dita della sua mano mi sfiorano, i polpastrelli si impigliano alle bende, tirano. E strappano tutto. Reagisco d'impulso, le do un calcio. Lei mi afferra per il collo.

«Nina!»

La porta si apre, è Lara.

L'altra ragazza si volta, io mi libero dalla presa.

Corro fuori.

47

Papà

«Lasciami stare, per favore, torniamo a casa.»

Papà non parte. Ha spento il motore nel primo spiazzo libero, perché mi ha vista salire sul camper in lacrime e raggomitolarmi sul divano, cercando di coprirmi il volto senza bende con il braccio.

«Nina, parlami.»

È buio, non so nemmeno dove siamo. Da fuori sento provenire risate lontane e una musica senza parole, qualcuno si diverte e io sto ancora peggio. Non voglio muovermi.

«Dobbiamo parlare.» Papà scavalca il sedile e mi raggiunge, prende una coperta pesante dalla credenza, me la stende addosso, punge.

«Perché non torniamo a casa» sussurro, nascondendo la testa sotto le frange ruvide.

Papà si siede sul bordo del divano, mi accarezza i capelli. «Perché dentro al camper siamo *già* a casa.» Lontano le voci maschili smettono di ridere, il mondo per un attimo si ferma. «E voglio sapere cosa ti è successo.» Insiste, attorcigliando un dito a una mia ciocca, come quando ero bambina.

Non rispondo, l'ansia mi stringe la gola.

Ispiro, l'aria non passa, tremo.

Papà prova a scostare la coperta per farmi prendere aria, ma lo blocco. Lui ritira il braccio, il suo polso odora del panino che ha mangiato da solo, seduto al volante. «Chiudi gli occhi, non c'è fretta» appoggia una mano pesante sulla mia schiena, tremo così forte che trema anche lei. «Aspettiamo» dice, poi scivola in avanti sul divano che scricchiola, senza spostare la mano. E lo fa davvero, aspetta.

Aspetta, un'ora, due, non so quanto.

Il dolore non passa, ma a un certo punto il mio petto riprende a sollevarsi seguendo il respiro, non più a singhiozzo, la stretta alla gola si allenta e il mio corpo smette di tremare. Quando mi sento pronta, mi sollevo un poco, non vorrei parlare, ma glielo devo, lo faccio per lui. «Ho incontrato Lara, la mia migliore amica...» Gabriel fa uno scatto, si era quasi addormentato. «E ora tutti sapranno che Nina è Mia, perché lei lo dirà a Leonardo» concludo.

«Ed è così grave, eh?»

Tiro su la testa, la coperta cade sul pavimento, non la raccolgo. «Tommaso è scappato, ho litigato con Filo e con Alisha, ho perso Lara e Marlena, con mamma parlo a stento, domani andrò in ospedale per l'ennesima operazione inutile, perché anche se non si formerà il cheloide mi rimarrà questo schifo di cicatrice. Certo, che è grave!» Non sono più spaventata, sono arrabbiata.

Papà mi guarda. «Posso toccarti la faccia?»

«No!» Raccolgo da terra la coperta per nascondermi, ma papà ci mette un piede sopra, la blocca.

«Sembra un'onda.»

«Che cosa?»

«La cicatrice. Non ci hai fatto caso, eh? Strano.»

Guardo le iridi brune di papà, nei suoi occhi rimbalza il riflesso della mia faccia spaventata. Passo un dito sulla cicatrice, ne seguo i contorni. Poi afferro la mano massiccia di papà, la poso sul mio viso per un istante, la scosto subito. La pressione dei polpastrelli, il calore ruvido, mi sento invasa da una commozione strabordante. È il primo contatto con un essere umano che non sia un medico, dopo mesi. È una benedizione.

«È un'onda, Nina. Anche Harry Potter se non sbaglio aveva una cicatrice, una saetta, eh?»

Rido, i miei occhi brillano di una gioia bagnata. «Sì, ma lui era *Harry Potter.*»

«E Nina Vazquez Seta cos'ha che non va?»

«Tanto per cominciare non ha nessuna bacchetta magica per risolvere le cose.» Faccio una pausa. Torno seria. «È colpa mia. Ho fatto un casino con tutti.»

«Non con tutti.» Papà dondola la testa, mi ricorda Alisha.

«Ma se ne sono andati, papà.»

«Adesso sì, ma torneranno.» E guarda la finestra

con le tende tirate, come se fossero tutti nascosti lì dietro.

«Credo ci sia qualcosa di sbagliato in me, qualcosa che fa allontanare le persone.»

Lui si strofina le mani sui bermuda. Trattiene le parole. «Perché, chi altro è scappato?»

Glielo dico. «Tu.»

Lui non reagisce. Deglutisce e mi sorride, quasi sollevato. Se lo aspettava, se lo aspettava da sempre. «Tu non mi hai fatto allontanare, Nina. Sono stato io ad andarmene.» E la confessione non è un fiume in piena, ma una minuscola goccia d'acqua che precipita dall'alto.

«Sì, ma perché?» Non mi accontento. Voglio la pioggia.

«Non c'è un solo perché.»

Non mi basta.

«Tu eri... troppo» continua.

«Troppo cosa?»

«Troppo. Mi sono allontanato per un po', dopo il divorzio. Andarmene mi è servito per prendere le giuste distanze da tua madre...»

«... e da me.»

«Non volevo tenerti lontana, Nina, ma non potevo nemmeno portarti con me. Ero certo che tua madre avrebbe fatto un lavoro migliore. Non mi sbagliavo.»

«Quindi non te ne sei andato perché non mi volevi?»

«Volevo un futuro diverso per te, non sono nato per fare il padre. Immaginati a sette anni a stare qui con me, in questo camper...»

Papà non finisce la frase, perché io mi alzo in piedi. «Non dirlo mai più.»

«Che cosa?»

«Quello che hai detto sul fare il padre, non dirlo mai più.»

Lui annuisce. «L'ho detto, ma non lo pensavo. Forse lo pensavo prima, adesso non più, Nina.»

Annuisco, gli credo. «Possiamo tornare a Volpedo, per favore?»

Papà non si muove. «Solo se prima mi dici cos'hai intenzione di fare per sistemare le cose.»

Torno a sentire la stretta al cuore. Infilo le mani nelle tasche dei jeans e le stringo forte. «Non lo so. Davvero.»

«Non c'è niente che tu possa fare? Sicura?» È come se papà conoscesse già la risposta.

«Dovrei chiedere scusa.»

«E allora fallo.»

Mi siedo per terra, incrocio le gambe, e guardo meglio mio padre. «Un video?»

Lui alza le mani. «Io non ho detto niente.»

Mi alzo e lo abbraccio forte. Lui ricambia la stretta con una leggera pacca sulla schiena, come se non sapesse come si fa. Nascondo il naso tra la stoffa della sua maglietta, dove lui ha nascosto tutto il suo imbarazzo, odora di arancia. Sussurro una frase che non ho mai detto. «Ti voglio bene, papà.»

48

La cosa più difficile

«Ciao, mi chiamo Nina. È questo il mio vero nome. Di tutti i video che ho fatto, di tutte le prove che ho filmato, questa è la più difficile. Chiedere scusa è la cosa più difficile di tutte.»

49

Qui, per me, è casa

«C'è una cosa che vorrei fare, prima di andare in ospedale» dico a papà la mattina dopo, mentre il mio cellulare si illumina a ogni notifica di YouTube che non controllo. Sono sicura che se le persone che amo hanno visto il video mi scriveranno un messaggio, del resto non mi importa. «Mi devi portare a casa di Tommaso.»

Papà sospira. «Nina, Tommaso non è ancora...»

«Non Tommaso. Suo padre.» Faccio scivolare le mie cartelle mediche nello zaino e guardo Gabriel. Per la prima volta la sua espressione pacifica è confusa. «Credi che sappia dove si trova?»

Scuoto la testa. «Voglio solo restituire il libro che Tommaso mi ha prestato. Ho sottolineato delle frasi che... se dovesse tornare, spero leggerà.»

Papà si appoggia ai fornelli spenti. Incrocia le braccia e studia il mio volto libero dalle bende. «Presto arriverà settembre.»

«Già.»

«Tornerai a casa.» Tossisce per nascondere l'emozione.

«Papà...»

«Volevo partire per un viaggio in Thailandia, il prossimo inverno, ma l'ho rimandato. Sai ho dato un'occhiata a qualche appartamento a Milano. I prezzi sono folli ma potrei farcela, per un affitto, intendo.»

«Papà, non devi... Anch'io vorrei vederti più spesso. Ma non puoi rinunciare ai tuoi sogni.»

«Forse non ci ho rinunciato... forse sono solo un po' cambiati» alza le spalle e sotto la barba arrossisce.

«In un monolocale di città, tu? Ti ci vedi?»

Papà cerca le parole ma farfuglia una cosa incomprensibile.

«Ecco, esatto. E dove terresti Mela? Dovresti restare qui e sistemare la casa gialla, ti serve un posto vero dove possa venirti a trovare. E poi sei sicuro di non voler partire?»

«Il viaggio può aspettare, il tempo no. E io voglio trascorrere più tempo con te. Sistemerò la casa gialla.»

«Mi fa piacere» gli occhi mi si fanno lucidi di malinconia. «Mi sento un po' in colpa, ma mi fa piacere.»

«Potrai venire qui quando vorrai.» Appoggia una mano sulla mia, la copre come un tetto. «Vorrei che sentissi questo posto un po' come...»

«Casa» dico. «Qui, per me, è casa.»

50

Credo che gli faccia piacere

Papà parcheggia sotto casa di Tommaso, suono il campanello sperando in un miracolo e la porta si apre con un *click*, senza che mi abbiano nemmeno chiesto chi sia. Quando arrivo al secondo piano, il padre di Tommaso mi aspetta sulle scale. Sebbene sia un uomo alto e magro, non gli assomiglia per niente.

«Sei tu che hai suonato? Abbiamo il citofono rotto.» Leggo nei suoi occhi la delusione nello scoprire che non sono suo figlio. Lui non è tornato.

«Sono Nina. Un'amica di Tommaso. Sono venuta a restituirgli un libro.»

«Nina...» ripete il mio nome con una confidenza strana.

Tiro fuori dalla borsa *Sulla strada*, glielo porgo e rimango un po' in bilico sulle scale.

«Me l'ha prestato lui, sto per andare in ospedale e se lui dovesse tornare potrebbe darglielo da parte mia?»

«Nina, puoi entrare un secondo? Devo farti vedere una cosa.» Mi spiazza.

«Non ho molto tempo in realtà, ma...»

«Ci vorrà solo un attimo.»

Mi fa strada oltre il salotto, la casa è ordinata e pulita, ma spoglia. Io lo seguo in silenzio. Abbassa la maniglia e apre la porta di una stanza. Accende la luce. «Conosci questa persona?»

Sul muro c'è un post-it con il mio nome "*Nina, la metamorfosi di una ragazza – National Geographic*". E accanto, appese tutte in fila, delle fotografie che mi ritraggono. Le stesse che avevo chiesto a Tommaso di cancellare dalla reflex, e anche altre che non ho mai visto. Partono da giugno e arrivano fino a fine luglio.

«La metamorfosi di una ragazza» ripeto, guardando le foto.

E penso che sia la cosa più stronza e meravigliosa che qualcuno abbia mai fatto per me.

«Sì, sono io.»

Lui mi restituisce il libro. «Allora questo tienilo tu, credo gli faccia piacere.»

WhatsApp

LEONARDO GHETTI: Ciao Nina, mi spiace per l'altra sera. Io non ho capito una sega, ti giuro non sapevo che fossi Mia. Mi spiace anche per quella volta a casa mia... e niente, volevo solo dirti questo. Spero che l'operazione sia andata bene. Se vuoi fammi sapere.

51

È complice

Il medico delle domande ha ascoltato tutto il racconto della mia estate nel camper, le stranezze di papà, la storia del mio primo video, la scomparsa di Tommaso. Non mi ha mai interrotta. Quando mi sono fermata da sola, perché mi sono resa conto di aver parlato troppo siccome non avevo più saliva, mi ha fatto fare una sorta di meditazione in cui dovevo contare i respiri a occhi chiusi, con una mano sulla pancia e l'altra sul cuore.

È seduto proprio davanti a me ora, su una sedia di plastica, che però non è la stessa dell'altra volta. Sono sempre nello stesso ospedale, ma mi hanno messa in una stanza più piccola e luminosa.

«Come ti senti?»

Ho la bocca asciutta, sbatto e chiudo le palpebre più volte, la meditazione mi ha fatto lo stesso effetto dei cocktail che ho bevuto al compleanno di Jasmine.

«Non credo di essere più abituata a vedermi senza bende» ammetto, soprappensiero, perché la mia pelle è libera, a parte il grosso cerotto appiccicato sulla cicatrice.

Il medico delle domande si liscia i baffi. «Non sei pronta a tornare quella di prima» afferma, dopo un lungo silenzio. Lui *ama* i silenzi.

Ci penso su, ma la testa mi gira ancora, l'anestesia me l'ha come svuotata. «Forse perché sono cambiata?»

Lui accavalla le gambe, gli sbircio le caviglie, indossa dei calzini rossi con dei gattini. «Ogni sette anni tutte le cellule del nostro corpo si rigenerano. Biologicamente ogni sette anni diventiamo un'altra persona. Il mutamento fa parte dell'evoluzione.» Distende le gambe. «Ma al di là del corpo, anche i nostri pensieri evolvono, e non ogni sette anni. Il cambiamento, in questo caso, lo decidiamo noi.»

Si interrompe di colpo, mi fissa. Mi chiedo se sia il momento di dire qualcosa. Improvviso. «Quindi è vero, sono… cambiata?» sussurro, debolmente.

«Lo vorresti?» Mi guarda storto, come un gufo. Non so se è l'anestesia a farmi venire mal di testa, o queste domande trabocchetto, quelle a cui non ho mai saputo rispondere.

«Non c'è una risposta giusta o sbagliata. Lo capirai.»

Ricambio il sorriso, anche se non ho idea di che cosa parli.

«Bene, il nostro tempo è finito. È arrivato il momento di salutarci.» Si alza in piedi senza preavviso, e mi allunga la mano. Ricambio sorpresa, la sua stretta è solida ma non aggressiva, la mia debole e riconoscente.

«Buona fortuna per l'esame del tuo debito, Nina.»

«Aspetti! Come faccio a capire se sono cambiata? Non pensa che abbia ancora bisogno di lei?» Parlo raccogliendo tutto il fiato, perché non mi aspettavo mi troncasse così. E perché, non me l'aspettavo, ma mi dispiace.

Si volta, e l'ombra sulla porta ricalca il suo profilo felino.

«Ma tu sa già la risposta Nina, e non hai più bisogno di me.»

«Ne è sicuro?»

«Ne sono sicuro.» Stringe i piccoli occhi da lince e mi regala un ultimo silenzio interminabile, di cui la stanza, bianca e sterile, è complice.

52

Mamma mi sorride

«Nina...» Mamma entra e lascia fuori Giovanni, che fa in tempo a salutarmi con un rapido cenno del capo prima che la porta si richiuda.

«Nina, come stai?» ripete, e i suoi occhi azzurri sono ancora più chiari, le capita nelle giornate di sole, è una questione di luce. Ma oggi non credo dipenda dal tempo, perché sono umidi.

«Sto bene» ribadisco, e lei occupa la sedia su cui poco fa era seduto il medico delle domande. Non distoglie lo sguardo dal cerotto ingombrante, una farfalla di garza posata sulla mia guancia. Indossa un vestito lavanda, più adatto a una festa bucolica nel bel mezzo di una foresta che a una stanza d'ospedale. Cerca la mia mano sotto il lenzuolo con le dita gelate, la stringe. Rimaniamo un po' così, sospese, come in un quadro ottocentesco che potrebbe intitolarsi *La convalescenza* o *La figlia malata*.

«Ah, quasi dimenticavo!» Si sporge in avanti, afferra la borsa pitonata che riposava sul comodino. La ribalta.

Cadono il suo portafogli, un paio di occhiali da sole e poi quello che sembra un regalo. Me lo porge.

«Grazie.» Allungo la mano, il pacchetto è un pasticcio di carta e nastro adesivo, strano che mamma...

«Non è da parte mia.» Scrolla le spalle, come per scacciare ogni dubbio. «È di Max. È passato qualche ora fa ma dormivi, è dovuto scappare subito perché oggi deve seguire uno dei suoi talenti alla... *Sagra del salame di Varzi,* mi pare.»

«Aspetta, come fai a sapere di Max?» Ritraggo la mano sotto la coperta, insospettita.

Mamma si interrompe, fissa il pacchetto regalo sgraziato. «L'ho conosciuto oggi.» Sorride annuendo. «Mi ha fatto una buona impressione, a parte per quel... quel...»

«Topo?»

«Esatto.» Scoppia in una risata spontanea, luminosa, che si fa beffa del sole fuori dalla stanza.

Cerco la mia voce. «Quindi sai anche dei video...»

Mamma arriccia la bocca come un narciso. «Ho visto l'ultimo che hai pubblicato, me lo ha mandato oggi una collega, sua figlia ti ha riconosciuta. Poi ho visto tutti gli altri. Nina, perché non me l'hai detto?»

Tamburello le dita sul materasso ortopedico. «Forse perché... non credevo che ti sarebbero piaciuti.»

«Non capisco.» Inarca le sopracciglia e storce il naso.

Scrollo le spalle. «Sai, ogni tanto penso che le cose che faccio non ti piacciano.» Deglutisco.

Rimaniamo zitte. Lei si appoggia allo schienale della sedia. Sospira.

«I miei temi di Italiano, per esempio, quelli per cui la prof. ha fatto casino» trovo il coraggio di confessare, d'impulso stringo le dita a pugno sotto al lenzuolo.

«Quello su papà, ad esempio? Sullo spirito libero? O quello su quanto odi andare a scuola?» domanda, incrociando le braccia al petto.

Annuisco. «Quello su papà.»

Lei scuote la testa. «Nina, era davvero...» Ci pensa su. «Alla fine, mi è piaciuto.»

«Non ci credo.» E se non fosse per l'estrema debolezza, mi alzerei in piedi e inizierei a elencarle i mille mila perché.

«È così, davvero. Non potevo dirtelo, però. Io ho il compito di indirizzarti verso le scelte giuste e non sarebbe stato corretto premiare dei temi che ti hanno fatto prendere un brutto voto e che ti sono costati addirittura un debito.»

«Perché?» So cosa risponderà.

«Ti ho cresciuta da sola, ci sono solo io.»

«Ma adesso c'è Giovanni» azzardo.

«Sì, c'è Giovanni. Però ho l'impressione che non ti piaccia.» Sorride, ma i suoi occhi dicono altro.

«Mi piace!»

Ora è mamma a fare una smorfia.

«No, hai ragione, non mi piace perché...»

«Perché non è tuo padre, lo so. Tuo padre è un'altra

cosa, è una bomba a orologeria, un selvaggio, un'anima creativa affine alla tua. Ma tra di noi non ha funzionato. E abbiamo il diritto di provare a essere felici con qualcun altro.»

«Giovanni ti rende felice?» Non la guardo in faccia.

«Sì, Giovanni mi rende molto felice.»

«Forse avrei dovuto... dargli una possibilità.» Mi scrollo nelle spalle.

«E io avrei dovuto dirti che il tuo tema di Italiano sullo spirito libero mi è piaciuto. E non perché dai dello stronzo a tuo padre che, anche se non sembra, ha tutto il mio rispetto.» Sospira. «Adesso però apri il regalo. Sono curiosa.»

La guardo stupita. La curiosità, ecco una cosa che non sapevo avessi ereditato da lei. Ubbidiente, scarto il pacchetto. È un libro, copertina bianca, senza disegni.

Apro la prima pagina.

C'è una dedica di Max: *A Nina, che ormai non ha più bisogno di essere Mia, e ha aperto gli occhi. Con affetto, Max.* Accanto alla firma c'è il disegno di un topolino.

Sfoglio le pagine, so già dove cercare, arrivo a metà del libro.

Questa storia narra di un pesce, un pesce femmina di nome Mia...

«Se te la senti, c'è una visita per te» mi interrompe mamma.

«Chi?»

Lei mi sorride.

53

È esplosa una bomba

«Ciao, Ni.» Filo ha con sé un enorme mazzo di girasoli che gli copre quasi completamente la faccia.

«Filo, che ci fai qui?»

«Solo un attimo...» Filo cerca di domare il mazzo, ma non sa dove appoggiarlo. Le foglie iniziano a spargersi sul pavimento in linoleum.

«Mettilo sul letto, per carità!»

«Sul letto? Ma sai quanti batteri si potrebbero nascondere in questo mazzo di fiori?» strilla.

Non ho scelta, mi alzo e afferro prontamente i girasoli. «Mollali.»

Filo lascia la presa e io porto i fiori in bagno, apro il lavello e ce li immergo dentro. «Ecco fatto, sono davvero enormi!» gli urlo. Poi torno lentamente al letto.

«Erano gli unici rimasti. Cioè, c'erano solo orchidee e fiori strani che non potevo permettermi oppure delle rose rosse... ma non mi sembrava il caso.»

«Hai fatto benissimo, e poi i fiori sono un po' una cosa antica.»

«Be', non sapevo cosa si porta in queste occasioni e... credo di aver pensato che nei film la gente porta sempre dei fiori» commenta imbarazzato, sedendosi sul bordo del letto.

«Senti Filo, mi dispiace. Ho fatto un casino con tutti, ultimamente. Anche con te» inizio a dire.

«Non fa niente, Nina» mi interrompe subito, e si infila le mani in tasca.

«Dovresti essere incazzato invece.»

«Be', lo sono.»

«Ah, ecco.»

«Ma mi passerà.»

«Posso fare qualcosa per... accelerare il processo?»

Lui scuote la testa convinto. «No, perché tu sei stata menefreghista, ma io sono stato stupido.»

Lo guardo interrogativa. «Stupido?»

Filo si schiarisce la voce. «Insomma io e te siamo amici.»

«Siamo amici» ripeto, e gli offro un sorriso.

«Amici.»

«Amici... senti, Filo, cosa stai cercando di dirmi?»

«Mi serve del tempo, Nina, del tempo per me, adesso che tu stai benissimo e ti vedo in forma» risponde, seduto tutto storto.

Mi sfioro il cerotto. «Be', insomma.»

«Ma non ti scoccia se me ne vado per qualche settimana a Londra da mio frate?»

Spalanco gli occhi. «I tuoi ti danno il permesso? Ma è grandioso!»

«Grandioso?» mi fa eco lui. «Comunque diciamo che il permesso me lo sono preso, ho dei progetti là per gli ultimi giorni di vacanza.» Annuisce fiero.

«Progetti del tipo?»

«Di certo non attiverò il metabolismo della tirosina, precursore della melanina.»

«Che...»

«Di certo non mi abbronzerò. Piove sempre. Comunque, vado a trovare mio fratello qualche giorno, sto pensando di trasferirmi là il prossimo anno scolastico. Chi lo sa che non riesca a entrare a Oxford dopo la high school.»

«Wow!» Tiro su il cuscino. «Sono contenta di questo progetto, anche se mi mancherai un sacco e infatti ho un anno di tempo per convincerti a restare... ma cosa ti ha fatto cambiare idea?»

Filo guarda fuori dalla finestra. «È stata un'estate strana... ognuno di noi si è preso qualcosa.»

«Tipo?»

«Alisha ha detto a suo padre della scuola di stand-up comedy a Milano, l'ho sentita prima.»

«Davvero?!»

Filo annuisce. «Il signor Kumar non le ha ancora dato una risposta, lei mi ha raccontato di avergli recitato un suo pezzo su una banda di quattro sfigati in un camper, ma non so altro. Comunque, incrociamo le dita per lei.»

Si schiarisce la voce. «E poi tu hai postato quel video

pazzesco.» Si interrompe, guarda la mia faccia spaesata. «Non hai controllato i like e le visualizzazioni?»

«Non ancora, stamattina ho avuto l'intervento, sono un po' ammaccata» mi giustifico.

«E Max non ti ha detto nulla?»

Scuoto la testa. «No, ma mi ha mandato un libro.»

«Vabbè, voi due con i social non ce la potete fare.» Tossisce. «Comunque dicevo, tu hai fatto i video, e Tommaso...»

Sento lo stomaco strizzarsi.

«... Tommaso te lo dirà lui cosa ha fatto.»

«È tornato?»

«Ha visto il tuo video, è tornato stamattina. L'ho sentito poco fa su WhatsApp.»

«A me non ha detto niente...» È ancora arrabbiato.

Filo alza gli occhi al cielo. «Vabbè, prima o poi lo farà. Lo sai com'è. Cioè, dagli tempo.» Sospira. «Allora per Londra non ti dispiace, vero? Non è che menti?»

«Tornerai in tempo per l'esame del mio debito?» Sbatto le ciglia.

«Immagino di sì.»

«Grazie» sussurro. «Allora nessun problema, davvero.»

Filo annuisce.

«Filo... ti voglio bene.»

«Anch'io Nina. Lo sai.» Si alza, mi dà un bacio sulla fronte. «Adesso devo andare.»

«Va bene, ma fatti sentire.»

«Nina?»

«Sì?»

«Controlla i social, per favore.»

Annuisco. Seguo con lo sguardo Filo che esce dalla stanza, la sua andatura ciondolante, la t-shirt di due taglie più grande. Ed è strano, ma avverto la stessa sensazione che ho provato l'altro giorno quando ho finito di leggere *Sulla strada.* Quella delle cose che finiscono.

Infilo la mano nel cassetto del comodino e cerco il mio iPhone. Ripenso alla diretta di ieri sera su Twitch, non c'erano tante persone connesse, le solite quattromila dell'ultimo periodo.

Apro il video della live salvato su YouTube.

Impossibile.

Apro anche Instagram.

E allora capisco.

Jasmine Elle ha ricondiviso il mio video sul suo profilo.

Ed è esplosa una bomba.

54

L'umanità può aspettare

In macchina con Giovanni mi sforzo di parlare, di dire qualcosa sul tempo, o sulle colline che pian piano iniziano ad accompagnare il nostro viaggio. A lui non importa cosa dico, ma come lo dico, sembra felice. Risaliamo la strada asfaltata, la stessa strada che ho percorso a piedi il mio primo giorno a Volpedo.

Giovanni mi aiuta a portare nel camper il borsone con il cambio di vestiti leggeri e puliti che mi ha preparato mamma, per le mie ultime settimane qui. Ho scelto di restare da papà, di chiudere il cerchio, nonostante tutto.

Papà ci accoglie, stringe la mano a Giovanni, è la prima volta che lo incontra. Si guardano negli occhi. Giovanni in camicia e scarpe lucide, papà in bermuda e canotta di un gruppo rock. E in quello scambio di sguardi c'è un tacito accordo. Entrambi saranno gentili, lo faranno per mamma.

Riporto le mie cose nel camper, e da qui in poi aspetto. Non faccio altro che aspettare lui.

Passa una settimana, Tommaso non si fa sentire.

Faccio lunghe passeggiate in paese, davanti a casa sua, ma non lo incontro mai. Le persiane sono sempre accostate. Io non oso farmi avanti. "Dagli tempo", mi ha detto Filo.

Alisha invece viene a trovarmi. Passa tutti i giorni, mi tiene compagnia, mi aiuta a ripassare sul libro di Antologia facendomi domande cattivissime per mettermi alla prova in vista dell'esame. La sera sono io che vado a trovarla in negozio, ci mettiamo a mangiare frutta sulla panca davanti alla casetta di legno, e a sputare i noccioli che rotolano giù sulla strada.

Aspetto.

Filo è occupato con i preparativi per Londra, partirà tra pochi giorni. Non riesce a venire a Volpedo, ma ci videochiamiamo, mi mostra il contenuto delle sue tre valigie strapiene di vestiti e, ovviamente, medicinali.

Aspetto ancora.

Anche di Lara e Marlena nessuna traccia. Nessun messaggio, nemmeno sui social.

Ormai aspetto da un po'.

Papà è stato chiamato per un colloquio di lavoro a Milano, si tratta di un evento di moda. È anche merito mio, perché ho postato qualcuna delle sue foto nelle mie storie di Instagram e hanno riscosso successo. Papà è contento, ha posticipato definitivamente il viaggio in Thailandia, vuol mettere da parte un po' di risparmi per ristrutturare la casa gialla, dice che magari l'estate prossima in Thailandia ci andremo insieme.

«Mi auguri buona fortuna per il colloquio?»

«Buona fortuna.»

Papà si infila una vecchia camicia, che gli tira sulla pancia, i bottoni fanno una gran fatica a rimanere dentro le asole. Ci ha abbinato dei pantaloni di lino che gli allungano le gambe, ha davvero un'aria diversa.

«Troppo borghese?» mi chiede, assumendo una posa principesca.

«Un po'.» Alzo le spalle.

Papà fruga nei cassetti sotto al divano, la camicia gli scopre la schiena, tira fuori una maglietta peruviana, con un bel lama disegnato al centro. La infila al posto della camicia, che indossa sopra, sbottonata.

«Meglio?»

Annuisco. «Sei più tu.»

Mi sorride. «E tu sei pronta?»

Lo guardo confusa.

Papà si passa una mano sulla fronte, come se avesse commesso un terribile errore. «Quasi dimenticavo, hai un appuntamento nella casa gialla, alle tre.»

«Un appuntamento?»

Papà scrolla le spalle. Guardo l'ora. Sono le tre e venti. Merda.

«Corri.»

Scatto in piedi. Corro, senza neanche riflettere, dentro di me si fa largo un presentimento. Il giardino mi sembra infinito.

E Mela corre molto più veloce di me.

Metto una mano sulla maniglia della casa gialla. Apro la porta.

E lui è lì, di fronte a me, mi dà le spalle.

Le pareti della sala sono state ridipinte, il pavimento spazzato e lucidato, non c'è più traccia del set fotografico.

«Che significa?»

«Ti piace?» indossa una maglietta dei Måneskin e il sole gli ha reso la pelle dorata. Il suo sguardo sul mio viso è dolce e curioso, è la prima volta che mi vede senza le bende.

«Abbiamo iniziato a sistemarla mentre eri in ospedale. Poi abbiamo continuato di nascosto, mentre Alisha ti teneva occupata con il ripasso per il tuo esame, ma c'è ancora molto da fare.»

«È per questo che mi hai fatto aspettare?»

Tommaso scuote la testa. «Avevo bisogno di pensare, e in effetti lavorare mi ha aiutato a riordinare i pensieri.»

Mi guardo attorno spaesata. La porta finestra che dà sul retro è stata riverniciata, si apre sul giardino, ripulito dalla sterpaglia e dalla pozza d'acqua. Un momento.

«E Yellow?» chiedo allarmata.

Tommaso si appoggia al muro. «Settimana scorsa mi sono fatto accompagnare da mio padre all'Oasi di Sant'Alessio. Lo abbiamo liberato lì.» Sospira.

Spalanco gli occhi. «È per quello che ti ho detto?»

«Quello che mi hai detto era vero. Ci ho messo un po' a capirlo.» Tende le labbra in un sorriso tirato.

«Non andrai a Roma, quindi?»

Lui abbassa lo sguardo. «Andrò a Roma. Perché anche quello che ti ho detto io era vero, in parte.»

Annuisco. «Hai ragione.»

«Ma questo non significa che io non tenga a te.» Si avvicina. «Tu sei importante.» Rimango immobile. «Ed è per questo che spero che continueremo a discutere, e a metterci in discussione, ancora per molto, moltissimo tempo. Perché ci fa crescere.»

«A settembre tornerò a Milano...» lo avverto, nervosa.

«E io andrò a Roma, poi tornerò qui, e se dovessi vincere il concorso del "National Geographic" potrei partire ancora. E tu chissà dove arriverai con i tuoi video, probabilmente ti porteranno ancora più lontano di me.» Tommaso si stringe nelle spalle. «M.. una cosa è certa, Nina, tu non smetterai di essere importante. E questo non diminuirà con l'aumentare dei chilometri.»

Non rispondo.

«So che sarà difficile, perciò non mi devi rispondere ora.» Mi sfiora il braccio. Cerca la mia mano. «Ora non voglio pensare proprio a niente.» Mi tira a sé. Trattengo il respiro. Mi bacia.

Mi stacco. Ho bisogno di dirglielo subito. Prima che sia troppo tardi. «Devo dirti una cosa, te la devo dire subito perché la volta scorsa è successo un casino, e insomma... io non l'ho mai fatto prima.»

«Mi stai dicendo che non lo faremo mai quindi?»

«No!» strillo, imbarazzata.

«Allora mi stai per caso chiedendo se per me è un problema essere il primo, indimenticabile, amante?»

Abbasso lo sguardo, torno seria. «Con Leonardo è stato orribile.»

Lui mi si avvicina, mi stringe forte forte, in quest'abbraccio ci vorrei vivere. «Mi dispiace» dice, ma non mi chiede altro. Ha capito che sono stata ferita. Rimaniamo fermi così ancora per un po', non ci posso credere che sia così vicino. Lo bacio io. Le sue labbra sanno di frutta fresca.

«Sapevo che ti avrei rivisto» sussurro dopo un po'.

«Ah sì?» mormora lui.

«Quando te ne sei andato, non ti sei girato.»

«Eh?»

«Il mito di Orfeo ed Euridice...»

Mentre Tommaso cerca di interpretare le mie parole, avvertiamo un urlo. Ci scambiamo una rapida occhiata prima di correre entrambi alla finestra che dà sul camper. In mezzo al giardino c'è una donna dai capelli neri, tiene un cestino in mano. Papà da lontano le urla di andare via. Lei estrae dal cesto un uovo e glielo tira addosso, centrando in pieno la maglietta con il lama che papà voleva indossare per il colloquio. Ride sguaiata.

«Cosa ne pensi della violenza sugli uomini? Si parla sempre solo di quella sulle donne.»

«Eh, bella domanda.»

«Dovresti farci un video» mi sussurra, sfiorandomi la

schiena. Lascio che la mano di Tommaso raggiunga i miei capelli.

«Lo farò, salverò il mondo» premo la sua mano contro la mia nuca. «Ma adesso voglio continuare quello che abbiamo lasciato in sospeso.» Lo bacio. «L'umanità può aspettare.»

55

Io non voglio perdere

C'è un'ultima cosa che devo fare.

«Dove accosto?» Papà stringe il volante del camper e fa finta di non sentire il clacson impaziente della MINI Cooper dietro di noi.

«Lì, vicino al marciapiede va benissimo, grazie.» Afferro la borsa e mi catapulto giù.

«Ci vediamo tra un'ora?» leggo il labiale di papà, perché il clacson della MINI non ci dà tregua.

«Perfetto, se finisco prima ti chiamo!» urlo, ma nemmeno lui mi sente, così faccio solo okay con il pollice.

Papà riparte con tutta la calma del mondo, e io non ho più scuse. La piscina è davanti a me e so che Lara e Marlena sono lì dentro perché è giovedì sera. Da quando non ci parliamo più, sicuramente saranno cambiate molte cose, ma questa di certo no: il giovedì in piscina è sacro, un rituale.

Salgo la scalinata di cemento saltando i gradini, e raggiungo l'ingresso sul retro come al solito. Accanto al corridoio che conduce alla reception c'è un vetro, si ha tutta una panoramica sulle vasche. Inizio a sventolare le mani in direzione delle mie amiche.

«Sono io!»

Lara e Marlena sono già schizzate fuori dall'acqua, stanno per raggiungere i bagni con l'intento di sgattaiolare fuori dalla finestra.

«Sono Nina, fermatevi!»

La mia voce ovattata rimbalza sul vetro, ma loro si fermano. Si voltano piano, come formiche, le antenne tese. Lara si avvicina a Marlena, parlano, non posso sentirle.

Batto contro al vetro. «Vi prego.» Non posso andare oltre, per la seconda stanza ci vuole la chiave, e ce l'hanno solo loro. Da lontano vedo Lara staccarsi dall'orecchio di Marlena, poi venirmi incontro. Indossa il costume da gara, la cuffia le tiene intrappolati i capelli. Dà un giro di chiave alla porta. «Entra» mi dice, secca.

«Andiamo» conclude poi, fissando la mia cicatrice. Entriamo in piscina, richiude la porta, l'odore del cloro mi inonda, trascinando con sé una miriade di ricordi.

Seguo Lara fino alle tribune dove è seduta Marlena.

«Ciao, Nina» fa lei, alzando un po' la testa. Si toglie la cuffia, i capelli rossi le ricadono pesanti sulle spalle.

«Allora, a quanto pare era solo un fantasma» commenta Lara ghignando, poi salta dentro la tribuna e si siede accanto a Marlena. Mi fissano entrambe, come se di colpo io, in piedi, fossi sotto processo. In effetti lo sono.

«Prego» mi sfida Lara.

Tengo la schiena dritta. «Non so nemmeno da dove cominciare...» dico, con una risata nervosa, e infilo le mani nei pantaloni della tuta.

Lara lancia un'occhiata d'intesa a Marlena, che non ricambia lo sguardo ma sospira triste. «Forse potresti cominciare dal raccontarci del tuo incidente, o del perché di punto in bianco non ci hai dato più tue notizie. Eravamo preoccupate, e Marlena ha deciso di incontrare Leo Ghetti con la scusa di un gelato. Era stato l'ultimo ad averti vista, speravamo sapesse dov'eri finita. Da lì si è scatenato il falso gossip del loro fidanzamento, per colpa di quella stupida foto che Leo ha pubblicato...»

«Ma poi vi siete messi insieme davvero, no?» chiedo, cercando di non farla sembrare un'accusa.

Marlena apre la bocca per replicare, ma Lara parla per lei. «Sì, Nina, ma dopo due mesi, due mesi in cui tu non ti eri ancora fatta viva.»

Abbasso lo sguardo e stringo i pugni, le parole scivolano come acqua. «Ho sbagliato, vi chiedo scusa.»

«Non ci basta.» È ancora Lara a parlare.

Sospiro. «Mi dispiace, okay?»

«L'hai già detto.»

Conosco Lara fin troppo bene, e so che farle cambiare idea non è possibile nemmeno sotto tortura. «È solo che dopo l'incidente la mia faccia era molto peggio di così, oltre alla cicatrice, che era molto più grossa, avevo delle ustioni...»

«E questo cosa diavolo c'entra?»

«Ero un mostro, Lara» sibilo.

Marlena abbassa la testa, e sostiene il mio sguardo, impotente. Lara fa una smorfia. «Hai davvero pensato che fossimo delle amiche così di merda?»

Scuoto la testa decisa. «No, sapevo che non mi avreste mai esclusa, è proprio questo il problema. Mi sarei sentita a disagio a uscire con voi, mi sarei sentita un peso morto, voi avreste insistito e con il tempo avrei rovinato la nostra amicizia...»

«Invece scappando hai fatto un ottimo lavoro, eh, *Pesce Combattente*?» Stende i piedi sul sedile della tribuna davanti a lei.

«Lara, cerca di capire...»

«Abbiamo perdonato Filo per averti coperta, ma da te ci aspettiamo di più. Il casino l'hai fatto tu» continua.

«C'è qualcosa che posso fare?» le supplico.

Si scambiano un'occhiata enigmatica. «È una questione di fiducia, Nina. Quando una cosa si rompe, si rompe e basta, c'è poco da fare.»

Guardo Marlena esasperata. «Anche tu la pensi così? Dobbiamo lanciare una moneta per decidere il destino della nostra amicizia?»

Marlena, finalmente, parla. «Non una moneta.» Ci pensa su. «Forse potremmo giocarcela. Una gara.» Indica l'acqua con un cenno del capo, Lara si illumina. «Super idea.»

Io invece vado in iperventilazione. «Non nuoto da

mesi, dall'ultima volta con voi, sono fuori forma, è una gara persa in partenza.»

«Ma sei sempre stata la più brava» mi provoca Lara. «E cos'è che ci ripetono sempre, durante l'allenamento?» Schiocca le dita, fingendo di non ricordarsi.

Marlena sospira. «Che la determinazione è il sessanta per cento del risultato» le fa eco.

«Ma...»

«Nessun ma, prendere o lasciare» insiste Lara, alzandosi in piedi.

«Accetto» dico, anche se non ho nemmeno il costume e mi toccherà nuotare in mutande, anche se mi tremano le gambe.

Marlena si infila la cuffia, Lara esce dalla tribuna e sale su uno dei blocchi di partenza che si affacciano sulle corsie, il mio preferito. Marlena ne raggiunge un altro. Io mi sfilo la tuta, la lascio cadere sul pavimento come una muta che ormai non mi serve più, osservo i segni delle bruciature sul corpo, sfioro la cicatrice sulla faccia, ricordo che papà l'ha chiamata onda. Poi cammino fino al terzo blocco di partenza, l'unico rimasto.

«Vediamo quanto ci tieni a noi, Nina. Vediamo se sei cambiata» sibila Lara, e inarca la schiena allungando le braccia oltre la testa.

«Do io il via» afferma Marlena gentilmente.

Non sono pronta.

«3... 2... 1...»

Non ancora.

«Via!»

Mi tuffo di testa, l'acqua mi inghiotte, le spalle si muovono pronte, il corpo ricorda il movimento, ricorda ogni cosa. È come se fino a oggi non avessi fatto altro. Avanti e indietro, sposto l'acqua, respiro ogni tre, e sbatto le gambe.

Respiro.

Un'altra bracciata.

Respiro.

Sono viva.

Respiro.

Sono sempre io.

Respiro.

Ma sono anche un'altra.

Respiro.

E penso a tutte le volte che avrei voluto nuotare e non l'ho fatto, e ripenso a tutta l'energia che ho dentro di me, e alle mie amiche.

Io sono cambiata.

Io non voglio perdere.

Due settimane dopo...

56

Si smette solo di raccontarla

Passiamo con il camper a prendere Filo, ci raggiunge preciso come sempre. Si è tagliato i capelli corti, un look un po' militare, sta bene, è diverso.

«Bella, Filo! In partenza per *London*, eh?» Alisha gli dà una pacca sulla spalla e Filo si ingobbisce per incassare il colpo.

Gli sorrido dal posto del passeggero davanti. «Ciao, Filo, bel taglio.» Stringo il libro di Antologia tra le mani, lo appoggio sulle ginocchia.

Nelle ultime settimane Alisha mi ha fatto studiare moltissimo, e ci si è messo pure Tommy che prima della sua partenza voleva assicurarsi che diventassi una sorta di generatore automatico di risposte di Italiano, praticamente.

«Destinazione?» chiede papà, sistemandosi gli occhiali rosa che gli scivolano giù sul naso.

«Moscova, Lara e Marlena ci aspettano alla fermata della metro.»

Papà annuisce, abbraccia il sedile e torce la schiena,

fa una manovra azzardata, ma con tanta calma che nessuno sembra accorgersene.

Ci dirigiamo alla fermata, che è sulla strada per il mio liceo. Non posso credere che presto i miei amici si incontreranno. È un po' come far collidere due universi, tipo mangiare il minestrone di papà nell'appartamento di Milano con mamma, oppure portare il mio gatto a conoscere Mela a Volpedo. Insomma, avete capito.

Alisha metto su Spotify un pezzo di Ezra, *Blame it on me*, e papà abbassa i finestrini e sporge un braccio, il vento lo accarezza. Alisha e Tommy iniziano a cantare a squarciagola, Filo batte le mani a tempo sullo schienale del mio sedile, facendolo tremare, io mi invento le parole.

Papà frena di colpo davanti alla fermata. Metto la testa fuori dal finestrino: «Ehi, ciao! Saltate su!».

Lara e Marlena sorridono, tese. Alisha apre la porta del camper. «Prego donzelle, non abbiamo mica tutto il giorno!»

Lei e Lara si squadrano per un istante.

«Statisticamente bastano dieci secondi per farsi la prima impressione di qualcuno...» Alisha sgancia una delle sue perle di statistica.

«A me ne bastano cinque, vuoi scommettere?» Lara di certo non si lascia intimidire, appoggia il piede sull'ingresso del camper.

«Credo sia divieto di sosta, qui...» Filo guarda teso le macchine che ci superano a clacson spiegati.

«Spara.» La sfida Alisha

«Qual è la tua serie preferita di quest'anno?» le chiede Lara, prontissima.

Alisha non ci pensa su nemmeno un secondo. «*Skam.*»

Lara strizza gli occhi, che divengono ancora più piccoli, tipo chicchi di riso. Poi gonfia le guance in un sorriso enigmatico. «Grande! Test superato!» Si scambiano un cenno, e finalmente salgono tutti sul camper.

«Senti, Nina, Leo mi ha detto di darti questo.» Marlena fa scivolare dal polso sottile una busta e me la allunga. Io rabbrividisco, non ho mai più risposto ai messaggi di Leonardo.

Apro la busta, sperando che non si tratti di qualcosa di imbarazzante. «Tre buoni per un gelato?»

«Ha detto che te ne doveva uno, è il suo modo per chiederti scusa. Puoi usare i buoni con chi vuoi, ovviamente, ma io e Leo speravamo di andarci noi tre insieme.»

Marlena mi offre un sorriso così dolce che non posso fare a meno di ricambiare.

«Ringrazialo» le sussurro, schiacciando l'occhio.

«Alt!» urla papà, inchiodando.

«Ma che...» Filo si aggrappa al divano.

«Nina, sarebbe quella la tua scuola?» chiede papà e io do un'occhiata rapida fuori dal finestrino.

«Oh, merda» sibila Alisha e Lara annuisce scuotendo la testa eccitata.

«Nina, sono lì... per te?» sussurra Tommaso, avvicinandosi a me e accarezzandomi la schiena con la punta delle dita.

«Credo di sì» affermo, studiando la piccola folla che si è radunata davanti all'ingresso del liceo, alcuni hanno anche dei cartelloni in mano.

«Forse è perché l'hai detto su Instagram» suggerisce Marlena.

«Già» dice Filo, senza sbattere le palpebre dallo stupore.

«Ma io non avevo idea che sarebbero venuti, io non credevo che i miei followers...»

«Esistessero davvero?» fa Marlena con un morbido sorriso.

«E adesso che diavolo facciamo?» domanda Alisha, masticando tre cicche.

«Ho un'idea!» salta su Filo. «Noi scendiamo dal camper e diciamo che ti abbiamo vista passare dall'altra parte, che stai tentando di scavalcare il muretto per non farti riconoscere. E a quel punto tu scendi.»

«Grandioso» sussurra Tommaso guardando nel vuoto, e non è sarcastico.

«Nessuno ha un'idea migliore di questa cacata?» chiede Alisha. Ma no, nessuno ha altre idee.

«Allora, andiamo!» Filo scende dal camper, seguito dagli altri. Silenziosi come pesciolini, raggiungono la folla distante. Non riesco a sentire le loro parole, ma il piano funziona, perché tutti iniziano a correre verso l'altro lato della scuola.

«Via libera» esclama papà e spegne il motore.

«Non credo che le auto si possano parcheggiare qui, papà...»

«Questa non è un'auto è una *casa.*» Mi lancia le chiavi e, goffo, salta giù dal camper.

Corro verso l'ingresso, e mi fiondo nell'atrio. Intercetto un bidello con in mano una scopa, non mi riconosce, ma mi indica l'aula senza far domande, dato che sono l'unica della classe ad avere il debito e la prof. aspetta solo me. E sono pure in ritardo. Io e papà schizziamo lungo il corridoio. Spalanco la porta, affannata.

«Vazquez, mi ha spaventata!» esclama la prof., non ha preso nemmeno un po' di colore in tutta l'estate.

«Mi scusi, stavo...»

«Scappando dalla folla qua fuori?»

Annuisco. «Sì, temo siano qui per me.»

«Lo immaginavo. Ho visto i suoi video.» Poi squadra papà, ravvivandosi il caschetto con una mano. «E lei sarebbe?»

«Io sono suo padre» risponde papà ubbidiente.

La prof. lo fissa senza battere ciglio. «Ah» afferma solo. «Quello del tema» conclude. Poi, rivolta a me, aggiunge con un sorriso materno: «Prego, si accomodi, Vazquez».

Trascino una sedia davanti alla cattedra e respiro. La prof. non è una stronza, anzi, dalla classe è considerata "una grande". Il debito me lo ha dato perché secondo lei era ora di darmi una svegliata, di aprire un libro invece di passare il tempo a tormentarmi per i miei "problemi adolescenziali" e di conseguenza scrivere temi che lei definiva "urla di protesta". Insomma, il debito me l'ha dato per il classico "è brava ma non si applica". Sono certa, però, che se dovesse constatare che non mi sono preparata, nulla la tratterrebbe dal bocciarmi per darmi una bella lezione.

«Allora, Vazquez, ha studiato Antologia?»

Annuisco decisa.

«Verifichiamo subito. Partiamo con una domanda facile, apra il libro e scelga un testo da analizzare.»

Fico, la domanda a scelta è un lusso che la prof. di Italiano non concede mai. Frugo nella borsa ma il sorriso mi si spegne sulle labbra. Non ci credo. Svuoto il contenuto sulla cattedra. Fazzoletti, un assorbente, la copia di *Sulla strada* che mi ha prestato Tommaso, l'iPhone e il portafogli.

«Scusi, devo aver dimenticato il libro sul camper. Posso uscire a prenderlo...»

«Sul camper?» mi chiede confusa. Poi il suo sguardo intercetta il libro adagiato sulla cattedra. «L'ha letto?» domanda.

«Sì, durante le vacanze, me lo hanno prestato. È *Sulla strada*, un libro di Kerouac.»

«Certo, lo conosco. Un testo discusso, criticato, molto provocatorio» sibila.

Sorrido. «È vero, però io ci ho visto anche dell'altro. Cioè, al di là di tutto quello che combinano i personaggi...»

«Una serie di bravate stupide, non crede? Eppure...» le scappa un sorriso.

«Esatto, al di là di tutte queste *bravate* c'è dell'altro, è un romanzo di formazione... Mi scusi, sto divagando, vado a prendere l'Antologia, ci vorrà solo un attimo.»

Mi alzo, e raggiungo la porta, che proprio in quel momento si apre. Mi trovo davanti Filo e gli altri.

«Vedo che ha portato anche i suoi amici» commenta la prof. indicando la banda con una biro.

Annuisco.

«Hai dimenticato questo, Ni.» Filo mi passa il libro, e io lo ringrazio mille volte con lo sguardo.

«Anche lei qui, Filippo Innocenzi?» Lui la saluta con un sorriso sghembo.

Afferro l'Antologia e mi risiedo. Sfoglio le pagine, alla ricerca del testo da analizzare. So quale scegliere.

«Vorrei partire dal mito di Orfeo e...»

«Aspetti, Vazquez, prima di tutto dica ai suoi amici di sedersi, non li faccia stare sulla porta. È un esame pubblico, possono assistere. E poi chiuda l'Antologia, preferirei continuare il discorso su Kerouac.»

Tommaso mi lancia un'occhiata fiduciosa.

«Va bene.» Mi passo le mani sudate sui pantaloni. «Dicevo che l'opera è...» mi blocco.

«Con parole sue Vazquez, con parole sue» mi incalza la prof.

«Il libro parla di due ragazzi che partono per un viaggio, un viaggio in cui l'importante non è la destinazione.» Mi stropiccio la maglietta. «Si può andare in California, a Parigi, Londra o nell'ultimo buco del mondo, un paese in collina.» La prof. aggrotta la fronte. «Per Kerouac non è importante *dove* ma *chi*.» Mi schiarisco la voce. «Chi sono io che viaggio, chi sono io corpo, io faccia.» Guardo il mio viso nel riflesso dell'iPhone spento sulla cattedra. «Chi sono io.»

Deglutisco. «Si viaggia sempre alla ricerca di se stessi, prima di tutto. Se non conosciamo noi stessi, capire gli altri è impossibile. Dean Moriarty parte per cercare suo padre, un padre che l'ha abbandonato e che non ha mai più rivisto. Vuole sapere perché se ne è andato, forse, che fine ha fatto.» Sospiro. «Il punto è che durante il viaggio Dean non troverà suo padre, ma troverà se stesso, e grazie a se stesso riuscirà a colmare quel vuoto che si portava dentro.»

La prof mi segue attenta.

«Se mi permette, vorrei leggere il finale. Credo che siano proprio le ultime righe a spiegare benissimo quello che Kerouac voleva dire... e che ha detto senz'altro meglio di me.»

Lei annuisce.

Mi schiarisco la voce. *«E nessuno, nessuno sa quel che succederà di nessun altro se non il desolato stillicidio del diventare vecchi, allora penso a Dean Moriarty, penso persino al vecchio Dean Moriarty, il padre che mai trovammo, penso a Dean Moriarty.»*

Chiudo il libro.

L'aula è avvolta dal silenzio.

Non mi giro, ma so che loro sono lì.

Alle mie spalle c'è parte di tutto ciò che questo viaggio mi ha lasciato.

L'amicizia di una vita, che sembrava finita e invece è risorta.

Il punto di partenza di un nuovo amore.

Legami di cui prendersi cura, legami nuovi.

Mio padre.

E poi ci sono io, e quest'estate che mi ha cambiato la vita.

L'estate che ho dentro.

Ed è vero che nessuno sa cosa succederà dopo, ma non importa, per me c'è ancora tempo.

Anche se, per ora, il mio racconto finisce qui.

Anche se forse non volevate un finale aperto.

Ma la verità è che nessuna storia finisce mai per davvero, si smette solo di raccontarla.

Finito di stampare nel mese di aprile 2021
presso ELCOGRAF S.p.A.
Stabilimento – Cles (TN)

Mondadori Libri S.p.A.